作家出版社建社70周年
珍本文库
1953—2023

作家出版社建社70周年珍本文库

策划／鲍　坚　张亚丽
终审／颜　慧　王　松　胡　军　方　文
监印／扈文建
统筹／姬小琴

出 版 说 明

　　1953年，作家出版社在祖国蒸蒸日上的新气象中成立，至今谱写了70年华彩乐章。时代风起云涌间，中国文学名家力作迭出，流派异彩纷呈，取得的成绩令世人瞩目。作为中国出版事业的中坚力量，作家出版社在经典文学出版、作家队伍建设、文学风气引领等方面成就卓著，用一部部厚重扎实的作品，夯实了新中国文学的根基。为庆祝作家出版社成立70周年，向老一代经典作家致敬，向伟大的文学时代致敬，我们启动"作家出版社建社70周年珍本文库"文学工程，选取部分建社初期作家出版社首次出版的作品重装出版，彰显中国风格、中国气派和文学价值观上的人民立场，共同见证新中国文学事业的勃发和生机。相信这套文库的文学价值和社会意义，将随着时间的推移而日益显示出来。需要说明的是，由于一些原因，未能尽数收录建社初期所有重要作品，我们心存遗憾。衷心感谢中国作家协会、各位作家及作家亲属给予本文库的大力支持。

作家出版社

内容简介：

《淘金记》是著名作家沙汀长篇小说代表作，故事发生在抗战时期的四川安县北斗镇。据传镇上何氏寡妇的祖坟下深藏岩金，各路江湖人物对此早已虎视眈眈，眼见何家衰败日显，余威尚存，一时间，上至"上峰"，下至士农工商、僧道乞丐、土匪袍哥、娼妓政客，你方唱罢我登场，一场围绕争夺和保护金矿的惊心动魄的血战就此展开……

沙汀

（1904—1992）

本名杨朝熙，又名杨子青，四川安县人，中国现代作家。曾任中国社会科学院文学研究所所长、中国作家协会副主席。与巴金、张秀熟、马识途、艾芜并称"蜀中五老"。1932年，出版第一个短篇小说集《法律外的航线》。代表作为"长篇三记"《淘金记》《困兽记》《还乡记》。

作家出版社 首版封面

《淘金记》

沙汀 著
作家出版社1954年12月

淘金记

沙汀 ○ 著

作家出版社

图书在版编目（CIP）数据

淘金记 / 沙汀著. -- 北京：作家出版社，2023.10
（作家出版社建社70周年珍本文库）
ISBN 978-7-5212-2486-3

Ⅰ.①淘… Ⅱ.①沙… Ⅲ.①长篇小说—中国—现代 Ⅳ.①I246.5

中国国家版本馆CIP数据核字（2023）第164858号

淘金记

策　　划：鲍　坚　张亚丽
统　　筹：姬小琴
作　　者：沙　汀
责任编辑：省登宇　周李立
装帧设计：棱角视觉
出版发行：作家出版社有限公司
社　　址：北京农展馆南里10号　　邮　　编：100125
电话传真：86-10-65067186（发行中心及邮购部）
86-10-65004079（总编室）
E-mail:zuojia @ zuojia.net.cn
http://www.zuojiachubanshe.com
印　　刷：北京盛通印刷股份有限公司
成品尺寸：142×210
字　　数：230千
印　　张：8.75
版　　次：2023年10月第1版
印　　次：2023年10月第1次印刷
ISBN 978-7-5212-2486-3
定　　价：68.00元

作家版图书，版权所有，侵权必究。
作家版图书，印装错误可随时退换。

一

一九三九年冬天。

早晨一到,整个市镇的生活又开始了。

人们已经从被窝里钻了出来。他们咳嗽着,吐着口痰。他们大多数人,都睡得很好,既没有做过好梦,也没有做过噩梦。因为在他们看起来,一切都是很自然、很简单的。纵然某些新的事物,比如物价、兵役和战争,有些时候也叫人感觉生疏、感觉苦恼,但是时间一久,也就变得很平常了,成了闲暇时候发泄牢骚的资料。

浮上他们略嫌混沌的脑筋里来的第一个念头,是工作。但这也自然而简单:昨天如此,今天如此,已经做过好多年了。女人们上灶门口劈引火柴,胁下夹了升子上街籴米,或者带了桶去井边提水。男子汉对自己的工作也很熟练,都在进行着必要的准备了。

有着上等职业和没有所谓职业的杂色人等,他们也有自己的工作日程,而那第一个精彩节目,是上茶馆。他们要在那里讲生意,交换意见,探听各种各样的新闻。他们有时候的谈话,是并无目的的,淡而无味的和烦琐的。但这是旁观者的看法。当事人的观感并不如此,他们正要凭借它来经营自己的精神生活,并找出现实的利益来。

北斗镇是并不大的。它只有一条正街,两条实际上是所谓尿巷子,布满了尿坑、尿桶和尿缸的横街;但它却拥有八九个茶铺。赶场天是十几个。按照社会地位、人事关系,以及各种莫名其妙的趣味,它们都各有自己一定的主顾。所以时间一到,就像一座座对号入座的剧院一样,各人都到自己熟识的地方喝茶去了。

人们已经在大喝特喝起来。用当地的土语说,这叫作"开咽喉"。因为如果不浓浓地灌它两碗,是会整天不痛快的。有的则在苏苏气气地洗脸,用手指头刷牙齿,或者蹲在座位上慢慢扣着纽扣。手面挥霍的人,也有叫了油茶或醪糟来吃喝的。那个来得最早、去得最迟,算是涌泉居的主人的林么长子,已经把半斤豆芽菜的菜根子择光了。

这是一个健旺的老人,很长很瘦,蓄着两撇浓黑的胡须。他早年的绰号是"林么长子",现在叫"林狗嘴"。因为自从一九二六年失势以后,他忽然变得喜欢吵闹,更加纵容自己的嘴巴了。他曾经是有名的哥老会的首领,但他手下的光棍,多半是乡下那批勉强可以过活的老好人,被他用呵、哄、吓、诈拉入流的。因此,在他家里的流水账簿上,有人曾经发现这样一类有趣的项目:李老大来玉米两斗,去光棍一个。如此等等。

现在,用那细长的、蓄着指甲的手指,他正在把那些散乱在自己面前的豆芽,十分当心地聚在一起,不让有一根漏网。一面,却又不时回过头去,向他身后一席的茶客张罗,对他们的谈话表示一点零零碎碎但却引人入胜的意见。大多数的茶客，我们不妨说正是为了他若干大胆锋利的谈吐来的。他们要借他来发泄自己的怨气。因为他们在这镇上的地位，是屈辱的、无望的，但是，野心却又没有完全死尽。在这一点上，么长子林狗嘴，无疑占着一个在野派的领袖地位。

在他身后一席上，一共有五个茶客。全是江湖上的朋友，曾经凭着手枪，或者骰子使人侧目，但是现在已经规矩起来，主要靠各种生意挤油水了。他们谈话的内容，是冬季行政会议的议题。会期是十一月十号，只差两三天就要在城里开幕了。

他们的材料，大半都是靠传闻和臆揣得来的，所以有时互相矛盾，而且极为可笑。但有一点却很一致，他们全都感觉得是在被暗算着、被威胁着了。他们担心着什么新的提案，同时也忧虑若干早经通过的提案将会认真实行起来。此外，还有一点也彼此一致，他们都乐于谈那些和他们自己的利益有着直接关联的问题；隔得远的，他们总一笑置之，以为毫无讨论价值，犯不着多费唇舌。

由于这一类人所共有的狭隘心情，在禁政问题上，坐在下首的芥茉公爷蒋青山，甚至同气包大爷万成福，赌起气性来了。气包大爷是所谓"正派袍哥"，没有直接搂人抢人，也没有秘密嗜好，他再三力说，种种传闻都是故意放出的空气，值不得顾虑。而芥茉公爷则是著名的瘾哥，那毒物不仅养活了他，并且使他发胖起来，长了所谓"烟膘"。他曾经戒过三四次烟，吃过不少苦头，但是都失败了。

芥茉公爷是一个带点辣味的人。至少嘴头上如此，因为实际倒是很温和的，他总不断担心着拘留所，担心着强戒期内那些夹着鼻涕眼泪的呵欠，以及瘫软。

"你给我保险！"他鄙视地接着说，"我还不知道我有这样一个好靠山呢。"

"不要这么讲吧！"气包连连解释，因为他是深知道对方的脾胃的，一点芝麻大的小事，也有本事唠叨几天，"这样说你哥子就多心了。我不过说，中华民国的事，你我见少了吗？仔细打听下看，好多大脑壳就在吃这股账啊！"

"现在不同了，"另一个人沉吟着说，"去年的皇历翻不得了。"

"我就没有看出有多少变化！"林么长子说，忽然回过头来，"那些喝人脑髓的，不一样在吃人吗？老弟！都是骗乡巴佬的，你倒听进去了！"

"对对！看我明天还会拿茶壶做烟斗么！"

公爷苦笑着，大声地说着反话。这惹得全茶堂的人笑了。

当笑声停歇，那种在同样情况下容易发生的不大自然的沉默跟过来时，一个坐在挨近茶炉的方桌面前、壮实无须的矮老头子，嗽嗽喉咙，讲起一段用茶壶做烟斗的故事。这是那种道地的光棍，没有恒产，也无职业，但却永远保持着自由独立的身份。

这人叫戴矮子。他所说的故事，发生在光绪年间一位富翁家里。那富翁已经快落气了，但他还担心着他那庞大的产业，怕给他的独生子完全抽进那个其大无外的烟斗里去。他要逼着儿子给他一个戒绝的誓言才肯瞑目。这个机会叫他选择上了，所以他的亲骨肉果然发了个誓，说他决心戒除这种害人的嗜好，至多每天只抽一口！……

"以后他硬只抽一口呢！"矮子紧接着说，"不过，这家伙也会想，他就拿他妈一个茶壶来做斗子，一口泡子要管一天——这么大！……"

"看你杂种把我说得热么!……快爬你的啊!"芥茉公爷笑着骂了。

"他不是打趣你,"林么长子解释道,"这是真的呢!我都听讲过的。他们说,他的烟枪就像吹火筒样,要用绳子吊在帐顶上烧!……"

话还没有说完,林么长子自己便已捧腹大笑起来。

别的人也都跟着他笑,但却十分谨慎,深恐芥茉公爷会不痛快。一两个讲究息事宁人的老好人,则正在设法把话题牵开,希望谈点别的问题,转换一下空气。

这时候街面上已经逐渐热闹起来。捏在那些烧饼匠手里的小木棒儿,开始在光亮的木桌上跳动着、吵嚷着,发出清脆的声音。卖豆腐的担子沿街吆喝过去。街上偶然也出现三五个外表与本地人稍异的高长大汉,穿着褴褛,却极健壮。他们是西北面老山里的山民,背上高耸着一两百斤重的茶叶包子,他们稳重沉着的步态使人感到尊严。

此外,是零零落落的碱巴担子和乌药担子。除开棉花、玉米和沙金,乌药和碱巴也是北斗镇一带山域地区的特产。但是,从前并没有引起一般人的重视,谁也想不到它们会在抗战中大出风头,因此繁荣了市面。而且,胀饱了一批批腰包,许多人都靠囤集它们发了财了。

林么长子,是在两年前便看准了这一着的。那个在城里做着小公务员的侄儿,曾经告诉过他,乌药可以代替某种原料,将来一定涨价。但他的金钱有限,胆量有限,他把注意搁在别类生意上面去了。所以一有机会,他总要向那些乌药贩子探听一下行情;虽然每一次的探听,都只能加深他的悔恨,使他摇头叹气地惋惜一通。

因此，当他向一个头缠黑布、满身尘土的乌药客询问市价，而对方胡乱应了一声，一面伸出三根粗壮指头比比之后，他又禁不住呻唤了。

"妈的，这是见风长啦！"他恨恨地说。

"这把有些人倒搞肥了啊！"气包叹息着插嘴说。而他之所谓"有些人"，是指他们共同的敌人当权派说的，"今天也在收，明天也在收，就像抢水饭[1]样！"

"他收个屁！"么长子嚷叫道，"要是老子胆大一点，他收？他南瓜还没有起蒂蒂呢！千万手头太短促了！真说不得，前年才几个钱一担呀？"

"其实，现在还干得的！"公爷说，认真提出建议，"我们集股来怎样？"

"不行不行，"气包摇摇头说，"听说公家要捆商[2]了。"

"你又在乱放空气？"么长子切然反问，瞪着一双深陷的眼睛。

"实在的。听说所有的东西都要捆呢：乌药，碱巴！——我看以后大家就只有喝风了！横竖米这样贵，城里老斗二十元了。"

这样一来，谈话于是转入一般生活的诉苦上去。

在这种问题上，谈话最多、最精彩的，是戴矮子一类两三个六十岁以上的老人。他们仿佛一架活的物价指数表样，从清朝到现在，其间米价肉价的涨落，都大体记得清楚。虽然他们只笼统知道目前的情形是怎样来的，但却认真感觉到了不满。

---

[1] 水饭：禳解时祭鬼用的饭。
[2] 抗战时期，一般人民把反动政府的收购政策叫作"捆商"。

"这样搞下去怎么得了呀?"那个半瞎的老医生陈竹庵追问着,"哼,鸡蛋会卖一角钱一个!恐怕从前就是做梦都没有梦见过吧?"

"这就稀奇了么?"戴矮子接着说,"你去郭金娃馆子里吃二分白肉看吧——四角!才几片呀,薄得来一口气吹得上天!从前怎样?医生是知道的,进去一坐:来四分白肉,红重!还要去皮带瘦呢——八个小钱。不信去问,郭金娃还没死呀!"

"这还要问!"啐了一口,么长子也插进来了,"我小时候也吃过的呀。八个小钱一碗的白蹄面,那几多?吃一碗,就塞得你半饱了。不过,戴矮子!你有什么抱怨的呢?烫两个金夫子,就够你杂种吃一天了。"

"像你这样说,那些金夫子,都像是绅粮呢。"

"倒不是绅粮,可是,你个家伙好烫猪呀!"

"你老先人积积德吧!"板起宽阔打皱的老脸,戴矮子类乎呼吁地说,"要是我戴矮子心肠有这样硬,连金夫子都要骗,我早当汉奸去了。你自己也看见的,大家屁股都在外面,饱一顿、饿一顿的,夜里就盖几根稻草……"

"那你一天在梁子上喝风呀?"林么长子顶上去问。

戴矮子意味深长地笑起来,并不答话,也不再说下去。

他是一个光棍,一个靠着骰子、纸牌生活的人,并且,他已经在北斗镇混了几十年了。他知道这里的风俗,有许多人,你是沾也不能沾的。所以他不能说那些被他哄骗的对象,就是镇上各位大爷兼金厂主人手下的管事、摇手、沙班等等工头、工匠。

"我知道你的鬼多得很!"么长子紧接着笑骂了,"谨防剁指头啊!"

"没说的！大小一个光棍，要哪样有哪样。"

"那就行！不过说一句老实话，就要上吊，也找大树子吧！……"

幺长子自己开着金厂，他深知那些金夫子的实际情况，所以他的半玩笑的劝告，完全出自当时当地的诚实，没有丝毫虚假。他那顽硬的心肠，甚至隐约地冒出一股苦趣。

幺长子并不是善良人，还很贪鄙、毒狠，但纵是一个恶棍，他也会在某些时机享受一点那种不花本钱的同情之乐，特别今天，心里充满愉快，他就自然而然对人好起来了。这愉快有两个来源：首先，他的新槽子出金了；其次，他正期待着一种更大的喜讯。

夜里，那个金厂管事附带告诉他说，根据一种传闻，一个新金矿被发现了。就在筲箕背，那金厂梁子最高的地方。而且还不是沙金，是成颗成粒的，成色同章腊金[1]不差上下。这是刘糟牙槽子上一个老工匠丁酒罐罐漏出来的。丁酒罐罐的父亲就是一个开金厂的；当父亲死后，在赌场里荡尽了剩余的家产，开始在金洞里爬上爬下背沙的时候，他曾经在那里工作过一段时间，而且他还亲自发现过一根金门闩子！

其实，这种传说，老早就很普遍地流行着了，不过一般人都不知道究竟，总是恍惚迷离的。在许多年老人当中，有的说，好多年前，筲箕背的确开过槽子，但是没有结果，所以很快就封闭了；有的又以为，金子是出产的，半途而废的原因在于士绅们和业主的反对。因为那里是风水地方。现在，既然钻

---

[1] 四川松潘章腊地方，以产金出名，金子的成色最好。

出个人来拍着胸口证明,情形就大变了。

所以听完报告之后,林么长子便立刻从椅子上跳了起来,催促他的管事去找那老金夫子,约着早晨在涌泉居会面。他要亲自同丁酒罐罐谈话,然后秘密进行开采手续。他叮咛他的管事不要张扬出去。因为像他说的,这镇上长手杆、粗喉咙的饿蟒,实在是太多了,一漏出去就会你争我夺,而他自信不容易占上风。

这时,因为新来了一个茶客,那个代表国家银行收买金子的委员,茶堂里的空气更热闹了。虽然这个人两年前还是一个城里的杂货店老板,不足道的;但目前既然兼差着大银行的职务,做的又是金子生意,人们的看法自然不同起来。大家提高嗓子招呼茶钱不说,还争着开,争着让出好位置来。这是因为彼此都想从他那儿占点便宜的缘故。

么长子的首席,是从来不让人的,便是城里的士绅来了,他也仅仅干叫两声茶钱,至多抬抬屁股来表示客气。但是现在,他竟然从座位上挺直地站起来了,右手一摊,做出一个谦恭的邀请姿势。

"坐起来吧!"他欢迎地说,"不要客气!……"

他又拖了对方一把,那委员这才坐下去了。大家于是七嘴八舌地探问着金价。

"我今天就要进城看电报去了,"小胖子委员高深莫测地说,"噫,这个战事像这样打下去,恐怕还要涨呀。么大爷,你倒整对了哇,每天几钱!……"

"你听什么人说的?"么长子佯装着吃惊了,"真的每天几钱,耳朵早挤落了!你替我们想一想吧,工价好贵?还不容易找到人呀!"

"无论怎么样说，本总不会亏的。"

"这说不定，"急眨着深陷而带灰色的眼睛，么长子含含糊糊回答，"这要看运气……再说呢……"

"当然啊！"委员俨然地说，扬了扬眉毛，"要是靠得准拿钱，我也来了。这里的出产，也确乎不行，没有响水沟旺；就是磨家沟都比不上！你问问看，单是萧三大爷那个明窝子，一天挖多少呀！可是，这里一天两钱三钱，就算红槽子了。"

"那你又讲得太过火了！"芥茉公爷客客气气地辩护说，仿佛那小胖子损伤了自己的尊严，"筲箕背要是开出来的话，抵你十个响水沟呵！他萧老三算得什么？"

"你瞎说！"么长子说，装模作样地连连摇头，"你又在放空气了！"

"说起来你哥子不相信，金厂梁子上，什么人不晓得呀！你去问问刘糟牙槽子上那个沙班头子吧，他就在那里背过沙呢。并且……"

"是不是还挖过一根金门闩子哇？"么长子非笑地插进来问。

"你也听说过吗？"

"比你早！还是娃儿头的时候，就听过几千遍了。不过，看样子，你倒真像耳朵里夹毛钱，听进去了呢——一根金门闩子！哈哈……"

么长子嚷叫着，一连打了一串响亮清脆的哈哈。他想岔开关于筲箕背的传说，减少一些不利于他的注意，他立刻就做到了。芥茉公爷脸红筋胀的，感觉得上了谣言的当。所以大家胡乱笑了一通之后，谈话就转到风水、迷信和一般谣言上面去了。

但是，谈话虽然精彩，茶客已经陆续离开茶馆，回家吃早饭去了。那些"节省大家"，在走的时候先把自己的茶碗移向桌心，这是表明，早饭过后他们还要来的，不想另外泡茶。芥茉公爷向他的同伴眨了眨眼睛，彼此若无其事地向郭金娃馆子走去。因为生活过高，好多人花钱更手紧了。只有少数人没有走。林么长子便是其中的一个，他在期待着，不时又望街道两头审视一番。因为丁酒罐罐将会给他带来一大注钱财。

他的独苗苗孙儿土狗，那半点钟前跑来拿走豆芽，并且顺便抢走一张毛票的七岁的孩子，拖着鼻涕，跳蹦着跑来请他吃饭；但他费了很多唇舌，又把那孩子赶走了。

他还要等一会儿。但他显然已经不耐烦了，老是咂嘴摇头，又轻轻透着气。

二

北斗镇的开采沙金，已经是相当久远的事了。然而，为一般人所熟知，像目前一样的那种比较大规模的发掘，却在辛亥革命前后五六年间。那时候，最时髦的有两件事：其一，是恭而敬之地送上半锭纹银，几个响头，取得一个光棍；又其一，便是淘金。

但是时间过得太快，虽然光棍的组织已经成为川西北一带农村社会的特殊势力，便连这个偏远市镇也不例外，它是更为一般野心家所看重了；而淘金的潮流，却并没有继续多久。然而，在一九三四年左右，当那批逃亡地主，从他们感觉生疏、感觉屈辱的都市里，返回他们照旧可以趾高气扬的故乡以后，黄金的气运又抬头了。

和前一个时间相像，那些实际上沾了黄金的光的人们，他们经常的借口是赈济灾民。仿佛要不是他们让那些在饥饿中彷徨的贫苦农民，满身泥污，背了尖底背兜，在那暗黑而危险的矿洞里爬上爬下，所有的农人便会断种，而这世界，也就要垮台了。他们总向山沟里找人手，因为那里困苦最深，也就是说工资可以更低更廉。

最近一个时期的大规模开采，是"七七"前后才开始的。起初的措辞也是一样：赈济灾民！因为附近一带地区刚才遭了荒年。但随着抗战的开展、矿洞的增多，最显著的是黄金价格的不断高涨，旧的借口讲起来要红脸了。同时，人们也似乎朴质多了，他们坦然地流露出对于黄金本身的迷恋。但是不久，却又立刻来了新的口实：他们是在开发资源，是在抗战建国了。他们于是大挖特挖起来……

所谓"金厂梁子"的正式称呼，叫"东山"。但是，自从这个倒霉家伙被一班贪婪者挖上一些大坑小洞之后，它的本名便失传了。它并不很高，没有树木，远远看起来只是一埂漫远的黄土丘陵；现在，则自然是一座充满喧嚣的、庞大的野市了。到处都散布着肥肠汤锅、红宝摊子和粗野的人影。有的地段，甚至粗具了市街的模样。而就在这种地段当中，一家小酒馆在昨天开张了。但这所谓"酒馆"，是和肥肠汤锅比较说的，它只贩卖烧酒、猪头、猪尾等等不成材料的货色的卤味。因此，倘若同镇子上的酒馆一比，那便卑卑不足道了。它的主顾，除开管事，沙班、水班的工头、工匠，老板们间或也来凑凑兴致，胡吃一通。因为沙班、水班的工头、工匠，好多都是光棍，老板们更不例外。

新开张的生意总是很兴旺的。现在,又正当中午时候,那个小小的篾折篷子,已经给客人塞满了。但也一共只有两张桌面。在那关圣帝君的神位下面一张方桌子上,因为上席靠壁,不能安客,连挂角一共有七个人。右手的圈椅上,坐着一个面貌有点浮肿、黄面孔的五十上下的人。细眉细眼,微瘪的阔嘴上蓄着两撇稀疏柔软的胡子。而由于这外表,以及他那比较斯文迟缓的举动,他的神气是和蔼可亲的,而且经常带点笑意。但他就是镇上有名的白三老爷,诨名叫白酱丹。一架大爷,一个没落的绅士。在金厂梁子上,他是没有地位的,但却普遍对他感到畏惧。淘金刚一开始,他就奔走着、张罗着,希望自己是个厂主,或者同别人合伙。因为他一向清楚这里油水很重。

直到现在,白酱丹白三老爷虽然依旧存着这点野心,但人们总一样对他敬而远之,再三回避着他。因为他们不仅畏忌着他本人的双重身份——又是绅粮,又是大爷,以及他那无穷无尽的诡计;他们更担心着那一两个挡在他的面前,实际上掌握着北斗镇的命运的人物。他的家产早玩光了,但他自视甚高,并不感觉处境的尴尬。他头戴猫皮土耳其帽,花缎背心的纽扣上吊着银质牙签,手上是响水烟袋,看来很是神气。

白酱丹白三老爷的烟袋,是红铜衬底、白铜镂花的,而正唯其有如此漂亮,所以吃饭、走路和上厕所,他都从不离手。因为一个水班头子称赞着烟袋的做工精致,他自己也就津津有味地举起来瞧了瞧,吹了一口沾在上面的细碎烟丝。

"还是城里焦大老爷送的,"他俨然地说,"吃了十几年了。"

"现在,单是铜,恐怕也要值好几个钱吧!"那水班头子更加起敬地说。

"毛铁都卖好多钱一斤了呵!"白酱丹说,又微微一笑。

"请酒!请酒!……"

有谁拿起杯子一举,招呼着,大家于是就又继续喝将起来。但酒是无力控制谈话的,反而刺激了它,所以酒杯一搁,筷子一搁,口舌又在别种欲望下工作了。不过,旧的话题已经让位,已经不再是那宝贝烟袋了,他们开始交换着金厂上的消息。什么人挖"夜"了,蚀了老本;什么人涨了钱,捞到了油水;那个洞子因为撒了网,塌了,死了好几个金夫子,等等。

"刘大鼻子又挖夜了,"一个秃头的中年人说,"蚀了好几百元!其实该涨钱的,就是人没有请对头,叫管事骗了。又抓过一次壮丁……"

"好久的事?"白酱丹问。

"还不是前一场的事!十几个水班,全抓光了。沙子堆起出不了货,又叫贼偷了。总有一二十担吧——真是卖灰面碰见吹大风!"

"其实这些人也该振,哪个叫他平常嘴巴臭呀!……"

白酱丹白三老爷不怀好意地笑了。

"现在还出沙吗?"他接着又问。

"已经停了工了!说是要顶,我看没有人肯接手。"

"为什么呢?"

"挖夜了的槽子,都不愿意要呀!不吉利。就像结婚一样……"

"我才不管它这一套!"白酱丹放肆地说,"二婚亲就不生娃娃了么?"

他想提醒大家,他不仅是个老爷,还是个道地的袍哥大爷,任何提劲撒野的话,他也是在行的,并不比别的人本分。

他引得全席人都发笑了。

他们大都知道,他是老早就想拥有一个金洞子的。便是不知道的人,现在也从他的口气里得到暗示,只要大鼻子停了工的洞子还肯出货,他是很可能收买的。但他们却不知道,他现在是怀着另外一种目的来的,而他的谈话只是一时的凑趣。

谈话停顿了一会儿。随后,一个塌鼻头老人,是一家小厂里的管事,头发已斑白了,红丝眼睛,为了讨好一个表面人物,忽然想起似的插进嘴来。

"你想顶么?"他问,"算了吧!倒是挖筲箕背比你什么地方都好!……"

"那里挖得出什么来啊!"白酱丹反驳地插断说。

塌鼻触到了他的心病;他正是为了这件事情来的,但他装作毫不相信的神气。

"是好,山都老早给挖空了!"白酱丹接着说,"清朝年间就有人挖过,出点麦麸子金。所以才几天就搁下来了,眼睁睁佘了他妈一大堆钱进去!"

"你亲眼看见过么?"一个人伸着头问。

"他们老一辈人说的,我那时候还在吃奶子啊。"

"那就不确实了,我讲的是真的呢!"塌鼻说,更加认真起来。

虽然从塌鼻谈话开始,那秃头和其他两个人就都有点吃惊,因为他们同样知道这个消息,却不愿意传播开去。他们想阻止他;但是塌鼻一个劲说下去了。

塌鼻是那种藏不住半句话的人,而且酒已经喝得够了,因此没有看出同座其他两三个人的焦急和不满意。他只对了那个渴望探听出一切底细的、白酱丹的黄黄的圆脸,想把他听来的，趁新鲜原封不动讲了出来。他骄傲他有了发泄的机会。

"他亲自在那里做过工呢！"他继续说，转叙着那个人证的自白，"他讲，才挖了七八天，就发现牛子[1]，出了沙了。简直是成颗成粒的——好成色呀！"

"以后为什么又搁下了呢？"白酱丹逗引着他。

"有人不答应呀！说是风水地方，怕龙脉挖断了！"

"那地方风水是有！"抖抖纸捻子灰，白酱丹说，"何寡母他们，就是靠那里的几座祖坟才发了的。可是，现在不兴这一套了——迷信！"

他随又用他那永远带点笑意的细长眼睛盯住秃头。

"你听说过没有？真的吗？"他连连发问。

"什么真的！只要你肯听，几杯马尿水一灌，热闹的还多呵。"

"你不能这样说，"塌鼻不平着，开始忸怩地辩护，"一个人喝了酒，就不讲真话了么？还有人偷来试过呀！怎样能算是乱说呢？"

"什么人？"好几个人注意地问。

塌鼻子并不回答。他傻笑着，难乎为情地搔着为酒涨红的脸颊。

"讲呀！没有哪个出卖你的！"人们催促着。

"说出来不大好。"塌鼻还在忸怩。

"呵唷！你说就说呀！"

"那我不提名字，"塌鼻终于决了心了，但却依旧忸怩地

---

1 牛子：淘金工人的行话，即大的鹅卵石。

说,"总有这么一个人嘛,也是大鼻子槽子上的。这家伙听热了,去偷了两回——淘了好几钱呵!"

大家忽然都沉默了。虽然沉默的时间异常短促,但其间,各个人的内心活动却是很复杂的。他们屏住呼吸,似乎都看见了那在黑夜里偷盗矿沙的光景,看见了那诱惑人的、仿佛云霞一般的黄金。一刹那间,白三老爷甚至觉得自己也加进去偷盗了。

最后,白酱丹松了口气,又忘情地笑一笑。

"他没有告诉你,原先开采的是哪一段地带吗?"他接着充满关心地问,似乎这是一个问题的关键,"要是实在,他就一定知道!"

"我没有问他。我搞忘记问了!"

"依我看是空事!"那秃头叹着气说,"就算是真的吧,何寡母肯答应呀!"

白酱丹意味深长地向秃头瞄了一眼,唯唯否否地哼了一声。他很明白,那秃头有一半意思是在提醒他的,但他在心里暗笑。因为他深信不疑,只要不是传闻,只要是他肯干,任何泼妇他都能够应付。

"大鼻子的槽子在哪里哇?"他若无其事地问。

"喏!……那不是呀!从那间茅草棚过去,倒右手就到了……"

然而,沙班的热心的指点,并没有使得白酱丹发生怎样的显著反应,好像他的问询,只是一种随便举动。本是一个城府很深的人,见过的局面也不少了,他是能够沉住气的。他照常不动声色地继续喝酒;关于那老金夫子的事,从此一个字也不提了,仿佛刚才不过讲了一些毫无实际作用的空话。甚至已经忘记了它。直到餐事结束,那个秃头抢着把酒饭钱给了,他才支使开他们,独自往那老沙工指示的路线走去。

他从一个凉粉担子后面隐身过去,然后转上一条小径。那小径沿着山腹蜿蜒下去,相当僻静;但一往下面的洼地,其热闹正和山脊,以及前山的阳面一样。所不同的,是山腹以下,只有一些大坑小洞的明槽子,没有隧道,看起来恰像干涸了的泥沼。

那些泥沼的面积大小不等,但面积小的,多半是正在一直向下挖掘,是已经发现牛子,找到矿脉的了。面积大的,则多数还在焦急地向四面扩张着、试探着,希望不要长期受骗,空自消耗人力财力。泥沼的边沿上,一例安置着龙骨车,有的一两架,有的三五架,正在喝干那一坛坛混浊的泥水,以便攫取沙石,淘洗金子。

迈开一个路毙,白酱丹笔直向了四五个席地而坐的金夫子走去。那路毙大张着嘴,赤身裸体,下身围着一块席子,肤色已经黑了。那几个同样有着路毙前途的金夫子们,则正在吃饭。他们围着一鬶清淡的臭咸菜汤,用树枝做筷子,硬塞着麦麸和玉米混合做成的面团。他们比暗槽子的工人还要污浊,周身全是泥浆。

白酱丹做事,照例是从容不迫的,而且非常细致,知道怎样事先掩护好自己。他不声不响走近金夫子们去,看他们吃。最后,他摇摇头,又轻轻笑了一声,意在提起大家的注意。仿佛他们的吃食和吃法十分打动了他,他有点舍不得走开了。

"你们这样吃,"他微笑着说,"应该落得到几个钱回家过年呀?"

"落个屁!"一个头蒙白布的中年人带点不平地回答,"自己糊得圆就好了。"

"怎么样,不是都增加了工钱了么?"

"那有多大用处!"这次回答的是个老人,"说起来两块三块的,看买得到一碗米么!不是庄稼做垮杆了,哪个来吃这碗造罪饭啊。"

白酱丹表示同情地笑了。

跟着,他就问他们认不认识丁酒罐罐,他住在什么地方。因为这里正是大鼻子的槽子的所在。他立刻满意了。那个老年人还自愿亲身领他到厂棚里去。

丁酒罐罐住的篾折人字形的棚子,位置在一处土坎上面。地方虽然比较的高,但却同样潮湿。棚子里散乱着一些谷草,谷草上面有两三床破棉絮。黑而发臭,正如泥污一样。但这还是工匠们的特权,一般只能出卖气力的金夫子们,是无福享受的。

棚子里面坐着四五个人,潮湿的泥地上狼藉着吃空了的甏子、饭碗。大家正在吃饭后烟。土制烟卷、叶子烟,以及烟袋、烟棒,都出场了。只有丁酒罐罐还在吃饭,这是因为烧酒耽误了他。这是一个矮老头子,嘴唇已经瘪了,没有胡须。他是褴褛不堪的,但却有着一种孩子般的快活神气。他对来客立刻表示了欢迎。

他的同伴也都站起来让座,唠唠叨叨抱歉着地方太窄。白酱丹终于在一通闲话之后提到笤箕背来,但是他的态度,仍然是若无其事的,仿佛不过偶尔趁兴头探问一下。

然而酒罐罐并不这样想。趁了酒兴,他渲染着,鼓动着,说他讲的全是真话。

"现在金价好贵了呀?"他尖着嗓子嚷道,把上身倾侧出去,为酒涨红的眼睛里泛着热情,"让它荒起真可惜了!只要三老爷肯干,一切都包给我!"

"事情没有那么容易!"白酱丹摇摇头切断说,因为看出老头子是在说酒话了,"那个寡母子她肯答应你挖呀?人家几代人的发坟都在那里,又不缺少钱用——是你,你肯干么?你也不过随便问问罢了,怎么能说得这么深沉呵!"

"这个话不错!"有人承认说,"是别人的风水地方呀。"

"现在什么人还在讲究这一套啊!"酒罐罐说,显然不大满意,"银子是白的,眼睛是黑的,多拿几个租金,她会连裤带也解了呢!哈哈……"

"你在说酒话了呀?"白酱丹笑着问。

"哪个狗杂种说酒话!都是一真二实的啊。难道三老爷要做,什么人还敢阻拦?顶凶,多拿几个钱给她就是了!这还算看得起她。嗨!对,打旗旗算我的!……"

"你真说得便当!"

白酱丹嘟哝着,轻描淡写地把谈话撇开了。

"不过,不要生气哇,"他随又微笑着问,"你认真见到过金门闩子呀?"

"完了!"酒罐罐叹气说,有一点见怪了,"我十四五岁,就跟我们爹在社会上操啊!人是越操越霉,对拜兄伙,还从来没有乱报过盘。的确,不多不少,官秤一两三钱几分。那个时候,单是说,好多人都把眼睛看红了啊!……"

"其实,只要是肯出货,也就算不错了!"白酱丹忘其所以地说。

"货,那倒是出的!"别的几个人嚷着证明。

"你听听吧!"酒罐罐快活地叫了,"他们总没有吃醉呀!"

"丁酒罐罐在么？"棚子的入口处忽然有人发问。

随着叫声，一个矮子和一个长人走了进来。

这进来的是林么长子的管事毛笨和么长子本人。因为早上的约会并未成功，而么长子又非看看丁酒罐罐不可，现在他可亲自来了。然而，他可没有料到他会碰见他的表弟，同时也是他的敌对的白酱丹白三老爷，这就不免叫他有点吃惊不小！

他们都是在旧社会滚过半辈子的人，只需一眼，便互相猜出各人到这里拜访的作用来了。但是他们还是彼此隐瞒起来，希望能够蒙混过去，应付过去。

"我怕哪个！"白酱丹首先显得惊异地笑着说了，"么哥呢！"

"怎么样，来不得吗？"么长子说，多少有点着恼。

"怎么来不得？这里又没有喂得有老虎呀！"

掩盖过这些充满了心机、计谋以及策略的谈话，不识不知的毛笨也在一个劲地嚷叫，半开玩笑地抱怨着丁酒罐罐。他是个新近才由么长子提拔过的光棍，所以他总时刻注意到他所应有的袍哥派头。

"可是袍哥，踩水来不得哟！"他叫嚣着，"咱们弟兄，一是一，二是二……"

"你做什么哇？"么长子的不快，忽然间爆发了，"总是肝筋火旺的！"

"他说他也在等我呀。"毛笨嗫嚅着解释。

"的的确确！"酒罐罐证实地接着说，"当真等了好半天呢。不过，么舵把子的意思，我已经知道了。那确是实在的，一天出不了两把金子，我丁酒罐罐不姓丁了！只要你干，我钻山塞海总来一个——不来不算光棍！"

没有人接上话，大家都忽然莫名其妙地沉默下来。

这沉默的主要酿造者，是么长子和白酱丹。前者满脸的大不痛快，有点哭笑不是，进退两难；后一个则一直浮着冷然的讽刺的微笑，眼睛更细，脸蛋也更圆了。

最后，白酱丹终于站了起来，含意深沉地微微一笑。

"好！我先走了哇，你们细细谈吧！"他说。

"都听得呀，又不是哪个想谋王杀驾！……"

么长子锋利地回答，没有站立起来，更没有挽留白三老爷。

三

白酱丹白三老爷，在镇上的处境是相当奇特的。

说他是绅士吧，他的田产，二十年前已经光了。他现在的生活状况，是零落的和可笑的，就经常仗着两三个赏识他的大人物的提携，以及种种无穷无尽的五福会、田园会度日子。但他确又是个绅粮，只是他看不起别的绅粮，而别的绅粮也看不起他。他看不起他的同类，是他以为他们不过多着几个脏钱。但在袍界当中，他也并无显赫的地位。而他之所以没有在北斗镇掌握实际权力，这大半因为他是一个靠了挥霍出头的、所谓一步登天的大爷的缘故。既然没有耍过枪炮，自己身上也没有留下一点光荣的创伤。然而，毫无疑义，他的手腕是比么长子强的，所以对于他们的意外会晤他很镇静。

现在，他已经把那个和他向着同一目标竞走的对手，全忘怀了。他正在考虑开发筲箕背的各种步骤。由他一个人创办，自然是顶理想，但他没有本钱，而一涉及借贷，他的信用又早就破产了。请会虽是一法，但数目是有限的，他将不能应付那种庞大的开支。而且，当他黄昏时分回到家里的时候，他的老婆，又极不识相地向他发出警报，说是响午连米柜子都扫了，催他赶紧买点口粮，否则明天没米下锅。

仿佛命定的一样，于是他很快地直觉到，他只有同旁人合伙了。他第一个想到的是本场的联保主任，那个把他当成智囊的龙哥。这是很自然的，而且他也不能不依仗龙哥的权力；但他又觉得龙哥喉咙太粗。其次想到的是彭尊三彭胖。这个人虽也胃口不小，但他可以控制，而且他们又是亲戚。然而，这也有不妥当的地方，龙哥知道了会说他们出卖他的。这是一种袍界的最大忌讳，而且每每因此弄坏人事关系。

总之，这需要认真考虑；但他已经烦躁起来，失掉了他那种惯常的沉着。他想暂时把它丢开。他拿起烟袋，抽起烟来。但他老吹不燃捻子，也摆不开脑子里那些互相排挤着的想头。昨天他还不知道这件事会使他这样激动，他索性不抽烟了。

"唉！一辈子就是吃了金钱的亏！……"

灭熄纸捻，他磕的一声搁下烟袋，又长长叹口气。

"其实，就是彭胖子也是不好惹的，"他想，"喉咙也粗得很！这就叫越有钱越想钱——你把他有什么办法啊！"

他忽然注意到了坐在堂屋门边暗影里的他的女人。

"你们真是会吃！一斗米，才两三场就没有了。"他怨恨地说。

"我总是盘回娘屋了嘛！"女人回着嘴，咽了一口酸苦的气。

这是一个黄皮寡瘦、半瞎的四十多岁的女人，除了一个十岁的女儿真真,她便没有任何的亲人了。丈夫早年的爱情,是在家庭以外浪费掉的,对她一直看不上眼。所不同的,他先前不喜欢她,是因为她丑陋;现在则是多病,而且老向他要钱开销。

白酱丹忽然感觉到有点歉然,他难过起来了。

"你说这些气话做什么啊?"他蹙着脸温和地说,"我只是说,吃得真太快了。好像做作的样,米越贵,越吃得。不要再说了吧,明天去借几担谷子。"

"等你借到,人都会饿死了。"

"你就只晓得泼冷水!"因为忽然那么尖锐地意识到自己的穷困,他生起气来。

"那我不开口好了啊。"女人说,深沉地叹气。

"我不是不要你开口,你说得太没有志气了!好像马上就要饿饭的样子。什么时候,我总要买几十担米在那里搁起,让你慢慢胀嘛!……"

他联想起了筲箕背和他正在谋划的事业,他的精神,又逐渐振作了。于是,在那种由于赌气而激动起来的、发热的想象当中,他看见他的景况是变好了,他的女人也不再藐视他,只是感到惭愧;但却十分满足,深幸自己嫁了这样好一个丈夫!……

她没有妨害他的幻想,但是最后,她终于又开口了。

"说呢,又要发脾气了。又是找主任吧?那个女人的话,就不好说!"

"向她开口?我才犯不上去找她那个泼妇!"

"那我看你又找哪个!"

"找哪个?我就找龙哥本人!是他亲口答应过我的。"

"那么好,等他从城里回来再吃饭吧!"

"嗨!你倒一句话把我提醒了呢!……"

对于老婆大胆的回嘴,不但没有见怪,他倒充满愉快地笑了。因为由于这个提示,他立刻想起一个好办法了:赶快趁龙哥不在家就把金厂组织起来!……

"我这个人的记性真太好了!"他接着解嘲地说,手掌击了一下额头,"不过,不要愁吧!"他又说,忽然变得温柔起来,用了少有的柔和眼光望着他的老婆,没有一点看她不起的神气,"总不会饿死你的!我要到彭胖家里去了。"

这时候,那个营养不良的女儿忽然走了进来。她帽子上插着一个毽儿,穿着一件旧棉背心。她显然害怕父亲,飞快行了个礼,就怯生生地靠近母亲去了。

"野人吗?怎么这时候才回来哇?"白酱丹问。

"在门口打毽儿来的……"

"就贪玩吧!"他说,一面朝外面走,"看将来怎么样升学啊。"

那个终日淌着眼泪的女人深深叹了口气。

这叹气的意义很是清楚:他们的女儿现在读着小学,就连教科书也买不齐全,常常缺乏文具,升学,当然更艰难了,是无望的和不可能的。但是这种想法,却把那个正在洋溢着乐观情绪的父亲弄恼怒了,又觉得被她泼了一瓢冷水!

"你就料定我翻不了身吗?"略一回头,白酱丹想这样叫出来。

但是,浮上一个冷然的微笑,他又转身走了。他觉得和女人争执是无味的,而他现在也还没有到夸口的时候。同时他又想到了她的昏愚、可怜,值不得批驳她。

他之宽大为怀，在家庭间算是一桩难得的事。正如难得使他感情激动一样。而这两种意外情形，又同是来自那种过分刺激了他的关于黄金的梦想。他平日只顾自己穿着整齐，以及用他那半食客的身份，在镇上东吃西喝，妻女的生活，他是少关心的。而且，每当她们提出什么生活上必需的要求的时候，他总以为她们是在和他作对。

这通常有着两种解释，她们又在利用生活负担胁迫他了，这是其一；其二，她们企图败坏他的兴致，而且，使他的体面受到损害。他是很考究体面的，年轻的时候用遗产，现在用手段，以及装腔作势。单看他的派头，谁也不相信他是穷光蛋。烟袋、牙签不说，他还穿着花缎背心；虽然是几年以前，流行背心时用一件坏了袖子的马褂改的。

他那细小的眼睛，多少有点毛病。所以每当看书写信，或看告示的时候，他的老光眼镜，又在鼻梁上架起来了。这更使他显得神气十足，不像一个什么普通角色。他喜欢批驳别人的文字，便是县府下来的公文，也都逃不过他。而这一切，又是从他的自负不凡来的，以为只有自己的文章通气。在整个北斗镇，不被他公开藐视和说坏话的，只有两个人，一个是联保主任龙哥，一个是他正要前去拜会的彭尊三彭胖。

彭尊三彭胖，是本镇捐班出身的大爷，而他的真正的势力的基础，却在他的大批田产、苏保沟的山场和现金上面。反正前后，镇上大半的粮户，都遭过绑票的，他却一直没有住过茗窖，没有尝过粗糠拌饭的异味。因为世风一转，他便立刻加进了袍界了。而且，设法和大人物交结，故意闭着眼睛吃些损害不大的小亏。因而，民国以来，镇上的统治者虽然一共变更了五次，他可始终没有倒台。他人很滑头，从不攫取什么过分打眼的利益，虽然他也并不拒绝那些送上门来，或者膊子一伸便可拿到的物事。

彭尊三彭胖，已经三代人没有分过家了。同着他的父母、三个兄弟，他们安安静静地住在一所前后三进的旧式宅院里面。它位置在市镇东头，门口有着两间铺面，一间是酱园，一间做着油酒买卖。它们已经存在了好几十年，因为他的祖宗是以此为业的。虽然它们的作用早已只在保存家风，一方面借此开支日常用度；但是现在的意义却又变了。它们也兼做油酒，以及油酒以外的囤压生意。

当白酱丹抱着水烟袋走进彭家大厅的时候，彭尊三本人正站在一些菜油篓子当中，手上拿了算盘，在和五六个力夫算账。那些菜油，显然是才从县城的东南区，土桥、崇镇一带旱坝里运到的，因为那一带出产丰富，价钱比山沟里便宜。力夫们是正在分辩着、扰攘着，理直气壮地抗议他们丝毫没有作弊，因此不该克扣力钱。

彭尊三是个又白又胖的五十多岁的胖子。加之，头戴雪帽，衣服又很宽展，他的堆头，看来更庞大了。因为营养得好，又因为喜欢以刮脸为消遣，他的外貌看来还很年轻。他是那么的多肉，以致乍看起来，你会以为他生着好几个下巴；有时，又一个下巴也没有了，几乎同颈子平铺直叙地连成了一片。

彭尊三彭胖说话时语音很低，但是很宽；有时激动起来，可又像一副窄嗓子。他正在一面拨着算珠，哼着数字，一面又在尖声尖气嚷叫。

"你们把咒再赌伤心些吧！"他含怒地说，"看还把我说得软么！……"

"这几天囤油倒想对了！"白酱丹摇摆着走过去，一面赞叹地说。

彭胖从昏黄的灯光下立刻注意到了白三老爷。

"囤倒囤得,只是价钱也够受啊! ……你坐呀! ……"

"上这个数么?"白酱丹笑着比了比指头。

"不止不止! ——就叫城里面抢贵了……"

彭胖应酬着,望望客人,就又赶紧盯住手里的算盘,深恐打错了桥。而那些力夫的大声的发誓,则已变成了愤恨不平的唠叨。因为他们本来已经承认了胖子的算法,后来才又弄清楚吃了大亏,抱怨起来;但是已经迟了,睁起眼睛叫胖子暗算了。

又过了几分钟,所有的力钱,便被那个理财专家算清楚了;接着就由在场的一个店员,领了力夫们出去付款。力夫们虽然还在唠叨,但看神气,不如说是咒骂来得恰当一些。而彭胖却已不再张理他们,只是觉得一切都很满意。因为听白酱丹说,是来找他说事情的,于是立刻领了对方走进客室里去。

客室并不很大,安着两张床铺,对面坐着便可以亲亲热热交谈,关于任何秘密,完全用不着咬耳朵。正面靠墙安置着一个木柜,上面是一盏锡制的菜油灯。从那只有一根灯草的、昏暗的光亮中,可以恍惚看出一幅单条,写着一个斗大的"魁"字。是乩笔写的,正像魁星一样。彭胖是特别喜欢这一套的,仿佛知道自己平素亏心事做得太多。

木制的望顶很低,已经被各种烟霭熏得污黑;但却没有阳尘吊子,相当整洁。进来之后,彭胖首先走近木柜,将灯草拨成两根,一面照例装穷地诉起苦来。

"现在,简直连灯油也照不起了!"他笑着说,又叹了口气。

"岂止灯油!"白酱丹赞成着,举起手上的纸捻,"你单拿纸捻说吧,一天要花多少钱呀?我又是把习惯养坏了的,总离不得！"

"唉！像你这样一天燃起，一年算起来要笔钱啊。"

"那不是！不过也没办法，总要抱在手里，心上才好过呀！"

"其实，你能够把嗜好早戒掉，总算是看准了。现在不要讲大瘾哥，就是两三口烟的小瘾，算起来，也比吃人参燕窝贵得多呀。"

"所以说哟！当初大家还劝我不要戒呢。"

彭胖没有接话，但却忍不住打了一个呵欠。

彭家的家风，是谨守早睡早起的习惯的。至于原因，省油不必说了，在这冬季，主要是每天见亮，当家人便要到肉市上去收猪牙巴骨，拿回来敲损，加上萝卜炖汤。这是一种功效极大的补品，大家说彭家惯出胖子的秘密，根本原因就在这里。

"今天太早起了，"呵欠之后，他解释地说，"到了杀房，猪还在圈里呢。"

"你这个习惯好呀，像我们就不成！"

虽然凭着他那不慌不忙的性格，白酱丹说话极喜欢绕圈子，但是因为事情的紧要，胖子的呵欠，再远天远地兜向目标，是不行了。他得赶快爽利地进行他的正事。

所以沉默了一会儿，白酱丹就扼要地讲明了开采筲箕背的计划。

"我就是特别为这件事跑来的，"他继续说，"大家不是外人，你出钱，我出力好了。你是知道我的境况的，将来见金子了，分多分少没有关系……"

"要得嘛！……"

彭胖的神气异常淡漠，虽然他的瞌睡已经跑了。他又站了起来，拨了拨灯草，而在退转来后，才又浮上一种近乎玩笑的微笑，加上说："不过，我的事你清楚，人多嘴杂，开不得玩笑啊！"

"这个你尽管放心！你我两老表，对不住人的事不会有的！"

"不是这个意思，你多心了！"彭胖微笑着说。

"我说的是本心话啊。银钱账目，我是不懂的，你来！"

"这倒没有多大关系。可是，丁酒罐罐的话，认真靠得住么？"

"靠不住，我又不来找你了哟！"对于彭胖的过分持重，过分机心，白酱丹多少是见怪了，他认真地紧接着说，又不以为然地转动了一下身子，"不相信，你明天亲自跑一趟吧，总不会有半个钱假的。老实说，好多人已经张开嘴了！"

"已经有人知道了吗？"

"多啊！所以我说，要搞，就赶快搞吧。林么长子，今天就在那里东漩西漩的，死盯住酒罐罐不放。你想，他是什么好东西么？"

"他不要紧，嘴巴乱吹一顿罢了！"

然而，虽然交涉如此顺利，若果说彭胖已经相信了白酱丹，那是不正确的。但要说不相信，也一样不正确。因为每每一件事情，没有到了实行的时候，你是捉摸不住他的。所以，接着白三老爷便又向他谈起各项具体计划，希望他会赶快打定主意。

白酱丹说得从容而且详细，而且具有一种很深的自信。他把怎样雇用工人，需要多少木料做厢和打撑子，多少刨锄子和鹤嘴锄，全说到了。他总把数目字说得比实际需要更小一些，但彭胖仍旧不时含含糊糊地摆摆脑袋。直到叙述完毕，而且估量了一笔三千元的开办费用之后,彭胖这才抽了口气,又摇摇头,极为机警地笑了起来。

"这个数目太大点吧?"彭胖说,当心地望着对方。

"你不算算,什么东西都涨价了!"白酱丹叫屈似的回答,"单拿毛铁说吧,卖多少钱一斤了啊?一把刨锄子就要十多元钱。你总不能用手淘呀!"

"不过,数目大了,也有一点冒险。"

"挖金子是冒险呀!"白酱丹脱口而出地说,感觉得有点气恼。

"所以啊,"彭胖紧接着说,显得满足地笑了,"你看,大家挖得多起劲呀,我总无非搭点股就是了。蚀了,也不多。这又比不得做囤压,看得见东西……"

"但是,这挖的是什么地方呀?我更加是吃得补药、吃不得泻药的人啊。"

于是,白酱丹激动着,分辩着,简直快要发脾气了。彭胖是个出名的皮糖性格,比他还绵,是很难说动的,而且有时还要反悔。这是白酱丹早知道的,同时,这也正是他这个凡事都能沉得住气的人,在同彭胖任何一次交道当中,每每感到头痛的地方。因此,种种诱惑之外,白酱丹就又讲了一遍足以证明筲箕背产量最好的新鲜佐证。

"还有啊!"他接着说,"刘大鼻子偷了两三背沙,就洗了好几钱!"

"好吧!"为了不再听重复话,彭胖摇摇手抢着说,"暂时就依你吧。事情到了那里再说。不过,我看问题倒在那个寡母子身上啊!"

"你先从儿子下手呀!"白酱丹情急地说,"两盒漂烟就解决了。"

"还有龙哥呢？"

白酱丹忽然做作地叹了口气。

"是他在，又容易了啊！"他发愁地说，"他又不在。在城里开了会，听说还要下州。我们只有做起来再说了！一两个干股子，总跑不脱他的。"

分手的时候，他才又提出借口粮的事来，撒谎说市上卖的米谷秕太多。

四

何寡母是北斗镇有名的富孀。她的有名，不仅因为有钱，而且门第较高，自己又很能干，收租放债总是亲自出马。而且三代人都守寡，都只有一个独苗苗儿子。

她的独养子的曾祖父，是个经营烧房的商人，三十上下便去世了，祖父后来就继承了这行业。不久，他的长兄忽然成了北斗镇有史以来的第一个举人，凭着这份声势，那烧房于是扩大起来，还兼做其他的杂粮米谷买卖。他可以公开地拒绝上烧锅税或酒税，并随意规定市上的粮食价格。所以不上十年，很快便吃肥了。后来，虽然才三十六七就咯血而死，但那妻子的本领并不在他之下。那妻子诨名叫"阎王婆"，一九一四年葬送在一批土匪手里。土匪原是要钱不要命的，但阎王婆却阻止她的儿子赎取，不愿出钱，甚至连强盗们软禁期间的开销都不承认。然而，那儿子——何寡母的丈夫，在赎回她那已经缺了两样肢体,并且腐败了的尸体的时候,依旧出了一百两银子。

因为这个打击,而举人们的声势,又被袍哥们压倒了;加之,何寡母的丈夫,不但赶不上母亲的能干,连父亲也及不到一半,柔弱,懒惰,只能躺在床上抽烟;寡妇本人,又是所谓书香人户出身,不愿料理商务,生意便停门了。然而,终不愧于娘家婆家都是地主,很懂得怎样对付佃客和张罗镇上的大人物,她不但保持住了原来的门面,从来没有遭受过大的亏损,每年的存款甚至更形增多起来。

何寡母支持家务的最艰苦时期,算是丈夫逝世后那三五年间。他在一九一八年,便结束掉他那二十八岁的生命了。跟着寡居,首先来到的是产业的纠纷。举人老爷在世时候,并没有和烧房主人正式分家,因此双方的继承者曾经发生过三次争执;而以寡妇遭遇的一次为最厉害。这时举人的遗产已经被荡尽了。双方继续打了三年官司,花了不少银钱,但却毫无结果。最后,凭着几个大人物的评断,这才勉强算收了场。

这一次纠纷磨炼了寡妇的才干,同时也改变了她的观念。她再不以正派人自居,一味信赖官府的庇护了。和一般粮户一样,此后她总经常和镇上的名人,主要的是哥老的家庭维持着联络,甚至攀扯一点瓜葛关系。然而,对于他们,她的信任是有限的,她随常担心她的独养子加入袍界。因为她亲眼看见,自从辛亥革命以来,许多地主子弟,都因为当了光棍而破产了。同时她也防范他读书升学。而且,为了对付他那任性而又胆大的要求,当他十六七岁的时候,这做母亲的,便只好求救于烟枪和女人了。她赶快替他做了喜酒,又备办了一副十分考究的烟具。

儿子现在二十九岁,名叫宝元,诨名叫"何人种"。他在城里读过高级小学；但当母亲听说他约好几个亲友，要到成都去考中学的时候，她把他逼迫回来，从此就辍学了。代替课室的是闺房之乐和那烟毒的嗜好。他一向很少出门，有时感觉闷气，也只是嘴里嗑着瓜子，站在大门口看阵街。但在七八年前逃难回来以后，却又完全变了，变来喜欢应酬，而且觉得躺在烟馆里抽上几盒更要够味一些，不愿再在家里过瘾。

起初，这变动引来母亲的不少反对和眼泪，但日子一久，也只好由他了。她并不是一个顽固分子，倒是相当识时务的。虽然一个举人的后代进出烟馆，未免有损体面，但现在的体面已经属于另一类人，而且有了新的解释。就拿她自己说，十多年前，她常常提到的，是那有着功名的叔父；现在，似乎那酒商才算得祖宗了。至于儿子本人的喜欢进出烟馆，原因相当简单，那里热闹而且有趣。既可以散心，又可以结识些他的同类，所以虽然有着臭虫、虱子，以及各种各样人体的气味，也总是离不开。

人种常去的一家烟馆，就在关帝庙隔壁，老板是个半老妇人。一共有三盏灯，来客不是袍哥便是粮户，现在已经满了座了。这时是上午十一点钟，客人是来过早瘾的。他们大都沉默着，只一味抽吸，或者打盹，或者专心炮制烟膏，或者一面炮制一面打盹。有一个中年人，是由烟馆里的堂倌服侍着的，自己单是张开嘴巴享受。他在一味地打盹。大张着嘴，额头一直朝前窜着，看看离烟灯很近了，就又往后一牵，把动作缓下来……

就在这种奇妙的背景当中，白酱丹，或者如一般人见面时所称呼的"白三老爷"，一下子静悄悄出现了。他在三张铺上各自张望了一回，然后便又向了堂倌打听。

"何大少爷还没有来吗？"他问。

"没有。他有时候在家里过早瘾啊。"

白酱丹退出去了。但他离开不久，人种何大少爷，便已在铺位上蜷缩起来。那堂倌特别新开了一盏灯，又格外泡了壶好茶，让他同另外一个客人对烧。

人种是一个中等身材的人，肤色原很白净，由于他那恶劣的嗜好，以及懒惰腐化的少爷生活，现在是成了苍白色了。他的肩头上耸，背有点驼，嘴唇皮尖尖的，四肢都显得过于细小。神情懒散的眼睛上面，躺着一双过分弯曲的近乎女性的眉毛。那横摊在他对面的，是一个有着稀疏的黄色胡须、穿着整齐、头上缠着毛织围巾的汉子。这人是码头上的管事，诨名叫"季熨斗"。

季熨斗来得较早，嗜好已满足了，正伸着懒腰坐了起来。

"真是怪事年年有，"他夹着呵欠嚷叫出来，"昨晚上又碰见开洋荤！"

"那就给你道喜！"对面有人鼓励地说，"又是老腊肉吧？"

"你才猜不到呢。张鼓眼的么儿媳妇！这个老杂种也是活报应啊！那样大的岁数，还东搞西搞的。现在轮到媳妇来还账了！……"

于是，季熨斗接着吹了一通他的奇遇的经过，以及张鼓眼的孽债。那个原来一边裹烟、一边打盹的半老的老人，也精神勃勃地一骨碌坐起来了。别的人也都陆续坐了起来，互相补充着各个人的谈话。而且，触类旁通地把范围扩展开去。

镇上好几家人的大门、闺房，都被他们大敞开了。有的甚至就是他们的亲戚。

客人中只有人种没有参加。因为来得最迟，他的嗜好还没有满足。加之,对于镇上的生活知识,他是极有限的。但他突如其来地撑起身子,制止地插起嘴来。

"不要造口孽吧!"他正正经经地说,"人人都有姐妹!"

"你又在假装正经了。"季熨斗截断说,"你们老头子就是一个骚货,又不择嘴,连扯猪草的都来。所以怎么不吐血死呀!"

季熨斗无所顾忌地纵声大笑起来。

"哦!"因为感觉自己的玩笑过于放肆,季熨斗忽又大惊小怪地叫了,"我倒忘记问你一件事呢,早上林么长子说的,你要同他打伙开金矿呀?"

"瞎说!……"

"你怎么同那个老东西合伙呀!"对面铺上有人紧接着叹息说,"以为他是你表叔吧,他是连自己的娘老子也要吃的,还手都不抖一下!"

"我倒没有答应他啊!"人种说,"他自己乱吹!"

于是辩解似的,他向他们说了一番他和林么长子谈话的经过。

那是昨天黄昏时候的事。他正打从涌泉居经过,么长子忽然那么亲热地把他招呼住了;请他吃了碗茶,而且十分直率地提出了他的请求:共同合伙来开发筲箕背。

虽然面情极软,又毫无定见,因为直接受过么长子的亏损,而且知道他是很贪鄙的,人种把事情推在母亲身上。但那一个缠着他不放松,而且立刻露出不快的脸色;于是为了脱身,为了那倒霉的面情太软,人种红着脸说了:"的确,我没问题!"

人种很失悔这后一句话,但他没有把它叙述出来。

"你们单看这些人挨不挨得!"他鄙弃地接着说,"简直像大麻风！"

"不过，我又要劝你了。"季熨斗插入说，劝告地点点下巴，"若果真的出产不坏，你就自己干吧！我来给你帮忙……"

"我倒不缺钱用。"

"你自然不缺钱！可是，自己弄几个钱在手边，恐怕方便些吧！你又不是三岁两岁的小孩子了，总不好零用钱都要伸起手要！"

"瞎说！"人种涨红脸叫嚷了，"我用钱倒比哪个都自由啊！"

"当然！现在你好大了，这不该多少自由一点？不过，一个人自己总该做一番事业呀！他们说的话样，现在都不想找钱的，只有懒虫！你看陈大恍吧，杂种吃了又睡，睡了又吃，就像他妈条猪样，现在也都做起生意来了！"

说着，季熨斗就又忍不住纵声大笑起来。

季熨斗是以能言会语见称的。因为对于任何人的任何别扭和不痛快，就像熨斗之于衣服上的一切不必要的皱纹一样，他都可以用他那巧妙动人的语言使你平服，不再感觉有什么不对劲的地方。他的话语显然已经有了效果，但是，两个哈哈一打，他就赶向那个他所赖以营生的赌场去了。真像他的大吹大擂只是为了取乐。

季熨斗走后不久，又新来了一两个客人，关于金厂的事，便打断了。终于把这谈话接起来的，是最后来的白酱丹白三老爷。但已经不是在那公共地方，而在女老板的私室里面。白酱丹同她是很熟的，不仅戒烟以前常来照顾，当她年轻的时候，他们还共同制造过一些动人的艳闻。所以他得到了这个方便，可以不加戒备地进行谈话。

当人种嗫嚅着表示，昨天夜里，么长子已经向他提出过同样的要求，借此来缓和三老爷的提议的时候，话还没完，白酱丹便吃惊了。他扬起眉毛紧盯着人种。

"你答应他了！？"他隔一会儿问。

"我没有！"人种平静地回答，"我说我做不得主。"

白酱丹轻轻嘘了口气。

"他向你提过条件没有呢？"想想，他接着又问。

"还没有说到这一层啊！"

"我想他也不会说的，"白酱丹阴险地笑了，摇摇头说，"等把你套上了呀，他这才来慢慢收拾你。他这一手，我又顶清楚啊！……"

白酱丹小心地窥探了一下对方的反应。

"要是我们来么，"他大胆地继续说，"你放心，丢人的事不会有的。大家都是本地方面子上的人，不是吹牛——骨头也比他的重呀！"

"当然啊，这是用不着说的。"

"那么怎么样呢？"

"可惜我做不得主呀！"人种说，浮上一个抱歉的微笑。

这是搪塞，人种立刻感觉白酱丹已经看出来了。至于他没有像对么长子那么爽快的原因，并不是他把白三老爷的地位看得低些，恰恰相反，是高得多的；然而，自从昨夜以来，就有人三两次向他谈这同一件事，虽然毫无经验，他也不能不慎重了。

白酱丹忽然认定，再直接谈下去是无益的，他设想应该怎样来转换一下空气。这是他经常对付谈话对手的方法，一到成了僵局，或者谈话无法进展的时候，他总自动抛开本题，另外找些无关大体的事情来谈，以和缓空气，或者给对方一个考虑的机会。现在，当他那种惯常的策略正在寻觅口实的时候，老板娘摇摇摆摆走进来了。

老板娘是个四十多点的女人，瘦长白净，衣服整洁。她没有丈夫，没有家族，她的生存，是靠她的历史和社交维持的。她有着一个十五六岁的养女，微黑带胖，诨名"烟膏西施"。她早年的风韵，现在还遗留在她那双用锅烟添改过的眉毛和鬓角上面。

老板娘站在床前，将头歪在一边，摇两摇，闭闭眼睛叹了口气。

"大少爷！你做点好事吧，又在给我添麻烦了！"叹气之后，老板娘说。

"怎么样！"白酱丹抢着回答，"这样的客人，难道来错了吗？"

"他倒不错，我可就错多了！"

老板娘又做作地叹口气，一屁股坐在床沿上面。

"你还不知道啊！"颦蹙着脸，她对了白酱丹撒娇地继续说，"他们老太太，已经跑来闹过两三次了。开口说我勾引良民子弟，闭口说我勾引良民子弟。三老爷呀，你没有见到那股劲啊！——有一次全家人都扑来了！……"

"你个家伙瞎扯！"人种叽咕着，一面更加专心裹他的烟。

"哦！说起来，又像扫了你的面子了！"

"这倒不是面子不面子的问题！"白酱丹笑着说，"这一类事，哪一家人都是免不了的。像我年轻时候，我们老太太还不是一个样，哼？"

"那也没有她这样厉害！"老板娘撇一撇嘴说，"简直像管犯人一样！"

"说起来也是要好些。"满足地一笑，白酱丹立刻加以承认，"不过，说一句老实话，那个时候，我自己有办法，并不完全靠家里啊！"

于是他盘着腿坐起来。点燃一根捻子，一面抽着他的签花烟袋；嘴只张开那么细小的一个洞儿，徐徐缓缓吐出烟气，一面就在这烟雾缭绕中讲述他年轻时候的故事。他如何在一种顽强的意志下建筑自己的道路，交朋友同开辟财源。他讲得很精彩，而且，以为目前他之能够在北斗镇维持一个地位，就是靠这些来的，并不是靠家庭。

这多少有一些事实，并且他一直都是如此作想来理解他自己、安慰他自己的。但他现在讲它，却还有着另外一种意义，那便是在向当场的某一个人暗示，要以他作例，不要迁就家庭、倚赖家庭，应该自己经营自己的场面。他所说的，原来已经很充分了，而老板娘更一面正正经经替他帮腔，从反面举出例子来证实他的夸口的合格。

在老板娘举出的几个例子当中，最能发生效果的是何丘娃，那位何大少爷的堂兄，举人老爷的直系后代，一个堕落无能的纨绔少年。

"你二爸给他盘的钱还盘少了？"老板娘愤愤地继续说，"又管得个紧，平常街都不出，深怕被人勾引坏了。呵嗬！只等自己眼睛一闭，这个来提一下毛根，那个来提一下，几提，就提光了！唧、唧，这就是自己不争气呀！无怪现在霉得来打呵欠……"

"所以古人说得好……"

"还有呢！"并不让白酱丹抢嘴，女老板又大为得意地紧接着说,"……"

然而,这时候外面忽然有人大叫起来,是催收货钱,或者上油取货的。于是她就只好匆匆忙忙,撇着嘴结束一句:"呵唷,这种事我倒见得多啊!"走出去了。

"这个老妖精!"老板娘才一转身,人种便忍不住笑骂了一句。

"现在算好多了啊!"白酱丹愉快地叹赏着,"年轻时候,那才更妖精得要命。不过,她说的话,也满有道理呢——究竟经验阅历多了!"

白酱丹沉默下来,小心谨慎地审视着对方。

"怎么样呢,"轻声一笑,他又试探地继续说,"你硬一点主不能做吗?"

"我真犟着要做什么,还不是要做!"

在急想顾全面子和发挥少爷脾气这两点原因上,带点矜持,大少爷突然这样说了。但是叹了口气,他又显得忸怩地转了个弯,加上说:"不过,我不愿意闹罢了——闹起来难听!……"

"这你又不对了!"白酱丹赶紧大笑着说,十分热忱地指指对方,随又伏下身去,显得那么愉快地逼视着对方的眼睛,"为什么要闹呢?又不是没有道理的事!老实讲,假如真是什么做不得的事情,我也要劝你的,不怕你闹!"

于是他乘机主张和平谈判,拿理由征服孀妇,仿佛挖金的问题早决定了。

"比如,你还可以这么样说,"他模拟地接着说,"我这样大的人了,难道就一辈子坐着吃、睡着吃么?就是外间人不笑话,自己也难为情呀!……"

"这一套倒不要你教啊!"自负地一笑,人种插进来说。

"当然！难道你还是什么傻瓜？"白酱丹激赏地大笑了，"你不过装傻就是了。怕我不知道吧，你们何家哪一个不是精灵透了的啊……"

人种没有回答，但却显然感到了满足。

"那么，怎么样呢，"停停，白酱丹又试探地问，"好像还不相信？"

"这你又见外了！"人种说，仿佛对待一个真心朋友一样，"你想，我怎么能一下就答应你呢？要是万一又办不到，这不丢人？"

"你看你傻不傻！"白酱丹紧接着说，同时敞声发笑，"你看你傻不傻！……"

"所以，"忍住害羞和矜持激起的愉快，人种紧接着又说，"你要我马上承认你，怎么行呢？一个人信用要紧，我们又是才到社会上来处世的。"

"不要解释了吧！"白酱丹阻止地摇着手说，"再解释就见外了！……"

五

人种的嗜好已经满足，两个人一同走到街上来了。因为白酱丹再三申言，要请他吃台闲酒。但当到得门外，地点却还没有决定：郭金娃馆子里虽然方便，菜又太贵，谈话也不方便；彭胖家里自然合宜，但在平常，他家里又只有猪牙巴骨炖萝卜……

白酱丹踌躇着，好一会儿拿不定主意。但是正在这个时候，一个挂着长叶子烟杆的长人，浓黑的胡须边露出微笑，心满意足，甩脚甩手地走过来了。

这是林么长子。在刘糟牙棚子里同白酱丹的偶然相遇，虽然叫他感觉到厌烦和不痛快，深恐他的图谋让对方看破了，或者占了上风。但是到了夜里，他不再担心了。因为他自以为他的表侄将会承认他的提议，答应将来向自己的母亲要求，同他一起把筲箕背开发出来。但他是个急性子人，而且，深知寡妇难于说话，他必须在她回来之前把他的计划推进一步。他到处找何人种，就是为了这件事的。他要请他到郭金娃馆子里大吃一台，那么，那个毫无社会经验的青年人，一定会是他的囊中物了。

然而，他却没有料到人种竟会同着白酱丹在一道；他显得吃惊地停了下来。

"你把我好找呀！"么长子强笑说，故意不看白三老爷，"到处都不见你！"

"我好半天都在里面！"人种回答，稍稍感觉有点不安。

"就在里面？杂种杜矮子怎么说不在呢？"

白酱丹意味深长地眯细眼睛笑了。

"他总是在外边瞅一眼就走了嘛。"他淡淡地说。

"啊！那你们才钻得深呢。"

么长子刻毒地一笑，随又望向人种。

"还没有吃饭吧？"他接着说，"走呀！我已经向郭金娃招呼过了……"

人种一时不知道如何回答的好。这不是因为三两天来，镇上两位颇有地位的人对他突然表示出来的亲近，有点使他受宠若惊,而是他们那种显然的敌意为难了他。

"怎么做呢?"人种终于望着白酱丹说,"还是我来请你们吧!"

"哦!你今天也一下想开豁了?"

眨眨眼睛,么长子更加感到惊怪。

"这点事也值得大惊小怪吗?"抱了烟袋,两手勒住肚子,白酱丹毫不在乎地说,"若果是不嫌弃,就一道喝两杯呀!"

"要得嘛!不过,你清楚的,我是百吃不还一席的啊!哈哈……"

于是,就由么长子的响亮的笑声开道,他们到饭馆里去了。然而,对于一个历世不深的人,这短促的一幕,却给了何大少爷一个深刻印象,使他难于忘怀。因为所谓"还席",那显然是么长子对白酱丹的毒辣的讽刺;纵然他本人仅仅一笑了之。

白酱丹同么长子的互相敌视,本是由来已久的了。但在十多年前,他们却是很相得的。由于三老爷的策划,么长子还做过本镇的团总。然而,不到一年,就由那个亲自捧他上台的人,把他摔下来了。"白酱丹"这诨号,就是此后他的敌手赠送他的。么长子把他比作一味只会坏事的烂药,而且,不管好肉腐肉,都很见效。这也许太恶毒,但看光景,他也只好顶着这个称号进坟墓了,很难想出办法洗掉。

至于这件近于卖友的不名誉的行为,在白酱丹本人,却是振振有词的;而一般人,在私心上也以为么长子的摔倒,实在是一桩痛快事情。因为上台不久,他的喉咙就变得更粗了。他什么钱都吃,而且利用他的权势勒逼乡下人加入袍界,以便索取礼金,以及种种孝敬。甚至白酱丹也给他归入了被吃的范围,且慢说分润一些油水。

自从这件纠纷发生之后,这两个人便永远隔阂了。虽然因为本镇的士绅曾经加以调解,么长子的破口大骂,是少有了;白酱丹呢,也很少再用他那平稳而含意很深的语调来数说对方作恶的细节,但是他们互相间的关系,依旧是微妙的和奇特的。表面上不能说好,也不能说坏,却总无意间凭着各人的性格露出若干敌意。现在,既然双方直觉到了一种新的利害冲突,情形就自然更坏了。

然而,他们毕竟还是不能不一道去吃东西。在这一点上,两个人的打算是相同的,他们要看一个究竟,至少,要使对方感到一些小不痛快。而且,还有一点也很相同:他们都相信自己已经有了确实可靠的把握,而对方是落了空了,毫无希望的了。他们就这样各怀鬼胎地到了郭金娃的馆子里面,貌合神离地一同大吃特吃起来。

他们的谈笑是僵冷的,好像本来没有话说,但又不能不找些话来应付场面。但事实上比这个还要坏,因为通常的应酬,很少有恶意的,只是虚伪无聊而已。而在他们之间,除了那个世故不深的人种,两方面却都针锋相对,把他们互相间的仇恨悄悄地暗藏在那些原来无关大体的话语中间,就如猎夫们设置刀弩一样。

么长子也是喜欢几杯酒的,而凭了麯药的力量,他的谈吐往往也就更加放纵起来、大胆起来。有时是无意的,真的醉了;有时却不过是所谓借酒发疯。所以当第一壶烧酒已经喝光,堂倌去酒店里取第二壶酒的时候,他的敌意也就更显露了。

么长子忽然带着一种流氓腔的傻笑紧盯着白酱丹。

"怎么样,"白酱丹红着脸含蓄地说,"有二分醉了吧?"

"还早!就是怕把你吃痛了!"

么长子大笑着回答了。

"不过,不要担心!"他又做作地安慰白酱丹说,好像对方真的有点护痛,"还是我来请客好了!老实说,你的东西,他们说是吃不得的,吃了……"

"难道有毒?"白酱丹不大愉快地截断他问。

"毒倒没有——有点儿药——他们说是烂药!"

么长子慢慢说,说完,便又意味深长地笑起来。

这可有点使白酱丹吃不住了。因为他是最忌讳旁人提起他这个不大荣誉的诨号的;拿来打趣,自然就更加激恼他,使他觉得自己的尊严受了损伤。

白酱丹沉默了一会儿来稳定自己的感情,然后不怀好意地说:"要得嘛!可是,谨防我给你弹一点在身上啊。"

"请酒,请酒!"这时堂倌刚好把酒拿来,人种于是好容易找到一个机会,赶紧把话头岔开了,"我来一个人敬你们一杯!"

人种拿过酒壶,站起身来,要三老爷先喝光自己酒杯里的残酒。

"我是够了。"白酱丹推谢着,"你看,我已经在说酒话了呢!"

"不行!至少要浅斟一点。"

他们就互相推让着,客气着,但却无意间给了么长子一点刺激。

么长子猜不定,人种是否只因为白酱丹的花缎背心,闪闪有光的签花烟袋,才对他这样尊敬;但却毫无疑义,既然他先向他敬酒,又那么客气,在那个年轻人眼睛里,他的敌手的地位,是比自己高的;因此,他的胜利的信心,第一次动摇了。

么长子一时感觉得很不舒服。他怀疑白酱丹已经真的向他弹了烂药，败坏了他的表侄对他的信任，不愿意再同他合作了。至少，他们的合作，不会如他所想象的顺利了。他设想他应该把事情的真相揭开，但又拿不稳这样做对他是否有利。

当么长子决了心要把问题公开出来的时候，大少爷正提了壶向他劝酒；而芥茉子和气包大爷，以及别的两三个江湖上的哥弟，也恰恰走进来了。他们歪戴帽子，领口敞开，显出一副玩世不恭的神气。他们是从涌泉居来的，才在那里用嫉妒和羡慕谈着关于筲箕背的传闻。因此，那显在眼前的情形，使他们吃惊了，也更激起了他们的敌意。

芥茉公爷，照例是喜欢多嘴的，而且喜欢恶作剧，喜欢从旁人的张皇狼狈，来觅取那么一点邪恶的愉快。现在，在他的同伴当中，他自然比谁都勇敢了。他往白三老爷们的食桌上仔仔细细地扫了一眼，然后扭歪胖脸做了一个表示卑微的怪相。

"怎么样，"他恳求似的说，"我们来补一名金夫子，行吧？"

三个人谁也不知道如何回答的好。尤其是那年轻人，他微微涨红了脸，支支吾吾地打着招呼，但这却使得芥茉子们更得意了，得意他们的判断正确。

"酒，现在不吃！"芥茉公爷回答，"等你们挖到金门闩子又再说吧！"

"你从哪里听来的啊——笑话！"人种连连否认。

"笑话倒不是，镇上可角角落落都嘲遍了。就是我们几个傻子还蒙在鼓里。林哥！"芥茉公爷忽然转向林么长子，继续说，"你也出卖我们哇。好，给你哥子道喜！挖到王爷菩萨的时候，一饼鞭炮，兄弟们买得起的，只有三响：擗，把，蓬！……"

"老弟！你这张嘴要扣饭呢！"么长子半气半笑地说。

"米这样贵,少吃两碗也不错呀。"

芥茉公爷搭讪着,退向他的同伴已经选定的桌子上去了。

他们的桌子,就同三老爷们的桌子并排;他坐了首位,一面吃喝起来,一面继续着他那种不明不白的趣话。在人种听来,他的话是难堪的。白酱丹甚至于生气了。

白酱丹虽然也是袍哥,但是绅粮班子,对赌棍或出身不明的人,总多少感到一点厌恶。他时常说,哥老会的被人小视,完全该这班人负责。因为他们流腔流调,只会败坏哥老的风气。而那个满身烟膘的汉子,因为出身上的差异,也同样看不起他,看不起一切绅粮袍哥,所以没有直接和他打趣,但这却一点没有减少白酱丹对他们的厌恶。相反的,这倒更加使白酱丹不快意了。

"真看不惯!"白酱丹低声嘱咐人种,"几下吃了,我们让一手吧。"

人种立刻赞成了他,因为他也同样感到厌烦。

"好的!"他说,一面叫着堂倌,"来算账吧!"

么长子什么话也没有说。他只觉得突异,觉得他的上风,已经给白酱丹占了。一想到这点他就得到了勇气,认为当着三个人在场把事情问明白,这在目前,确实是一种十分必要的举动。而且,这不仅在袍界是必要的,在其他任何社会中,都该如此。

"账我来会!"于是他阻止地说,"大家再坐一会儿好吧?"

"你还没有喝够吗?"白酱丹打趣地问。

"我酒倒可以了,"不大自然地笑笑,么长子紧接着说,"还有点话,想当着你们两位谈一谈呢!"说时,他不怀好意地轮流审视着白酱丹和人种。

"唉，要得，我就陪你再坐一下好了。"白酱丹不动声色地说。

"我先走一步好吧？"人种说，征求着同意。

"你走了又没有戏唱了啊！"么长子率直地说，但他随又改变了口气，脸色也显得好看点了，虽然依旧不很自然，"我主要的就是找你说呢。不管是巴骗亲也好，我们总算不是外人；在你爷爷时候，逢年过节，还是在来往的。"

"你怎么这样说啊？么表叔！"人种喏嚅着，赔着小心。

"确实的！"么长子微笑地接着说，"难道我硬好意思说，我们是滴溜溜的亲戚么？——笑话！不过，不管亲戚也好，不是亲戚也好，我这个人一根肠子通屁眼，作不来假；你也不是小孩子了，揭开讲吧：我们大家都不要玩手段啊！"

"你们究竟是怎么一回事啊？"白酱丹装作不懂地插进来问。

么长子瞄了他一眼，好像是说：真会装疯！

"你像真不懂呀？"他紧接着反问，"好嘛，那我又来讲给你听好了。"

假笑一声，于是么长子叙述了一遍筲箕背和人种的诺言。

"我才一提起，他立刻就答应了！"他继续说，"我还叮咛过：喂，这不是说着玩的啊！他说，没有问题！是不是？你说，我绝对没有问题！"

"你记错了，"人种分辩着，"我哪里是这样说的啊？"

"对的，你说还要问你们老太太。我也并不是现在就要强着你干，不过，当着三老爷也在这里，我不能不提一提：你是亲口答应过的，免得将来发生误会！"

"我真不懂！"白酱丹微笑着摇摇头说，"你们已经订过契约了么？"

这是一个阴险的暗示，么长子立刻就警觉了。因此，么长子也大大地愤激了，于是他脸一横，蓦地一跃而起，随又一屁股坐下去，胡子两摸，佯笑着嚷叫起来。

"你倒说条鸟啊！……难道亲口说的还靠不住吗？"

"你再说亲口嘛，手续是手续呀。"白酱丹说，态度异常客气。

"我也并没有亲口答应过啊！"人种赶紧解释一句。

"完了，"白酱丹眯细眼睛笑了，"我看你们只有找包文正了！"

除了半张开口，大睁着一双带点凶气的深陷的眼睛，么长子没有回得上嘴。他惊怪而又恼怒，觉得他已经被敌人的阴险、自己的鲁莽所玩弄了。

最后，他狞笑一声，随又鄙弃似的啐了一口。

"啐，你没有答应过——为什么又说等你们老太太回来商量好就动手呢？何——大——少！这该不是我扳开你的嘴说的吧？……"

"这个话我承认。"人种点点头说。

"那就对了呀！"扬声一笑，白酱丹插入说，"这还有什么扯的呢？一句话，事情总还在他们老太太手里，等她回来，大家再慢慢商量好了。"

因为事情已经接近解决，他又独断地紧接着做了个结论。

"我看就这样吧。"白酱丹又说，"堂倌，来拿钱去！……"

当芥茉公爷他们进来的时候，因为发现三个人在一道喝酒，还以为白酱丹和么长子，已经丢开宿嫌，开始在筲箕背合作了。听了刚才的质问以及声明，他们才又恍然大悟：他们两个人是正在斗争着,抢夺着那个袍哥眼睛里面的所谓"毛子"。

在哥老会里存在着一种成规:凡是破坏自己人的生意,叫"花包袱",是最大的忌讳。虽然袍界的规章,早已经不管事了,但它还经常成为攻击人的口实。所以,在那种旧有的不满上面,不满意白酱丹的绅士派头,以及别的种种,芥茉公爷们就对白酱丹更加感觉恼怒,而对么长子开始产生了同情。

因此,当白酱丹付了吃账,大家正要退出去的时候,为了给么长子撑腰,为了让别的两个失点面子,芥茉公爷嘻嘻哈哈站起来了,大声叫堂倌添杯筷。

"林哥!再坐下来喝两杯吧!——我们不怕你变叮狗虫的!"

他们固执地邀请着么长子;别的两个瞪瞪眼睛,大为扫兴地走了。

芥茉公爷们继续廉价地向么长子抛掷着同情,并且殷勤询问:他同大少爷的交割究竟是怎样的?为什么白酱丹又插进来了?他们断言,凡事有了他就不吉利!

么长子站在自己利益上扼要把经过说了一遍。

"没有说的!"他气愤地继续说,"这个老杂种,一定下了我的烂药了!不过,我也不是好惹的人呢——要烂大家烂嘛,啥哟!"

"你哥子也真是!"芥茉公爷惋惜地说,"你早给我们透股风呢!"

"过去的事不要讲了!"气包说,装出一副见义勇为的神气,"既然答应了你,你给他挖开来再说呀!我不相信他就长的四个卵子!……"

六

在郭金娃馆子里，当临走时候，白酱丹虽然因为受了一点芥茉公爷的奚落，有点怒恼，但比起他的愉快，却是不足道的。而且，在他看来，那徒然暴露了奚落者本人的无赖，对于自己毫没损害。所以他的怒恼，很快就过去了，一点不在话下。

自然，他的计划，不能说是已经成功，他还没有同人种谈到具体的开采问题。甚至，连正式承认的话都还没有说过。但是毫无疑义，他已经把他的竞争者攻击倒了。而这正是一个成功的可靠的预期。因为那个能够对么长子让步的人，是断不会拒绝他的，这只需他继续像钳子一样的执着，一点不要松劲，事情便无论如何不会失败。

从郭金娃那里出来，他们又去烟馆里躺了一阵，两方面的感情，就更加接近了。就用么长子那种近于吓诈的态度作为题目，他们谈到北斗镇一部分袍哥的种种恶行，以及何府上连年来所吃的一些零星苦头。而在这一点上，人种已不复是一个碌碌无能的少爷，而是社会风习的改革者了。虽然这大部分仍然是从少爷脾气来的，并不是有了什么了不得的起色。

不管出身如何，凡是在江湖上放荡的朋友，总一致承认这样一个信条：见猪不振三分罪。在他们眼睛里，人种何宝元自然带着猪相；便在白酱丹看来，也不例外，是一个挨振的角色。但他违背本心，支持着人种的论点。而且，针对着对方的自尊心理，向他大胆地期许着：以为只要他肯跨进正当社会，他将不难取得一种适当地位。而他之所谓"正当社会"，是指以龙哥为中心构成的那种人事范围、社会关系说的。对于这个特殊地带，人种老早就希望接近的，只是一直没有这样一个机会。

最后，白酱丹打算提出金厂的事来，但被女老板打断了。但他并不介意，以为从容不迫地来推动他的计划，倒也并无害处。说起来反而好些，因为这可以不致引起对方的猜疑，以为他也是么长子一流货，馋得很。所以直到分手时候，他才邀约人种次一日到畅和轩打小牌，预计在一番周密布置下来迫近他的目标。

畅和轩是龙哥一班当权者的活动圈子，也是全市镇人，用尊敬和仇恨混杂着的感情集中注意的地方。有许多人，是宁肯在话语上吃亏，金钱上吃亏，到那里周旋的。因为倘使能够入流，他们便可能从别的方面捞回他们的利益。至少，另外一些无穷无尽、莫名其妙的亏损，他们是可以借此减少些了。在装潢布置上，这里也比市上一般的茶馆考究，有着专供客人打牌、靠灯的雅座。全镇唯一的川戏清唱，也经常在这里举行，每天夜里，专用它的皮黄高腔吸引着大批听众。

这一天，因为白酱丹的事先邀约，而且经过打听、考虑，认为筲箕背是有望的，吃过早饭，彭尊三彭胖，就赶到畅和轩来了。客人很少，那个乐天知命的堂倌，正在喝着早酒。堂倌老廖每天饭都可以不吃，但酒，却是不能少的，至少每天三次。他的穿着褴褛，毛耸耸的脸上抹着炭烟；但却永远浮着一种极高贵极自由的神气。

堂倌老廖十分倨傲地坐在当街一张条桌的首席上，面前摆着一茶碗烧酒。他一面喝酒，一面在同附近的小贩们乱扯乱谈，说着种种趣话。彭胖听了一阵，觉得没有什么趣味，于是摸摸下巴，随即又感觉无聊似的叹了口气。

"老是这一套！"彭胖最后向堂倌老廖说，"几下吃了，去叫声骆待诏吧。"

"又要刮么？"老廖故意大惊小怪地叫了，带点讽刺地瞪着一双眼睛，"越刮，越长得快呀！你看，我就从不管它！"

"你杂种人没有变全呀！"

彭胖做出一个指摘的手势，忍不住嘻嘻哈哈笑了。

和多数胖子一样，彭尊三生着满嘴满脸的络腮胡子，而当闲着无事的时候，总是叫了剃头匠老骆来胡刮一通。老骆是镇上有名的老派理发师，性情顽固，对于挖耳捶背非常精到。他是干瘪的，永远赤脚跶鞋，遍身都是垢甲；但是一双手的手掌，却比什么少爷奶奶的还要白净。

替彭胖刮回胡子，老骆每每要浪费很多时间。因为间或刮到一半的时候，肥人便发出鼾声，睡着了。于是老骆停下剃刀，叹一口气，自己也在一旁打起盹来，等客人醒来后重新工作。这一天也不例外，刚才刮着下巴，老骆就不能不停下来了。

当白酱丹同着人种一道走来的时候，彭胖还在打着瞌睡，神情看来无挂无虑，非常幸福。白酱丹忍不住笑了，接着叫醒他来。

"你的瞌睡，像是放在荷包里的呀！"他感觉有趣地说。

彭胖打了个呵欠，又揩揩口涎。

"你们才来么？"他说，"我才闷了一会儿。"

"才一会儿！"老骆叹着气想道，"怕有半顿饭久了呢。"

"嗨！"彭胖忽然望着老骆嚷道，"你站着做什么哇？赶快两刀刮完滚吧！"

但在重新仰卧在躺凳上面以前,彭胖又同人种应酬了几句,把他们的茶钱会了,这才清清醒醒,让那个可怜的工匠收拾下去。他没有让老骆替他挖耳,连平常那样啧啧称赏的滚眼、捶背等等巧妙节目,竟也加以拒绝。这使得老骆非常扫兴,因为这些手艺正是他足以自豪的特长。

彭胖给过工价,于是就拿全副精神,同人种张罗开了。但这所谓"全副精神",是指他的内在活动说的,表面上,却显得很随便,甚至很冷淡的样子。他就是这么一种性格的人,外表上看来,他对什么事情也不热心,也不对什么人表示特别的亲近,有时候很像感应迟钝的人。但他事实上却非常敏感,没有事情瞒得过他;不过由于随时警惕着一不当心就会吃亏,因而出格地持重而已。

除了刮脸、猪牙巴骨炖萝卜,彭胖什么嗜好也没有的。不喝酒,不抽烟,甚至连纸烟也从不上口。虽然有时候也打打麻将,这却算是十分难得的例外。他把这例外给了人种,要他搓四圈消遣消遣。人种答应了下来,因为每回过年,他也常来参加这里的赌局。于是,各人端了自己的茶碗,推推挽挽,一齐走向茶堂后面的房间里去了。

因为手头紧窄,对于赌博,白酱丹原是很慎重的,他也破例凑了一角。其余一个,是彭胖的妻弟黄松庭,诨名叫作"狗老爷"的络腮胡子。同彭胖相反,狗老爷不相信剃刀的,平常总是用两个铜板当钳子,一面打牌,一面自己一根一根地钳掉。倘在夜间,随手钳掉,就随手栽在蜡烛上面,自以为是一桩出色举动。

这是个安分守己的粮户,一向对于畅和轩的权力是极端迷信的。这也便是白酱丹和彭胖邀约他来参加牌局的另一理由。

他们扳了庄。人种的上首是彭胖,下首是白酱丹,对面坐着又矮又黑但很结实的黄狗老爷。他们闲谈着,一面和着麻将。

"看按麻和啊,"彭胖说,"我好久都没有摸牌了。"

"我才是生手呢。"人种说,有点受宠若惊。

"他讲的实在话,"白酱丹说,"这我又知道啊!人不对头,他连牌桌子也不会向一眼的,宁肯去打瞌睡——今天也是人不同了……"

"一手成哇!"狗老爷突然地说,同时掷了骰子。

狗老爷是个寡言的喜欢沉默的人,但一上牌桌,他的话就多起来了。发一张牌,必说一句。他把五索叫"女学生",三索叫"男学生",诸如此类地乱叫,装作精通的样子;虽然他的另一诨名又叫"解款委员",往往十赌九输。

狗老爷并不参加另外的谈话,就一个劲自言自语;除了堂牌和自己手上的牌,什么也不关心。他呸了一口,很生气、很蔑视地甩出一张随手抓起的牌。

"我两个的缘法真好!"他叫嚷着,"你个麻精麻怪!……"

"后对!"人种说,放了两个九筒下来。

"你这一对碰得香呢!"白酱丹说,但又立刻接上刚才断了的话头,"所以我说,那些人你都挨得么?一沾惹上就没有好事情的。你只看昨天那一副神气呀!"

"是呀!"人种承认着,又微微一笑,"他当我是毛子。"

"你对他究竟是怎么说的啊?"皱起眉头,白酱丹严重地问。

"我怎么也不会答应他呀!"人种有一点激动了,"他是做什么的?难道我还不清楚么!人家说,粪桶也有两个耳朵,他倒以为我真是大少爷!"

"这个夹张不错!"白酱丹斯斯文文地搁下一个七索,一个五索,"我还以为你真的承认过他什么啊!"他接着说:"这个人越来越无聊了!"

"他管你这一套!"彭胖说,又奸猾地一笑,"看见大粪,他也要沾一指头的!"

除掉黄狗老爷,大家都十分开心地笑了起来。

"不过老实说,"板起面孔,彭胖又正色道,"你们那个地方,空起来真是太可惜了。十年难逢闰腊月,现在的金子啥价钱呀!……"

"我也是这样讲!"收回正将放出的牌,白酱丹抢着说,"我昨天就同他谈过了,假如是信得过,我们大家合股来干。就万一蚀了,也不会累在一个人身上。"

"对当然对,就看他放心不放心啊!——碰十和比!……"

"这个话你见外了!"人种说,恐怕引起误解。

"他倒放心,就只有一点:要等他们老太太回来!"

白酱丹的口气像是解释,但他同时却又讽刺地一笑。

这一笑,人们可以这样解释:何大少爷的话,在白酱丹看来不过是一种推口;但也可以解释成为那是取笑人种毫无主见,畏首畏尾。

人种的反响,正是属于后者,所以他立刻涨红了脸,显得有点激动。

"你不清楚我们家里的事情啊!"他说,忸怩而又苦恼。

"那就没指望了!"彭胖装模作样地说,好像没指望毫无关系。

"为什么呢?"人种紧接着问,很觉没有光彩。

"老太太怎么会答应开金厂呀!"彭胖回答,又表示菲薄地笑笑,"她们都是做稳当生意的:囤点麦子呀、乌药呀,倒差不多。怎么会冒这种险啊?"

"当然。不过,我总有我的办法嘛!"人种立眉睁眼地说,口气充满了自信。

"炮手来了呀!……"

狗老爷一面叫着,一面打出一张白板,人种把自己的牌全部推下来了。他本来还要结结实实讲几句的,让大家看看他是否毫无作为,现在他却一心一意数起和来。

虽则这种正很投机的谈话的中断,白酱丹起初感觉有点扫兴,随后,他的全部精神,却也集中到牌上去了,甚至停止了吹烟。因为人种和的牌并不小,而且,接着又一气联了三庄。所以此后的谈话,也就成了纯赌博的,不再充满那种钩心斗角的意味。

他们一连打了八圈,大家都很兴奋;人种甚至连嗜好都忘掉了。虽然数目不大,他赢的可最多。除开过年,他平常是只同几个小学教员搓的,现在这样的场合,他还是第一次参加,所以很是高兴。狗老爷照例钳了一顿胡子,解来一部款项。但他拿不出现钱来,说是记下来再说。这可使得白酱丹生气了。因此,当人种去找厕所的时候,看见没有外人,可以随便说了,他就用捻子指着那个黑而茁壮的矮子申斥起来。

"不要丢人哇!没有钱就不要打!"

"把他好几个钱啊!"狗老爷回答,神气满不在乎。

"钱自然不多,可是,他会以为我们干揩他呀!"

人种进来了。

人种并不在乎这几个钱,只要大家肯拿平等的身份待他,他就很满意了。他拒绝收讨狗老爷的欠账,并且提议请大家到馆子里去，就由他自己做东。

"不过，我先要到别处去去哇！"他加上说。

"瘾发了吧？"白酱丹笑了，"都不是外人，我们就到彭大老爷家里去烧好了。又近，又好讲话。行吧？"他转向彭胖加上一句，担心遭到拒绝。

"好呀！我还剩得有点花叶子货。"彭胖大大方方地说。

彭胖是没有嗜好的，但为联络某些重要人物，他却有着一副漂亮行头。这还是他从前当团总的时期备办下的。那时候北斗镇以上的一些山区，正以产烟闻名，拿烟招待客人，就像请人吃碗便茶一样普通。

一到彭家那间挂着一个"魁"字的小房间里，一方红木盘子，便摆设好了。狗老爷是没有瘾的，但却喜欢靠灯，他就暂时代理了枪手，一锭一锭裹将起来。是真的货色，才一近火，那毒物便喷黄透亮膨胀大了，恰像小孩子吹着玩的肥皂泡子一样。

人种一连抽了三口，于是精神焕发，热闹的谈话就开始了。在这以前，他总认为眼前这些人是不好接近的，现在却已发生了不同的感觉：他们亲切，平凡，并不处处都占上风，使人感觉难于相处。他同他们论列着毒物的种类：西土、南土、阴山货、阳山货，以及清水货和掺了灰的之间的种种不同之点，及其优劣。

但和大多数瘾哥一样，人种也觉得这不是好事情，把人的精神弄颓败了。

"能够戒掉，我真不想吃它了！"他说，略感不安地摇一摇头，"价钱贵都不说，还要背他妈个不好的名声——瘾民！白天怕人，晚上怕鬼……"

"其实，烧两口也没有大关系！"白酱丹惋惜地插入说，"你这样成天清玩，我倒不赞成啊。钱也有，人缘也并不坏，什么事情不好干呀？"

"烟，你倒放心烧好了！"彭胖说，浮上一个叫人感到慰藉的微笑，"洪宪元年，那么紧还禁不掉呢！不过，白三老爷说的倒也是实在话——人不合宜不会说的！你这样成天清玩太可惜了。我们编个事情来干好吧？"

"我也是这样想呀！他像还在犹豫。"白酱丹说，照例浮上那种暗示力强大的微笑。

"可是，我真有一点想不通！"他继续说，不大赞成地摇一摇头，"你这个人看起来倒很有决断的样子；你们看，他像优柔寡断的人吗？"

"这也难怪，"彭胖沉吟地说，"本来我们还没有共过事。"

人种难乎为情似的笑了。他觉得，在这些有面子的人面前承认了这个判断，是有失体统的；加之，今天他又特别高兴，他感到不能再沉默了。

仿佛受了损害似的，人种充满感情地抢着说："你们这样说就糟了！要是有半点不相信，我今天还会来？我这个人就这样，事情还没有做出来，我不说的。难道我愿意糊里糊涂混过去么？"

"我们这点倒相信啊！"彭胖、白酱丹同时说。

"不过，看你的意思，"白酱丹接下去说，"是打算自己一个人做吧？这样也好，本来我们也无非随便提提，大家凑凑热闹……"

"像你这么样讲，那就等于说我卖朋友了！要干，当然大家干呀！"

"你像多了心了！"白酱丹说，打着抱歉的哈哈。

"哪个龟儿子说一句假话！"人种说，更加热情起来，"办法你们定吧！"

"哪个来，这一口真裹得好！"狗老爷举一举烟枪说。

但是谁也没有靠下去享受络腮胡子的得意的产品，他们还在热情地分辩着、解释着，深恐对方多心。他们的友情的分辩，一直拖到吃饭时候这才告一段落。

七

经过彭尊三家里的聚会，何人种同畅和轩的来往开始密切起来。而筲箕背的开采，也就跟着成为一般街谈巷议的主要材料。在一个小市镇上，你是什么事情也隐瞒不住人的，因为那些闲着无事、专门打听新闻和专门义务散布新闻的人，可以说随处皆是。

但筲箕背之成为公开的谈资，还有别种原因：其一，是人种经常出入那些做着违法买卖的场所，而烟馆这种地方的作用，在一个市镇上，是和广播电台不相上下的；又其一，那便要算么长子了。自从在郭金娃馆子里引起一次不大愉快的波澜之后，他的信心便已动摇起来。也就是说，他开始向白酱丹和人种攻击了，四处咒骂着他们。

么长子声言，人种是答应过他合作的，他绝不放弃自己的权利。对于白酱丹呢，他认为他是主要的破坏者，目的则在梦想独占。当他听到彭府上的欢聚的时候，彭胖便也成了他攻击的带捎。但不管他的谈锋如何尖刻，而且，它们总立刻吹向畅和轩去了，那里的主人公们却并不重视，以为么长子是个出名的汪汪狗，光叫不咬人的。

还有，就是白酱丹和彭胖，现在只一心一意同人种联络着，把他们的计划朝着实际方面推动，没工夫闹闲气。而且，还不妨说已经成了功了。因为他们已经具体拟定，人种出地盘，彭胖出钱，白酱丹出面总理一切，彼此合伙经营筲箕背的金厂。但却还有一点不大不小的遗憾，事情依旧必须寡妇回来，才能做出最后决定。虽然人种申明，这仅仅是个步骤，他的伙伴们却始终不放心。因此，在某种打算下，白酱丹借口雇请工匠困难、物价随时在涨，于是就又由他自己做主，派人到城里和沸水沟去备办用具。

就在这天晌午，大家又第一次在何府上聚会了，因为人种请他们吃闲酒。来客依旧是三五天来常相聚会的几个人：彭胖、白酱丹和黄狗老爷。他们已经喝了不少的酒，现在应该让谈话占上风了。但题目并不是筲箕背的开采计划，他们只一般地胡谈着，从战争到物价，随后又由本地的人物评介转到林么长子身上。

"他那张狗嘴，这几天又在胡乱吹了！"白酱丹冷笑着说，"早上从涌泉居过，正在讲我们的怪话！可是，一看见我，又把嘴巴闭得梆紧。"

"他是出名的汪汪狗呀！"彭胖鄙夷地说。

"我猜，他对我一定恨得很厉害吧？"人种说，浮上一个恶意的微笑，"不过，我才不管他那一套！我这个人么，对头了，就要我把裤子脱下来你穿都行——骂，把我骂得倒吗？有时犟起来了，连我妈我也管不了那么多——你？什么东西啊！……"

于是乘着酒兴，人种说了一两件关于他的任性的故事。

但是，这些故事，显然不近情理，因为实际上他并不强项，虽然由于性情的不安定，有时容易兴奋。但和这个一样真实，他也容易挫折；只是特别喜欢赌气而已。

他的故事之一，是这样的：他并不喜欢烟膏西施她妈的货色的，那里的好品掺灰太重，床铺是褴褛的和不洁的，但是自从他的母亲跑去闹过一场之后，他倒反而非去不可了。然而，他的解释虽然欠妥，白酱丹和彭胖听了却是很高兴的，因为他们都深深地感觉到，这点同他们目前的阴谋有着某种直接关联。

"当然！当然！"白酱丹激赏道，"一个人没有一点脾味，那算什么？我们试看古今中外的大人物，哪一个是流汤滴水的？都要熬那股劲呀！"

白酱丹一本正经讲起历史来了。

这个对彭胖是毫无兴趣的，他读书不多，他的能够勉强写信，还是当过团总以后的事。于是瞪着眼睛听了一会儿，又莫名其妙地用手背揩揩嘴，他就把注意转移到狗老爷身上去了，因为狗老爷正用两个铜板钳着胡子。

最后彭胖笑了笑，取过那铜板来，用手量量；最后，故意打趣地说："我看你以后怎么办，成都已经不准用铜板了。"

"成都是成都，它还管不到北斗镇来！"

仿佛说了一句十分聪明的话语似的，狗老爷自己笑了。

白酱丹和人种的对谈还在进行。白酱丹虽然酒量不小，但一过量，他就照例哆嗦起来。而且，他还有个习惯，喜欢把吃残了的菜并合在一起，叫厨房重新煎热，就这样三番四复地拖沓下去。他是受不住凉东西的，即使他的肚皮已经塞饱满了。

人种也已到了语无伦次的程度，开始说酒话了。不知道怎么一来，他忽然把话扯到早年升学的问题上去。他抱歉他少读了书，认为这是一个不可弥补的遗恨。

"要不然，我大学都毕业了！"他说，"这不讲别的，说话响亮些么？"

他发愁地问，似乎渴望得到白酱丹的赞同；但他随又愤恨不平起来。

"你不知道，我们在这镇上受了多少气啊！"他加上说。

"这你简直是开玩笑！"白酱丹狠命地摇着头说。

"确实的！难道我还对你撒谎？不管对什么人，我们总是吃茶、开茶钱，吃酒、开酒钱，嗨！人家才以为你该上寿！不然，我怎么会一天都靠灯啊！"

人种乓地拍了一拳桌子，震得碗也跳起来了。

"我现在就要认真操一下子！又看那个把我撞得弯么？"

"你太说深沉了！……太说深沉了！……绝不会的！"

白酱丹一面切断他和安慰他，一面向那两个清醒白醒的汉子努嘴，又使眼色，暗示彭胖和狗老爷设法赶快结束这场餐事。虽然他觉得大少爷这种感情是于他有利的，但他怕他的酒疯继续发展下去。

彭胖立刻同意了这个见地，虽然对于任何激动的场面，他都能够镇静自持。所以在白酱丹的暗示下面，他开始行动了：首先藏开酒壶，然后声言他非常同情人种；但是大家应该赶紧吃饭，随后好到烟膏西施那里去无所顾忌地谈个痛快。

然而事实上，还来不及下席，人种便已呕起来了。他们好容易才把他弄到客房里去，张罗着种种解酒的物事，醋汤、葛花、白糖开水等等。他们彼此都觉得不很光彩。尤其因为何少奶奶在后厅里大声地叽咕着、抱怨着，拖着那个半聋的女佣人泄气，这就越发使他们感到不自在了。他们觉得进退两难，真不知道怎样收场才好。

这不是没来由的，因为他们知道何家素来注重规矩，不肯容许任何狂躁行为，如像酗酒狂赌之类。而那个唯一的男工，又跟同寡妇一道出门去了。所以把一个醉酒汉丢下既不适合，留下来看护呢，又觉得有失体统。因为这会妨碍那个年轻妻子出来照应。但当他们正在踌躇的时候，那个真正的主人，从外面进来了。

何寡母是个身材瘦小、肤色白净的中年女人。因为很会保养，样子看来只有三十五六；虽然实际已经四十几了。她喜欢整洁，随时都摆出一副深识大体的太太模样。她的生父是城里的拔贡，所以多少读过点书，但因此也就更加自负，自觉非常尊贵。她穿着一件狐腿旗袍，浓黑放亮的头发上，翘着一支黄金挖耳。当第一眼发现她的客人的时候，她多少有点吃惊。因为她同白酱丹们平日并无交往，虽然她也知道他们都是镇上的名人，而且是认识的。她觉得他们有点不安的神气，而且桌子上摆着吃剩下来的菜食饭碗，于是她很快懂得了这是怎么回事。

白酱丹对于应酬非常精到，又同何家有着亲戚关系，他的妹子曾经许字过人种的叔父；虽然还未过门便夭折了。所以互相打量了一下之后，他便抱歉起来。

"大表嫂才回来？你看，我们趁你不在来打扰你了！"他斯斯文文地说。

"怎么说是打扰？请都请不来的呀！……"

寡妇回答着，又笑起来，一面用眼睛搜索儿子人种。

"大少爷怎么不出来陪客呢？"她问着那半聋的女工。

"什么？"那女工大声反问，同时张大眼睛。

"问你大少爷怎么不出来陪客？"

那个正在卸下夹背的男工，嚷叫着补了一句。这是一个二十多岁的强壮的青年，名叫刘二；他立刻使得那个聋子听清楚了。

"在书房里又呕又吐！"那女工同样大声地说，仿佛别人也是聋子。

"已经没有吐了！"客人们插入说，重又不安起来，"其实喝得也不很多。"

"总是好强嘛！"寡妇强笑着接口说，"把客人丢下来，自己倒去乱呕乱吐去了。你们看，这多不懂事呀——幸得都不是外客呢！"

于是寡妇从容不迫地叽叽喳喳起来；虽然对于人种的醉倒，她是多么的不痛快。因为听见大家并未吃饭；才端上碗，人种就呕吐了，她又立刻叫佣人重新准备。而且措辞异常得体，不让白酱丹他们感觉得难为情。

"你看！"她道歉说，"这屋里我一走，就什么都乱糟糟的！"

"哪里的话，已经很周到了！"白酱丹说。

"我们走吧！"彭胖说，浮出傻笑，抬抬下巴，"好让大太太休息一下。"

"这怎么成！是嫌弃么？几下就弄好了。"

"不！菜已经胀饱了。"

"都是本街坊的人，不要客气吧。我自己也还没有吃呢。"

寡妇终于把大家留了下来了。

等到把客人重新安置下来之后,她就借故到后厅里走了一转,又去看了看她的人种儿子,低声地抱怨了几句;但回答的只是一阵鼾声。

寡妇对付客人的如此礼貌,这不是没原因的。她是一个自负的女人,她总想处处得到人们的好评。而且,对于目前的客人,能够好好接待一下,在某些方面,对于自己更不是全无益的。恰恰相反,十年以来,她已经认识了这种张罗的价值。由于一时的错觉,现在,她甚至认为儿子能够同白酱丹们来往,倒是一件值得高兴的事。仿佛觉得这个她平常以为糊涂无能的人种,就快要在社会上出头了。

当寡妇从书房里退出来的时候,饭食已经摆设好了。她重新安置好白酱丹他们,一面吃着,一面进行着那种充满交际意味的谈话。她一向总想给儿子的出处做一番布置的,她认为目前正是一个机会。

"宝元就是太年轻了!"她叹息说,"你什么都教不会他。我就常说,我并不是怕你在社会上露面,也要选择一下人呀!我们何家又是门大户不小的……"

"其实,大太太的福气,也就算顶好了!"客人们称赞着。

"哪里的话!"寡妇蹙着脸说,但是没有掩盖得了内心的满足,"就是没有个替手。有福气,又不这样一天忙到晚了。各位还不知道,我们家里的事,就连买个钱豆芽,也要我操心啊。操心也不说了,他们年轻人还以为你啰唆。"

"当家人总是这样的。"彭胖阿谀地说。

"也不尽然。翟大老爷娘子,就比我好多了。儿子管事,媳妇管事,大老爷娘子只提个头:这才说得上福气嘛!我平常也只有那么说了，我说，这个家我总当不了一辈子！自己学到来，千万不要靠我——说了又有什么用啊！"

"年轻人都这样，"白酱丹说，"要慢慢来。比如，先分一些事情让他去做。"

"我也是这样想，"叹息一声，寡妇赞成地插入说，"你要他自己肯呀。根本就不长脑筋！首先，嗜好就染错了。你在屋里烧吧，也对，偏偏要去乱钻！什么地方一躺就下去了。这一点，我倒希望你们老前辈帮我劝一劝呢！"

"这是自不待言的！"彭胖同白酱丹同时说。

"这是自不待言的！"白酱丹重复说，"才上桌子的时候，我们就劝过他，那些烂地方，是万万去不得的！年纪轻轻的，又是世家，最好把它戒了。"

"是呀，又没病没痛的！"寡妇说，颦蹙了脸。

"我们说，你又不缺人，又不缺钱，自己又蛮聪明，要搞什么搞不起来？"白酱丹抢着说，精神忽然焕发起来，"只要手里有点舞的，自然也就变振作了。"

一边说，他那细长的眼睛同时又瞟了一下彭胖，"那件事就向她提提好吧？"

彭胖眼睛里的回答是个否定。

"总之，许多事都是无聊弄出来的！"白酱丹抑制地叹息了，"你想吧，好大个地方哟！吃没吃的，玩没玩的；转过去，茶馆烟馆，转过来，茶馆烟馆……"

"唉，大家怎么不请点菜呀？"寡妇说，忽然注意到了几碗菜原封未动。

"你看老在吃呀！一点都不客气。"彭胖笑一笑说。

"就要不客气才好呢！"寡妇回答，一面接上白酱丹中断了的话头，"是呀！就是地方太小了，风气也坏。他要能够经常向各位领领教，我也丢心多了……怎么就放碗了？再多少请点菜吧！"

"你看我胀得话都说不出来了呢！"狗老爷恭而敬之地回答。

同时，白酱丹和彭胖也都在退席了。退席之后，主妇又陪大家喝了杯便茶，然后，这才仿佛办完一件大事似的，毫无遗憾地送走他们。

一般地说，何寡母这天相当满意；他们虽然并非善类，但在镇上是有实力的绅士，而且相当顾全大体，所以她所散布的应酬的种子，将来总会多少有一点收成的。这个并不困难，只要他们在派款的时候客气一点，也就够叫她高兴了。

把客人送走，寡妇又去书房里看了看，于是退回自己房间里去。她在厢房阶沿上碰见媳妇。一个苍白温和的年轻女人，怀里抱着一个半岁左右的孩子。

"你们也该劝他少喝一点呢，喝多了又来吐！"寡妇沉下脸说。

"你想想他的脾气吧，"媳妇强笑着说，"我劝得到么？……"

"像你这么样说，这屋里，我就离不开一步了。"

寡妇叹了口气，随即审视了一番那个瘦弱多病的婴儿。

"晚上还是闹么？"她担心地问。

"总是吃不够呀！"媳妇愁苦地说，"奶子又越加少了。"

提到婴儿缺奶这一件事，寡妇照例是要唠叨好一阵的。因为她已经找了很久奶妈，但是老找不到。而根据一种相当流行的意见，奶妈之所以工价高涨，而且不容易雇，这和日常生活中其他许多反常的现象一样，都是由那些富有的外省人制造出的。因为他们有的是钱，否则也就不会远天远地跑到四川逃难。

"连米汤也不吃么？"她带点愤怒地说，"我又叫人在四处打听了，一百元钱一月都请！前个月说好一个，又叫城里背时金库主任抢过去了。"

于是她照例数说了一遍几个月来雇请奶妈的周折。

"这一次随便多少钱都请！"她结束着，"你先吃点发奶的药吧。"

她一边说，一边连连呵欠。因为当从佃客家里动身时候，她没有过好瘾，已经很疲惫了。她立刻走进卧室里去，叫那个半聋的女人烧起火盆，把盘子摊出来。

八

何寡母的嗜好，已经有十六七年的历史了。她原是痛恨那毒物的。为了这点既不名誉又不吉利的嗜好，她还曾经同自己的烟鬼丈夫发生过无数次争执。然而，自从自己新寡，同时经历过种种家庭纠纷的打击之后，她也慢慢习染上了。

起初，她是为了医治自己气痛病才吸烟的。所以当时一面吸食，一面仍然流露出她的痛恨，申言身体复原后她就立刻戒除。然而她却永远没有得到这个机会。但和别的黑籍中的男男女女地主不同，烟毒没有使她颓败，甚至反而给她以充分的精力来治理家务。而且非常喜爱整洁，家具常是亮堂堂的，脸也亮堂堂的；她就常常借这些来安慰自己，认为她的烧烟与众不同，仿佛算不得一件坏事。

虽然这样，但她仍然很忌讳的，一有人提起，她便即刻感到不安。上瘾以后，她的特别喜欢打扮，便可以说全是为了堵截外人的猜疑，免得大家胡说八道，以为她真的变成女瘾哥了。所以，此外她还特别考究一切有益滋养的食物，而这样也就更加使她显得年轻起来，白皙红润，鲜嫩得像个三十多岁的中年妇人一样。

寡妇不能说不爱自己的儿子，甚至到了溺爱的地步。十二三岁她才和他分铺，到了分房的时候，人种已经快结婚了。但不管怎样，她总认为他容易受骗，是无法自立的。所以当她发觉白酱丹他们的时候，虽然一时感到满意，以为这是一件值得庆幸的事，现在，一下靠在那盏引人入胜的烟灯旁边，怀疑就开始爬上来了。

她一面裹着烟，一面思索，想要猜透儿子和白酱丹们来往的究竟。使她最吃惊的，是她竟想不出一点理由来说明这种交往的合理。因为无论从地位着想，从年龄以及平常镇上一般人对于人种的观感着想，她都觉得这不可能，而且很奇怪的。那最后，并且自然而然想到的一点，便只有何家的家声和财富了。但说到家声，理由也不充足，实际上倒是她求靠他们、仰仗他们的时候多些。当她想到某次为了家庭产业纠纷，前去邀请他们主张公道时所曾遭到的烦难，以及摊派救国公债时所曾遭到的侮辱的时候，她简直灰心了。于是她的想头便又立刻落到财富上面，但这使她立刻大吃一惊，因为跟着这个想念来的，便是欺诈、蒙混以及她一向熟悉的这一类事件的生动事例。

然而，这种因为平常过分警惕而自然产生的恐惧，并未任性发展下去,因为她的自负,使她觉得这是不可能的。至少是不容易。因为儿子的用度按月发给,家政又完全操在自己手里,任何欺骗,都是极有限的。但问题既然进入这个危险地带,那种希望探明一个究竟的心情,变得更急迫了。她急想知道一切,甚至于比过瘾还重要。

她从床上坐了起来。她的卧室是相当大的,里面塞满了木器:柜子、箱子以及立柜等等。床边的高脚火盆燃得正旺,上面炖着一壶开水、一小罐红枣桂圆汤。这是她冬季喜欢的饮料。那个半聋女工进来上炭,打皱的、鸡爪一样的手上提着一只竹篮。

她叫张大娘,来寡妇家里十五年了。起初并不残废,她才聋了两年。

"大少爷还在睡吗?"寡妇问,当那女工开始添炭的时候。

"还在书房里空床上躺起啊!喝太多了……"

"大少爷娘子呢?"

"在哄奶小姐睡。奶子不够,吵得很。"

"怎么不搭点米汤呢?讨也讨一点呀。"

"不肯吃!又比不得我们庄稼人的,胃口细呀。我们乡里的,只有半岁,就开始吃稀饭了。我两三个还是嚼饭喂大的呢!少奶奶又不肯……"

寡妇忍耐地叹了口气,随即就叫那女工去请孙表姊来。

孙表姊是个四十多岁的孤人,何家的一房远亲。但是她之能够在何家寄食,倒是因为她那精巧的手工,以及常常出入善堂,亲戚关系的作用是不大的。她是一个聪明的寄食者,处身行事都很慎重。而且和一般孤人一样,她是沉默的和迟缓的。虽然瘦弱,但她有着一副很高很直的身材。当她进来的时候,寡妇已经又从床上坐起来了。

寡妇迅速地望她一眼,立刻现出不快的脸色。

"你们也替我管点事哩!"她沉重地说,又叹口气,"才走了几天,这屋里就乱得不成话了!随便酗酒,喝醉了又来吐!……"

孙表婶抱歉地笑了一下,好像是说,这我怎么能管呢?

"还在外面书房里么?"寡妇又问。

"大约是吧。"孙表婶回答,在高脚火盆边坐了下来,"我一直在房间里。"

"你的枕头帕,还没有做好么?"

"要不是胡二老爷娘子家里念皇经,早就好了。一牵扯就闹了两天,搁下来了,摸都没工夫摸。请得那么切,我自己又带便有点事……"

这胡二太太,是她们共同的善友,但她没有说明,她去那里的附带目的,乃是为了她那小规模的囤积。因为自从去年冬天以来,她便从自己平常活动的圈子里受到了传染,把她一点可怜的积蓄,搁在种种杂粮的翻囤上了。

对于从胡家听来的关于筲箕背的传闻,表婶婶也一个字没有提。她是深怕沾惹上是非的,因为她一向清楚,她的居停主人,并不是一个怎样容易说话的人,喜欢东猜西疑,心眼很窄。但她却带便谈到了经堂的布置,以及最后一次扶乩的情形。她是深信此道的,所以她的态度也就随着严肃起来。

"看来一时不会太平的了!"她叹息说,"上次彭祖临坛,也是这样说的:'金不换,银不取。'这就是说,将来的日子还要苦啊!……"

"这菩萨早讲过了,是劫运呀!"寡妇说。

她皱皱眉毛，又叹一口气，好像忽然间变悲观了。但实际上，却是从她那种漠然的不安来的。所以，停了一会儿，她又漫不经心似的追究起来。

"我走过后，宝元究竟做了些什么，你知道么？"她问。

"不是今天请白三老爷他们吃饭来么？"孙表婶说，又带点胆怯地笑了笑。

"这个还要你说！我早知道了。"

"我别外就不清楚什么了。"

寡妇是善于侦查和怀疑的；并不搭话，她望着孙表婶，牵起嘴角，奇怪地笑了起来。她就常用这种冷漠而带野性的笑容使人感到不安心的，她立刻做到了。

"前一两天，他们像也请过他吧。"孙表婶加上说。

但是这点补充，并没有叫寡妇感到满足，反而把她那种善于探究的欲望，更增大了。这时媳妇正走进房间里来，她对自己的婆婆，是隐隐有一点畏惧的。畏惧她的巧妙的压制以及种种防范。当她新婚期间，寡妇曾经亲身隔着板壁偷听她同丈夫谈话，直到认识了她的本分、柔顺，这才慢慢地放了心。

只要寡妇在家，媳妇是每天要进来坐几次的，算是问安，也算一种恭顺的表示。否则寡妇便会生气，以为被媳妇所遗忘，以为媳妇破坏了家规。现在，她才进了房间，寡妇就打量地看定她了。

"昨天有人请宝元吃饭吗？"寡妇集中注意地问。

"前天，"媳妇改正着，"是彭大老爷他们。"

"你知道他们为什么请客么？"

"像是吃着玩吧。"

"他多少总向你说过点什么呀。"寡妇激动起来，疑心媳妇隐藏了什么。

这所谓"他",是指的人种说的。而当他从彭府上醉醺醺地回来之后,确也向媳妇说过不少的话,夸口过他同白酱丹们的计划和自己的将来。他表现得很骄傲,以为自己已经同镇上的名人们有交情了,而且不久就会出头露面。

然而,媳妇是不能照实说的。这不是她顾虑夫妇间的感情因此发生波折,她很清楚,他对她早已若有若无,不放在心上了。她所顾虑的,是寡妇会给她加上一个不加劝告的罪名,同时又让丈夫生气。而且,她早已感觉出来,因为她生育的不是一个传宗接代的男孩,寡妇对她已经冷淡多了。她是乡里一个土财主的女儿。

既然不能直说,所以掠掠头发,媳妇胆怯地笑起来。

"你想,他有话还肯跟我说么?"她支支吾吾地说,"又喝醉了……"

"好!看你们大家瞒得到一辈子么!"

十分简捷,寡妇冷笑着这样说了。

"我跟你讲,"她随又加上道,"要是醒了,你叫他不忙出街去哇。"

于是她带点恼怒重新躺下,继续裹起烟来。

寡妇满足嗜好,是有一种自己的派头的。一例采用清水漂烟不说,吸的时候,还把泡子裹得又紧又小,就像羊子粪样。因为这样既不败气,又不容易让烟瘾自由发展下去、扩大下去。而且,每吃两口,就要调换一次已经挖空烟灰的新的斗子。

寡妇平时是很能克制自己的感情、很能守礼貌的,靠灯和靠灯以后,就要随便一些。每到这些时候,她总容易激动,变得更爱说话,更爱挑剔和更自负了。正如醉酒以后的大部分人一样。而且,在喜欢提说过去、发泄宿怨这一点上,也相像的。似乎自从娘肚里下地以来,便有人和她为难,而她终于能够应付过去。

她这个脾胃,是全家人所熟知,而且最感觉头痛的。但她们却不能远离开她,甚至还要像聆训一样来领教的。否则她会怪人有意要冷落她。所以当她重新一面裹烟、一面唉声叹气的时候,孙表婶和媳妇,知道她的牢骚快开始了。她们屏着气互相望了一眼,又无可如何地在想念中摇了摇头。似乎决了心准备受罪一样。

她们预想她一定要提起人种来的,但是她们错了。因为,虽然急想知道儿子和白酱丹们来往的底细,而且怀着恐怖,但她并不如她们一样,知道筲箕背的事的。现在,寡妇已经把儿子的事情丢开了,那使她兴奋的是她巡视田产的经过。

老实说,她这一次的巡视的经过,是非常顺利的,并没有遭遇到往年曾经发生过的麻烦。所有的租谷,都早已封好在仓里了,毫无拖欠。便连那个她自认为难于应付、异常调皮的佃客张二,也都破例服服帖帖履行了他的全部义务。既没有赌神发誓抵赖,也没有请求减免。然而,正是这些反常的情形,给了她一个深刻的印象。此外,她又发觉,所有佃客的生活,都比以往好了,有的人甚至养着肥猪。虽然他们也抱怨人手不够,工价过高,随时担心抓丁派款,这些却都无法掩盖他们对于景况好转的喜悦。

把这些生疏的印象,和她所熟知的粮食,尤其是杂粮的上升不已的价格连接起来,她大大地兴奋了。因为根据她的估计,单是地主没份的小春的售价,就可以超过佃户以往一年间的全部收入。这也就是说，种田的人占了她的便宜。其实，自从去年以来，她就有这种看法的。只是相当模糊，而且以为对于自己并无什么损害。现在却完全不同了。她裹着烟，一面向媳妇和孙表婶敷叙着她的观感，以及她已经考虑过的对策。

而且，充满一种敌对情绪，她再三赞叹佃户们的生活过得太好。

"连那个穿刷把裤子的李瘟牛，都阔起来了！"她不平地接着说，"穿得棉滚滚的，每顿干饭。难怪好多人抢着租庄稼啊，不像往年主人家找佃户了！"

"那不是，"孙表婶附和说，"焦三老爷去年就加了佃了。"

"岂止加佃？你把耳朵伸长点吧，连租也加了啊。还是我们这些人恬淡，不然，我早就说话了。佃倒不在乎，现在的钱，算得钱么？反而闹来背个恶名。"

"加租也是对的，姚开全他们就这样，一亩地十斤棉花。"

"对了啊！你算算吧，十斤棉花现在该值多少钱呀？"寡妇兴奋地说。

同时，她巧妙地拿着烟签，撑身起来；人种轻脚轻爪走进来了。

人种已经没有了醉态，有的只是大醉以后的疲惫，以及那种近乎麻木的沉静。他眼睛周围绕着黑圈，头发蓬松，好像病人一样。寡妇望见他走进来，就停止了说话，微微皱了皱眉头。

"吃不得，我就推个杯呢！"寡妇终于秃头秃脑地说。

人种没有张声，他一双手掩着脸，呵欠着，随又大大伸了个懒腰。

"就拼命地喝！"寡妇继续说，"也不想想自己有多大的量。"

"才喝好几杯啊!"人种叽咕着说。

他随即走向一张五抽橱去。这五抽橱是靠床安置的,上面有把茶壶;他用手背随便地挨一挨那茶壶,看烫不烫,接着凑在嘴上喝了一通。

"好几杯?……那总还喝少了嘛!我看,就是活到胡子白了,还会不懂事的。"

"呵唷!"人种厌烦地插断说,"这才不得了呢!"

"有什么不得了?醉坏了的是你,又不是我!可是,有本事就自己找了钱喝,不要坐着吃、坐着穿。吃饱了,穿暖和了,还要磨皮擦痒!像我该背黄包袱样。"

"那你又不要背吗!"人种脱口而出地说。

人种的头脑还很昏涨,他没有考虑过他的话语的重量,也来不及注意态度。但当说出来的时候,他立刻觉得自己是做错了。他随即在火盆面前坐了下去。

寡妇望着他好一会儿没有张声。

"这才会说呢!"最后,浮上一个勉强的微笑,她激动地说了,"是什么人教你的?你怎么早不说呢?早这样说,也免得我守你们了!……"

她的声调带点悲哽,她的眼睛已润湿了。她没有再说下去。原本是一个矜持的人,儿子偶尔对她说了忤逆的话,往往使她不平,觉得受了不义的待遇。而每当这种时候,她便为悲愤压倒了。特别是今天,她才收完租谷回来,成绩又很不坏,她的心里正在感到骄傲,因此这种不平的感觉也就比以往更为厉害。

孙表婶和媳妇是最理解她的,她们相信跟来的一定是眼泪和埋怨。

"你理他做什么啊,吃醉了的人!"她们怯怯地开始劝解。

人种不大输气地横了她们一眼。

"吃醉了?"寡妇忽又冷笑着说了,尽力使自己不要显得软弱,"你们就只晓得替他圆梦啊!你怕我不清楚么,这屋里就多了我,别人早就看不惯了。"

"哎呀!你总是讨闲气怄!"孙表婶撇撇嘴说。

"我倒不讨气怄,可是,我现在什么都看穿了!从今天起,我什么也不管了,你把这个家务鸡毛毽样,一足踢了也好。天啦!原来变了牛还要遭雷打啊!……"

人种清楚,这一来母亲又会细数一场她的苦况的,但这个他已经听过千百次了;而每一次却又只会增加一层他对母亲的不满。虽然在他幼小时候,曾经由此得到过不少感动;常常向自己发誓,他要用功读书,将来做番事业,这才对得住母亲。

然而,现在他却显得厌烦地站起来,想退出去;一面切断她的诉苦。

"我今天碰到鬼了!"人种抑制地喃喃说。

"转来!"母亲大声制止住他,接着声色俱厉地问道,"你说,什么人是鬼?"

人种没有出去,但也没有搭话;他扭歪脸重坐下去。

"真搞得好!"强笑一声,寡妇紧接着说,"我才走了几天,就变得这样子了!一天就酗酒呀、打牌呀,是人不是人都伙着来往,"她想到了儿子同白酱丹们的往还,"难怪得啊!找到军师了哩!这个鹅毛扇子真扇得不错。"

"哪个在给我扇鹅毛扇子哇?"人种突然扬起脸问,恶狠狠地瞥了寡妇一眼。

"这个还要问么？"寡妇迅速地反问，倾出上半身逼视着儿子，"好像别人都是蠢猪！好吧，我管你们也管够了，既然处处都不对劲，我们把这个家分了好了。"

她停住嘴，留神地期待着人种的反应。

寡妇原是最讨厌分家这一着的，每当和人种赌气的时候，她都自然而然想起这件极不愉快的事情。现在，因为儿子的意外行动，她的疑虑、愤恨，也就更增大了。她急想弄清楚他的本意究竟是怎么回事。

"像我变牛还没有变够哩！"接着她又试探地补了一句。

"好歹都是你一个人在说哇！"挺起脖子，人种忍不住回嘴了，"真是别人讲的，恐怕天都会闹破了——分家！"他又冷笑了两声，好像他什么都懂。

"分家怎么样哇？"寡妇失声地叫出来，同时放下盘在床上的双脚；随又抬抬屁股，似乎就要扑过去同儿子拼命一样，"难道我想把这个家务背到阴司里去用么？"她气势汹汹地继续着责问，"我想拿去顾娘屋么？好得很，我天都闹破了！"她一下坐在床沿，发出一串神经质的干笑，"今天我才晓得我是个泼妇哩！好得很，我倒要请几个人来问一问！……"

她没有料到结果会是这样，她随即哭了。

"又没死人！"人种叽咕着；他也十分恼怒这个不曾料到的结果。

"就要死我这个千人恨、万人厌的了！"寡妇带了哭切住他，"看你们还过得到几天好日子么？你明天就来当这个家好了！我马上把红契交出来！"

"家我倒不当啊，我要做生意！"人种毫不自觉地说，随即想起当天的计议。

"你就拖懒杆子我都不管!"

"像这样吃下去,我倒要拖几天懒杆子!不晓得抓那么紧做什么啊!一提说做点事吧,总是说你不行,说你一定上当,好像你连鼻涕也不会揩!"

"你的本事大啊!"忍着哭啼,寡妇忽然藐视地说,"要做,做你的呀!"

"做我的!上前年想同蒋有才做碱生意,也是这么样说:做你的呀!等你人约好了,就又不来气了。去年说到上面割漆,也是这样!……"

"你不要讲那么多!"寡妇负气地切断他;而且,因为弄清楚了儿子的本意不在分家,是想做点生意,心里忽然觉得好过点了,"要做什么,你要说出来呀!我是你肚子里的蛔食虫吗?可是,话说在先,做烂了不要又来污我。"

"你是只会封赠我这些好话的!"

"那怎么会?"寡妇作弄地说,料定人种做生意是个外行,"做发了,我这个老婆子还会沾你几天光么?我倒要先看看,是个什么生意;总还有个好打算吧?"

人种没有即刻回答;但却望望母亲,忸怩地笑起来。

这并不是因为他怕她悔口,他是知道怎样来征服她的,而他已经出乎意料地软化了她。根据经验,只需道出他的愿望,就好办了。但他一时竟不知道如何措辞。

"我要开槽子淘金。"他终于吃吃地说了。

他很快地瞥了母亲一眼,于是埋下视线,一直望着炭火。

"地方都看好了,"他继续说,"有白三老爷,就在筲箕背挖。"

"哪一个筲箕背?"寡妇问,集中了她的全部注意。

"就是我们老坟那里。"他回答，微微扬起了头，随又很快勾下去了，"他们说，就在侧面挖，又不会伤到坟……现在也没有人讲究这一套了。又伤不到坟……"

他停住嘴，朝母亲看望了，于是没有再说下去。

当他才说出那个风水地方来的时候，寡妇希望那是另外一个所在，而当他肯定了她的猜疑之后，她简直震惊了。她想到了那是何家的发祥的坟地，想到由它引起的一次严重纠纷。因为十多年前，为了么房砍伐坟上的树子，他们几乎掀起一场官司。

因此，寡妇认定儿子做的是一件糊涂事情，而且看清楚了他自己的心虚气馁。

"真是个好主意！"于是她说，忍不住冷笑起来，"看你将来，还会把死人的骨头挖出来车纽子卖么！——亏了你吃饭都不长了，不晓得发的什么疯啊！"

"我倒没有发疯啊。"

"那总是我疯了呀！"寡妇奚落地说，随又改变了口气，"做什么事，也该想一想吧？你又不是三岁两岁的小孩子了，就不怕犯到自己，也该怕闹成笑话呀！"

看出儿子已经失了主宰，寡妇更加坚决起来。

"我同你讲！"她决然地继续说，不再有一丝一毫的顾忌了，也不再有一丝一毫委屈情绪，"当到你表婶婶也在这里，只要我在一天，哪个要动一下我的祖坟，我就和他拼命！——我怕没有脸见死人！……"

沉默一会儿，她随又鄙视地笑了。

"难怪得啊！这些条，也真要白酱丹才想得出来！"

接着她就躺了下去，没有再说什么。其他的人，也都陷在沉默当中。而末了，人种忽然掀倒椅子站了起来，叫道："总之，你把我腌在家里好了！"冲冲跌跌走了出去。

九

在寡妇家里，近两年来，口角已经成为一种寻常事了。这大半是从人种方面来的。他总感到自己太受限制，太受委屈，而这又是从母亲一直把他当作孩童看待来的。因此他就常常同母亲抵触，说些忤逆的话。而种种不快的事件也就随之而生。

但在起初，因为一直以来的驯服，而且又没有明确的目的，口角的情况，并不怎样严重。只要母亲在争吵中急得哭泣起来，他的不平也就消了。争吵得最激烈的是割漆同囤积碱巴那两回事，但是，因为寡妇对于儿子的无能认识得最清楚，以及一种不自觉的自负，当时虽然是答应了，事后却又撕毁了自己的诺言。这回关于淘金的争执，在人种退出房间以后，寡妇以为他还会不服气的，但是一两天过去了，人种并没有再提过。这不仅因为人种感觉压力太大，他自己也开始反省到了事情的不妥当。然而，还是为了那个倒霉的面情太软，他却连大门也羞于出了，仿佛真想就这样把自己腌在家里。

在出事这天夜里，寡妇的阻止便在镇上传播开了。这是应该感谢小市镇上的居民们的多闲的。但是一般的反响却很平常，不过觉得有趣罢了。少数的野心家，则采取一种幸灾乐祸的态度，甚至还尽力设法挑剔。因此，当他们偶然碰见白酱丹的时候，他们总要问到筲箕背何时开采，自己是否可以得到一个金夫子的差事，作为戏谑。他们对于林么长子竟也如法炮制，但在末尾，却又用了同情的口调劝他一顿，认为他用不着再失望、再生气了，因为那些阴谋者已经得到了他们应得的报偿……

在何家发生口角的次日早上。涌泉居的茶客们照例又上班了。在谈过一些无味的琐事之后，芥茉公爷就又提出挖金的事来，嘲弄地给么长子进着忠告。

"怄什么啊，"他用唱歌般的调子说，"你就弄到手了，还不是一个样？"

隔了一会儿，么长子这才冷笑一声，现出一副不瞅不睬的骄傲态度。

"我怄？"他冷然地说，"那样爱怄，早就怄成气包卵了！"

于是板着张脸，他把左脚上的鞋子跋去，腿杆一缩，蹬在凳子上面；接着右手拐朝膝头上一靠，捻着又粗又硬的胡子，专心一意想他的心事去了。

邻座的芥茉子们暗笑起来；但是为了尊重对待拜兄伙的礼貌起见，他们立刻扯上别的事情来谈。主要的是生意经和牌经。随后，虽然话题忽又还原到挖金上来，但已不再是筲箕背，而是一般金厂的情形。他们热切地关心着某人是挖发了，某人又挖夜了。什么人的槽子发现了倒霉的所谓"坂"，或者正在打横洞，"宰耳口"，企图挽回歹运。大家只顾自己谈得热闹，没有再理睬么长子。他们知道他的习惯，每当他带了那副流氓架势，板起张脸，捻着胡子，那便谁也不好沾惹他了。

然而，正当他们谈到杨善人的明窝子的幸运，大家都在羡慕不置的时候，么长子站起来了。他穿上鞋子，大大喝了一口浓茶，于是大彻大悟地自言自语起来。

"啥啊！盐也只有那么咸，醋也只有那么酸！……"

他一径走向茶馆里面自己家里去了。

这在他是少有的例外行动，因为照老规矩，他是非到饭菜端上桌子不回家的，从来没有蹲在家里等饭吃的习惯。但是这天早晨，才一进门，他就钻到灶房门口去了。

他的老太婆同寡媳正在烟雾腾腾的灶门前工作。老婆身体壮健，已经四十多了。么长子很怕她，这是因为她的谈吐比较自己更为粗鄙的缘故。她一发觉丈夫正在门口探望，还没有张口，便嚷叫起来，怒气冲冲地抓来一只竹篮，朝他怀里一塞。

"就在外面翻花就是了吗！去择了来！……"

"怎么，菜都还没有择好么？"么长子吃惊地问，但是已经接过竹篮。

"一个人只有一双手呀！"

老太婆大声回答，一面响着铲子，么长子无可奈何地笑了。因为媳妇子在面前，他就只好在喉咙里叽咕了一句怪话，忍气吞声地退了出来。

当走回堂屋门口的时候，他看见孙儿土狗娃跪在泥地上弹弹子。

"快来帮爷爷择菜，"他叫道，"吃了饭给你一个铜板！"

"你那张狗嘴里的话都靠得住呀？！"

"嗨，这个龟儿子娃！"么长子激赏地大笑了，"你像吃孽了啊！"

"你不是呀，"因为得到鼓励，那个顽皮孩子更胆大了，"你向婆婆说了不再赌钱，前天又输光了！狗嘴，狗嘴！婆婆一直这样骂你！"

"杂种，婆婆是婆婆呀！……谨防火闪娘娘淋你的尿！"

"屁！你才骗不倒我，先生说那是电气！"

"还疝气呢，电气！……赶快来吧，我要叫你妈了！"

在这屋里，土狗娃只怕他娘，他四下望望，收起弹子，满身尘灰地站起来了。但正在这时候，老太婆又从厨房里叫起来，说是饭已蒸好，菜可以不择了。

在吃饭当中，虽然那个精神勃勃的老太婆，还在抱怨前天钱输多了，但是么长子并不回答。他只顾吃自己的，因为他还要赶着到何寡母家里去。他觉得，既然白酱丹的阴谋受了挫折，凭着亲戚关系，也许他还可以挽回自己的运气。这自然很可笑，但是每个痰迷心窍的人，他们总有一套自己的特殊逻辑，而且往往总深信不疑。

这种想法是从何家的口角引出来的。这在昨天夜里就打动了他，到了早上，便已如钉钉木，拔也拔不脱了。生活正在不断上涨，金价已经爬到百换以上，他是无论如何也不会对筲箕背断念的。何况自以为有过成约，要想断念，也就更困难了。他本来就很贪婪，正如有人形容他的，看见庄稼人担了大粪走过，也要沾一指头；他更不是一个软弱可欺的人，他可以采取任何手段来攫取某种已经打动了他的利益。所以吃完早饭，他便挟起烟杆，到寡妇家里去了。

到了寡妇门口，他两头瞟了一眼，就笔直走进去了。他在耳门口停止下来，向大厅里窥探着；寡妇正在那里同佃客争论，但他立刻就被她发觉了出来。

"是么老表呢！"寡妇招呼着，"请进来坐呀！"

寡妇多少有点吃惊，但是她的态度仅仅欠点自然。

"我看你不得空吧，"么长子说，一面却已经提起烟杆走了进去，"倒没有什么事，不过顺便来看看你……是在讲租谷么？"

"是呀。收这几颗谷子，也就够烦人了……怎么不坐呀？"

"不要客气，你们继续谈吧！都是自家人呀。"

"请么舵把子说说吧，"一个蓄着一把抓头式的庄稼人，忽然向着么长子申诉了，"一亩田加十斤棉花的租，这怎么做得出来呢？也该给我们留条路嘛！"

"一个人不要光吃甜的！"寡妇恼怒地说，"看把嘴吃溜了！"

"不晓得我们哪年吃过甜的，去年贴他妈好几百！"

"快答应下来算了，"么长子劝诱地说，并未给那庄稼人撑腰，"你是常乐坝的？"

"后桩沟。我叫王老九；怎么，还是去年么大爷栽培的哩！"

"快少说些空话吧！"么长子庄严地驳斥了，因为他自己就有田有地，而且感觉那个庄稼人的表白有点丢他的脸，"光棍就该吃裹缠么？做得着，做；做不着就退，主人家好另外招佃——不像往几年了，现在再坏的地都有人做！"

寡妇兴高采烈地笑了。

"这就说对了啊！"寡妇沾沾自喜地说，深幸那个老流氓的知趣，"不过，么老表还不知道，这两三家都没有话说了，就只他一个人扯皮得很！"

"我们没有哪个答应过哇！"一个老头子理直气壮地叫嚷出来。

"你们最好去打听一下，"主妇紧接着说，显然并不看重那个老年人的抗议，"把耳朵扯长点，看我究竟挖苦你们没有？对，你们下一场来换佃；不对，你们退佃好了！租不出去我会让它荒起，一点也不勉强你们。"

"唉，"王老九不平地嗫嚅着，"唉，这不是活埋人么？……"

然而，寡妇并不理他，一心和客人张罗去了。她把么长子邀向堂屋里去。因为虽是亲戚，平常却少往来，而且一向存着戒心，所以她的接待也就特别谦谨。

因为猜不透对方拜访的理由，她便只好把换佃的事作为应付他的话题。

"么老表知道的，"说过交涉的经过之后，她接着又说，"现在的生活好高呀！又是这样款、那样捐的，不然的话，哪个愿意提啊。可是你亲眼看见的，这个还没有说好，那个又翻盘了，就这样耍奸狡。"

"不要紧！"么长子慷慨地说，"我再同王老九招呼一声好了。"

"那就太费心了。本来都没事的，就是他一个人傲起。"

"这些弯毛根就是不识好歹啊！"么长子说，好像自己很识好歹，"才当了个光棍，就自以为了不起了，可以随便抓、拿、骗、吃；袍哥的好处一点没有学到！"

"是呀，前几年都是听说听讲的人……"

寡妇佯笑着住了嘴，而且，禁不住红脸了，因为她忽然发觉，这样说显然是会得罪人的。但是么长子一点也没有多心。他原是很性急的，而现在只有一个强烈的欲望占据着他：直截了当把问题提出来。

"不要紧，"么长子糊糊涂涂地说，"我去说他一顿好了！"

"这就太费心了……请点热茶呀！"

"不要客气——哦，我今天来，是找你谈个事情！"他假咳着，迅速地瞟了寡妇一眼，"其实我个人无所谓，不过，我们这场上的事情，你晓得的，有些人一点不择生冷！一天就想方设法，拖人下水……"

"好在我们从来也没有得罪过哪个。"寡妇假笑着插了一句。

"他倒不管你这一套啊！听说又把宝元骗上手了，要在筲箕背挖金子！"

"真不知道这是从哪里说起的！"寡妇非笑地说，仿佛听了什么无稽之谈，一面却又提心吊胆窥探着对方，"什么人不晓得筲箕背有我们的祖坟？这不是笑话么！"

"你倒是这样说，别人可有别人的想法……"

么长子高深莫测的口气，使得寡妇吃惊地扬起了眉毛。

"这一下我看你又画什么圈圈！"并不留意寡妇的表情，么长子愈说愈胆大了，"你总不能抬我的门、踏我的槽子——老子依法纳税！依我看只有这样：自己挖！你忙不过来，我帮你跳。都不是外人呀！难道我还会烧你么？哈哈！……"

"这个意思自然很好，"寡妇透着气说，"但是……"

"我总不会害忌你的，"么长子口快地抢着说，"一百多换一两，啥劲仗呀！头钱又不要多，卖五石米就尽够了。家具都不必买，我有！要多少有多少。"

他大摇大摆地站了起来，吹燃捻子，搁在茶几边上，燃起叶子烟来。

"么老表的关心我很感激。"假装出感谢神气，寡妇开始陈述。

"一天不出两把金子，你踢我的脚头！叽，叽，叽……"

"么老表的意思自然很好，"寡妇紧接着说，已经感觉得不快了，"但是，就是挖金娃娃吧，这件事情我也不愿干。明白人背后骂都是小事，将来怎么有脸去见死人？我又只有一个儿子，犯着了，我更担当不起！"

"你放心，叭，叭，不会撞到坟的。挖槽子是有窝路的呀！……"

"我们妇人家见识短，"她认真生了气了，口气坚决起来，"总之，我绝不能做！"

么长子从嘴里取出烟杆，叹息了。随即浮上一个狰狞的冷笑。

"别人怎样我管不了，可是我有我的想法！"寡妇又加上说，忽然感到一点畏怯。

她尽力装出一种满不在乎的神气，但她终归还是心虚。

"么老表在外面听到有什么话吗？"她接着又问，设想试探一下。

"当然！不然我也不必来了，"么长子坦然地说，"你想吧，已经到了口边的菜，还有放了的么？恐怕没有那样便宜！——哼，哼，有那样便宜又好了啊！……"

出乎本愿，么长子多少流露出了一点幸灾乐祸的神气。

"像么老表这样说，"寡妇带点恼怒地反问道，"他们像硬要强迫我答应啰？"

"要不是这样，我也不必来了。所以……"

"这样也好，看我们还会打一场耍耍官司么！"

"这你又想左了！"非难地摇摇头，么长子紧接着说，"现在的官司，都是人打的么？同衙门里没关系，红的还要给你断成黑的——何必讨些空气恼啊！"

寡妇一时没有回答得上；么长子误认为他的说辞已经见了效了。

"依我看么，"他又说，自信地点着下巴，"只有自己来挖！"

"这个话请么老表不必说了！"

"可是，假若别人硬要挖呢？"他问，不怀好意地直盯着她。

"那就只有请他们先挖个坑坑，把我俩娘母活埋了再说！"

么长子轻声笑了。他叭着烟袋，好一会儿没有开口。

"既然这样，"最后，他磕去烟蒂，带点不满站了起来，"我也不敢劝了！"

"再喝杯热茶走嘛！"寡妇支吾地说。

"不喝了。今天逢场，我又是个爱管闲事的人。"

寡妇一直勉强地送他出去；而一走进大厅，么长子忽又迟疑地停下来。

"表嫂呀，"么长子拖长声调懒懒地说，"现在的事情，想开点啊！"

同时他望定她，带点威吓地微微晃着脑袋。

"我们坤道人家，就是想不开呀。"她恼怒地说，避开他的视线。

她还有好多话想说的，但她忽然间住了嘴。因为当她避开么长子的视线的时候，她看见白酱丹正从外面走进来。抱着烟袋，神气很是正派的样子。而一发觉出他，她就立刻更加感到不快意了。

白酱丹先向寡妇打过招呼，随又打量似的望望林么长子。

"怎么，我才来你就走了？"他搭讪着问。

"你不知道，"么长子讽刺地回答，"我自来就怕挨你！"

"这就怪了，"白酱丹平静地笑起来，"好，等一下喝茶吧。"

么长子什么话也没有再说，但从鼻子里笑了一声，车转身就走了。

寡妇对于新来的客人，显然并不热心，她没有让他到堂屋里去。她猜准了他是为了什么来的，而且，么长子给她带来的不快，还在继续发生作用。因此，这个平常自以为精干老练的女人，突然感觉到不能够自持了。她多少显得有点张皇失措，因为她对这个充满阴谋的拜访十分苦恼。

白酱丹也不如往常的镇静了。他深知道对方是难惹的，而又选错了拜访时间！他开始担心他的游说将会成为不快的会晤，但是凭了他的年龄、经历，他依旧装出镇静的样子，斯斯文文地抽着水烟，斯斯文文地同寡妇谈着毫不相干的琐事。

他看清了寡妇的情绪不佳，一不对劲就会弄成僵局，他得先使她平复下来。

"听说今天米又涨了，"他继续毫不厌倦地说，轻轻地弹着纸媒子灰，"依我看么，要是关不起冬，开了春，粮食还要往上爬啊！表嫂的谷子，该还囤起在吧？"

"呵哟，我们才几颗谷子哇！"寡妇撇撇嘴说，已经感到不耐烦了。

"也就算好了啊，人又少……"

"就因为人手少，所以处处受欺负啊！"

听见寡妇口气不对，白酱丹偷着向她瞟了一眼，而且立刻得到判断：谈话是失败了。他想另选一个时间再来；但他忽又充满耐心谈下去了，希望换换空气。

"呵，"他说，忽然装出关切的神情，"老实话，你们老太爷病好了吧？"

"早就好了，多谢你问。只是左半边瘫了，动不得。"

"真可惜！多好一个人呀！"白酱丹摇头叹气，好像难受得很，"不管做人，做学问，现在，到哪里去找啊。我记得和我们先严同庚，已经七十多了吧？"

"七十一了。"

"那还小先严一岁。先严要是还在……"

"哦，三老爷！我们都不是外人哇，"寡妇忽然昂起头来，直视着白酱丹，红着眼圈插进来了，"千不是，万不是，都是那个晒牙巴的死早了！留下我个女流之辈，少读书，少识礼；儿子又不成材，一点不给人争气……"

"哪里的话，表嫂也就算命好了。"

"哼，命好！"寡妇鄙夷地说，更加激动起来，"命好，又不出败家子啰！不过三老表，我们不是外人，说一句老实话，哪个要挖我的祖坟，就先把我活埋了！"

白酱丹吃惊地颦蹙了脸；但随又笑起来，好像听了一件莫须有的趣事。

"你从哪里听来的啊？"他说，"不要听么长子胡吹吧——他那副嘴！"

"我倒不会相信他的话啊。"寡妇严正地否认说，"不过，不管是什么人说的，我要让三老表知道，除非我断了这口气，哪个要撞撞筲箕背，我就和他拼了！……"

"不必着急，我看，你先把事情问清楚来吧。"

"这个还要问吗？想发财呀！……想趁浑水打虾笆呀！……"

寡妇意想不到的激动，使得白酱丹失色了。同时他也领悟出来，再要敷衍下去，是会把事情闹糟的。他赶快灭掉纸捻，随即装出一副若无其事的神情站了起来。

"还是那个话，"他说，"你问清楚来哟，看冤枉淘一场气……"

他强笑着，轻轻弹着沾在花缎背心上的纸捻子灰。

"一个人想钱，不要想得太抠苦了！"噙着眼泪，寡妇只顾嚷自己的,"欺孤凌寡也不算得好汉!——究竟我的眼睛还没闭呀!就提弯毛根也还没到时候……"

"好,我欠陪了……你们劝一劝吧!……"

这后一句,是白酱丹对带点惊慌走出来的孙表婶说的,同时也为了走起来自然些。

十

人种同母亲之间发生的争执,就在当天晚上,便传到白酱丹耳朵里了。但他并不在意,以为这是免不掉的。所以当次日一早会见彭胖,那肥人不大了然地把争执的情形告诉他的时候,虽然早已经知道了,他依旧让彭胖一气说完,不加任何阻止。

最后,直到讲述完了,彭胖于是又担心地问道:"这一下怎么办呢?——我看完了!……"

"你怎么这样经不得事啊!"白酱丹叹息了,又非笑地摇摇头,"是你,你也要扳一下命呀!这是早就料到的了,她一定要来这一套!"

于是,他才慢慢告诉彭胖,彭胖刚才说的,他在昨天夜里就听见了。而且认为这个并不足以证明事情的失败。据他推测,人种是爱面子的人,一定不会轻易收回自己的诺言。而事情的真相如何,也只有和人种本人谈过以后,才能彻底明了。

总之,白酱丹主张,等候人种出街,问个明白,然后再给他一些必要的激励。但彭胖不很赞成,力说应该把进城采办种种工具的姚老五叫回来。他是一个所谓摸着石头过河的人，他担心着任何可能碰到的亏损。结果，白酱丹无可奈何地承认了自己先到寡妇家里试探一下，然后再做决定。

他们商量这事的时间是在早晨，吃过早饭，白酱丹便抱起签花烟袋，访问何家去了。他曾经猜想，他是会大费唇舌的，虽然事情还没有到完全绝望的程度。至于不会完全绝望的理由，少爷们总是爱情面的，这个不必说了；此外，他还相信寡妇相当世故，懂得利害，绝不会为了一点细故来招引麻烦，或者自讨没趣。但是如他所经历的，他失败了。他曾经那么苦心准备好的理由，一点没有动用，他便不能不立刻退了出来。因为在他看来，再谈下去会把大门封闭了的，而最聪明的办法，是等寡妇想开豁了再讲。

但不管如何，这一次的谈判的失利，却是毫无疑义的了。一出大门，他就呻唤一声，甚至在想念中顿了顿脚。而且，深怪自己竟会选上这样一个不合时宜的拜访时间！……

市集已经很热闹了。又是闲月，街上人很拥挤。满街只见箩筐、背兜，以及黑白套头乱翻。挤了好一会儿，他才摸进畅和轩茶馆里去，但也全被乡下人占据了。有一批人在等候讲理信，公断处是就设在这茶馆里的。白酱丹算是公断主任，他一进去，那些男男女女的庄稼人就嚷叫起来，要他主张公道。有的甚至站了起来，让出座位。

白酱丹伸长脖子望了一会儿，接着就又朝外面走，一面胡乱点着头回答人们的招呼。

"我泡得有的！……我找个人！……换一下！……"

但才转身走了两步，一个满脸皱纹、又矮又黑的庄稼人拦住了他。

"请三老爷上面坐吧。你不晓得,我家里出了点事!"

"季大爷不是在那里么?"皱皱眉头,白酱丹支吾地说。

"不行!"那个名叫王玉成的庄稼人一径拦住他不放,苦苦地哀告着,"一定要请你老人家说一点公道话!你不知道,我这回吃亏吃厉害了!……"

白酱丹感觉为难起来。他四处望望,又败兴地叹口气,埋下了眼睛。

同时,那个坐在茶堂里最末一张桌子上的另一个公断员,那个头缠半毛料围巾的季熨斗,也在苦苦挽留着他。季熨斗声调非常响亮,口齿非常伶俐。他是全镇最受欢迎的角色,因为他从来不做挖苦事情,总是随方就圆。

"的的确确,三老爷!"季熨斗站起来大叫,"今天你拆不得台!"

"我还有事!"白酱丹不大耐烦地仰起头说,"你断了就是了呀!"

"不行!不行!今天包袱大了,我一个人拿不下来!"

白酱丹颦蹙着脸,依然不能决定他是否该留下来。

"你是找彭胖哥?"眨眨眼睛,季熨斗忽然关切地问,"刚才还在这里,恐怕到粮食市上去了。逢场天,他要下午才有空啊……请上来吧,一卷烟就讲完了。拿碗茶来!——不准乱收钱哇!……"

季熨斗叽叽喳喳地叫着、嚷着,做得非常殷勤。白酱丹留下来了。

"究竟是什么鬼事情啊?"坐定之后,白酱丹不快地问。

"你还不知道么?王玉成的老婆,叫人挖了热瓢子了!"季熨斗津津有味地说,又忍不住发出一阵哄笑。

接着，为了不使当事人难堪起见，季熨斗放低声音，绘声绘影地报告了一番事情的经过。和往常一样，前天，石缸坝的保长，天不见亮，就把自卫队吵起来下操了。王玉成也如时跑向操场上去，他怕挨手心，或者别的什么惩罚。但他出去不久，他的老婆发觉他转来了，钻进被窝就睡……

"这究竟是什么人呢？"白酱丹迫不及待地问了。

"什么人？你等我说完来呀！……这一下他就睡了啊！女人问他，今天不下操了么？没有答应！随后也死不开腔。就像俗话说的，哑巴喊门……婆娘起了疑心，下细一摸，肉非常细，不像王玉成的！立刻就叫起来……"

"这个也怪女的太大意了！……奸夫呢？"

"女人一吵，奸夫，披起衣服就逃之夭夭了！"

"呵嚙！……"

"慢点呵嚙，有人亲眼看见，从里面跑出来的是乔面娃娃呀！"

这乔面娃娃，是石缸坝的保长，不用说，本保的学校、壮丁，以及一切男妇老幼的一举一动，都归他管。因为精强力壮，办事非常认真。他住过几天学校，精于赌博。而在受过国民党县委会一个月训练以后，他就专门为国家流汗水了。白酱丹一向就很讨厌他的，讨厌他的浮气和他的自以为了不起。看见他的影子，都觉得伤脑筋。

"我怕是什么人！"白酱丹接着鄙夷地说了，"这些丑事也要他们才搞得出来。你知道么，总以为自己是上过釉子的呀！我早就把他们肠肠肚腹都看穿了……"

由于积压下的种种不快，尤其是刚才的失败的访问，他忍不住愤激起来。

"你看现在的事情,怎么搞得好呀!"停停,他又义愤填膺地紧接着说,"什么事也不管,就今天兑一桶料子,明天兑一桶料子,颜色越新越好!这个来,给你一抹,那个来,也给你一抹;以为只要刷过颜料,总该不错了吧!嗨,殊不知天地间的事情就没有那么简单——夜壶还是夜壶!"

他的口气粗鲁而又放肆,季熨斗吃了惊了。

"你是怎么搞的?"季熨斗玩笑地问,"带了早酒了呀?"

"这有什么奇怪的呢!"白酱丹忸怩地回答,已经反省到自己太激昂了,说话过于粗鲁,"这些话,我老早就说过了。不过,讲句老实话吧,我们自己先该多找几个人去的。大家不听我的劝呀!现在如何——哼?"

点点下巴,白酱丹恼怒地望定了季熨斗,似乎对方做了什么错事。

这不是没来由的。因为当政府征调种种受训人员的时候,他确乎主张过,以为这是一道门槛,若果进去的分子过分杂了,场上的公事将来会不好办。季熨斗是知道这经过的,但他没有回答,只是意义暧昧地叹了口气。随即便把谈话扯到别的事情上面去了:有关战局的传闻、正在城里举行的行政会议、物价等等毫无系统的问题。但是白酱丹好像并不怎样热心,好几次提议让他走掉。

"就只等那个穿黄马褂的了。"季熨斗再三挽留着他。

随后季熨斗又叫王玉成去找那个石缸坝的保长。

"你到底看见他来没来啊?赶场天,大家都有事情!"

"怎么没有来哇!"一个人插嘴道,"我在下街子还碰见过他。"

但当那控诉人转来的时候,依旧没有结果。白酱丹已经等得不耐烦了。

"这个家伙一定不会来了。"白酱丹摇摇头说,同时站了起来,"实在说,也讲不出个所以然的!你给他们说吧,"他忽然弯下腰来,放低声音向了季熨斗说,"到城里去告他妈一状嘛!"

于是顺势提起烟袋,决心不再坐下去了。

"万一又来了呢?"季熨斗说,已经不再坚留。

"要来,他早就来了——你没事,不妨多坐下吧。"

当白酱丹走到阶沿上时,那个刚才转来不久的王玉成又一下拦住他。

"我打一转就来的,"白酱丹赶忙说,不让对方开口,"你再去找一找呀!"

白酱丹已经急忙忙跨下阶沿,走向粮食市上去了。但他四处都找遍了,始终没有发现彭胖。最后,他毫不经意地走到一个卖米的面前去,问了问行情,于是抓起一撮,放在左手掌里,几颗几颗地丢进嘴里,慢慢细嚼起来。同时离开了粮市。而当他嚼完那米,拍着手上的糠灰的时候,他已经走到彭家大门口了。

彭家铺台面前有很多人在买油、酒,铺台的一端搁着很多瓦罐,是熟主顾寄放在那里的,要等卖了粮食才来打酒打油。掌柜的是一个深眼眶、掀下巴的老年人,白酱丹向他问明了彭胖正在家里清账。

白酱丹才一跨进大厅,彭胖便立刻向他打起招呼来了。他正在敲打算盘,不时又定着眼睛默想一下。而恰在这时候,他偶然发现了白酱丹,于是满怀期待站了起来。他急想知道交涉的结果,而且企图从那黄而浮肿的脸上看出一点消息。

直到白酱丹坐定了,彭胖依旧凝视着他,没有打消自己的企图。然而,那在来客脸上浮动着的,却只有一种近乎冷淡的倦意。而且,白酱丹就老是那么平淡无味地抽着水烟,并不谈到正经问题上来。

"怎么,你还没有到何家去吗?"彭胖耐不住了,终于问。

"早就去过了啊。"

"怕不容易说进兵吧?"

白酱丹意义暧昧地闭闭眼睛,又一笑,但是没有即刻答复。

自从他打何家出来以后,他就一直地较量着,把全部真实情况说出来呢,或者隐瞒下去。他深知彭胖的话是难说的,更不容易蒙混;最后,他装模作样地叹息了。

"真是骑牛偏偏碰到亲家,"他惋惜地说,"我早一步就好了!"

"没有会着人么?"

"林狗嘴先跑去使了坏了!我去,他正从里面出来。你想,他那张嘴……"

"怎么样呢?"彭胖着急地插进来问。

"怎么样,"白酱丹还有点迟疑,虽然已经决了心要说实话,"怎么样,"他重复说,"不晓得这个家伙胡讲了些什么,我还没有开口,那个母老虎就吵起来了!"

"还是叫姚老五回来吧!"彭胖摇摇头说,灰心丧气地在一张椅子上坐下。

"你这个人!"白酱丹颦蹙着说,"你让我说完来呀!"

两个人彼此不大自然地沉默了一会儿。

"唉,三哥,开不得我的玩笑啊!……"

彭胖终于说了，充满怀疑地窥探着对方。

"依你看，究竟怎么样呢？"他又挂虑地加问一句。

"等两天再去呀，"白酱丹故示平静地说，仿佛事情并不怎么严重，"今天我根本就没有说什么，正在气头上。就像疮样，等她出过这一股气，就好办了。"

因为彭胖没有张声，是在思索着，一面胡乱地敲着算盘，所以白酱丹便又接着说了下去，讲了一番交涉的经过。他没有怎样隐藏事实，但却竭力使彭胖不致陷于完全的失望。他把那些过分激烈的言辞略去，或者改换过了，没有如实转述。而如他当初所理解的一样，他认为寡妇的哭诉，只是一般女人们免不了的发泼。但这个全镇闻名的寡妇，却是很通达人情的，在经过严密考虑以后，她会知难而退地摒弃掉她的固执。而且，据他看来，这已经是一件木已成舟的事了。

自来是个冷静而又迂缓的人，说话的时候又特别当心，这一来，他的谈锋也就更迂回了。但是毫不自觉，他所说的逐渐成了他的信念，于是口气也就慢慢坚定起来。

然而，彭胖忽然举起算盘一摇，让算珠各自归了原位，然后放在桌子上面。

"当然！你怎么说，怎么好，"他插断白酱丹，几乎一字一字地说，"我自己又没有去。并且——不是说推口话哇！——这件事情，开始也是你提起的。"

"完了！"白酱丹不快地叹息了，"好像我在害你！"

"不是那个话，你误会了！"彭胖佯笑着解释，"我家里的事情你知道的……"

彭胖没有说完。但也不必说完，因为凡是同他有过交往的人，都很清楚，当他要向你进行搪塞、抵赖的时候，他是惯会拿他的家庭作盾牌的。虽然他们同样清楚,他的两个兄弟,在家里从来没有发言权的,凡事都是由他做主。

这一点白酱丹更了解。他相信,彭胖无论如何不会放心他的投资的了。

"这样好吧,"停停,白酱丹决然地说,"要是这笔钱白丢了,我负责任!"

"话倒不是你那样讲的啊!"彭胖迟疑地说,因为他是深知白酱丹的景况的,相信他的慷慨无非是一个不折不扣的夸口,"我的意思,不过是说,把姚老五赶回来,不更简便些么?莫要偷鸡不到蚀把米,那就糟了!……"

那个掀下巴管账先生走了进来,平板无味地开始报告行情。

"行市很疲。简直没人敢摸。我看放得手了……"

"不要趁火打劫好吧!"彭胖迁怒地说,"我等一下就出来!"

掀下巴莫名其妙地眨眨眼睛,退出去了。

"怎么样,"白酱丹忽然故为吃惊地问,"你还不相信搞得好呀?"

"依我看么,难!"彭胖摇摇头说。

"难自然难,天地间的事情,哪一件又容易啊!"

于是,白酱丹长长叹一口气,立刻把题目拖到"难"字上面去了。这是他的拿手好戏,他自己取的名色叫作"拖工"。他照例不三不四引用了一些彭胖所不懂得的典故,然后连接到近事上去:龙哥的招安,彭胖自己的充当团总等等。而他的结论是,凡事都难,只要肯干,便不难了。

他说得那么近情近理,就是对于抽象问题不感兴趣的彭胖,竟也感动起来。

"自然呵！事怕有心人嘛！"彭胖苦着脸吃吃地说。

"对了啊！"白酱丹扬着眉头叫了，"这一下你又说对了啊！所以，你千万不要以为我是在吹你哩！事情明明白白摆在那里，这还骗得了什么人么？"

彭胖忽然感觉上了傻当似的凝视着白酱丹，随又叹了口气。

"那么就这样吧，"白酱丹独断地接着说，好像彭胖已经完全同意了他，"搁一搁看，等两天我就再去。我相信她不会硬到底的，你看那天怎样对我们吧！"

彭胖苦笑起来，又摇摇头叹口气。

"你这个人！"白酱丹也叹气了，"我难道会害你？就说是红是黑，现在还不敢打保本，可是，那娃要不答应，我们会丢这笔钱吗？就算你那里是龙脉，将来要出皇帝，我们不挖它吧，我们总不能白丢钱呀！——这又该哪个来装舅子？"

"你又在下烂药了！"彭胖说，忽然丢心落意地笑了。

"这不是下烂药！……"

白酱丹否认着，他已经完全沉没在自己的感情当中去了，没有想到"烂药"这两个字，正和他的诨名具有同一意义，一向很是忌讳。他兴奋地站了起来，逼近彭胖走去。

"这不是下烂药！"他重复说，弯了身子，紧盯着彭胖那张肥脸，"要使心术，我早就动手挖了！我不相信她一个寡母子会把我怎么样！"

他伸直腰，拍拍桌子，就势挨近彭胖坐下。

"这个寡母子不同了啊！"瞄了一眼对方，彭胖半怀疑半打趣地说。

"我清楚——顶凶，披起黄钱喊我的冤就是了嘛！"

看见白酱丹发出狞笑，带着一点难于克制的凶相，彭胖知道，平常虽然那么文绉绉的，当一生了坏心，可就不好惹了，直同流氓痞子没有两样。

而也正因为这点，彭胖这才信赖了他，并且一向怕得罪他。

"自然啊！"微微一笑，彭胖于是转圜地说，"要她赔，她还曌得脱么？笑话！又不是三岁两岁的娃儿，那么大的人了，又没有人扳开嘴强迫他承认的！"

"这就说对了啊！"白酱丹激赏地大叫了，"老实讲，要是开烂条么，哼！……"

他很可能畅谈下去，但他忽然用鼻孔冷冷一笑，于是乎住了嘴。

然而，停停，他又提起另外一件事来证明寡妇的并不可虑，对于镇上的某些人物，她是只有睁开眼睛受亏损的。这件事情，便是那个数目不小的救国公债。当发还的命令公布出来的时候，好多人都领回了一点现款，寡妇的一份，却全部落进龙哥的腰包里去了。人们都以为寡妇会发作的，但却至今无事。

"就拿你说，"白酱丹又微笑着接下去，含意深深地盯着彭胖，"你们手上，恐怕也有事吧？十八年的抬垫，十九年的两次月摊，还有下半年购买团枪……"

"你又在瞎说了！"彭胖正经地切断说，"我同她两个没有手续。"

"那个时候，我在当文牍呀！"

"你一定记错了！"彭胖拼命摇着肥头。

看见彭胖认真起来的严厉脸像，白酱丹眯细眼睛，笑得更开心了。

"好，不谈了吧！你看你红脸了。"

"倒不是红脸啊。"彭胖说,依旧非常认真,"这不是要事呀!"

"我知道……"

"哦!忘记问你了,据你看,狗嘴会说些什么话呢?"

"我才懒得想它!"白酱丹回答,一面高高兴兴地站立起来,"他的话有屁用处,不过添些麻烦罢了。事情总归还在我们!"

"你就要走了么?……吃了饭走吧?"

"不吃饭了!……哦,你知道么,前天石缸坝出了一件怪事!……"

于是白酱丹又停下来,十分幽默地广播了一番乔面娃娃的"德政"。

十一

林么长子的来访,完全出于寡妇意料之外。因为对于白酱丹以及么长子这一类人,她都一例存着戒心,不敢沾惹。但是,白酱丹很会装点自己,看起来好像多少顾点体面,么长子却是什么也不管的,所以一向被认为是一个极端无赖的恶棍。

而且,就在最近三五年间,寡妇还曾经尝过么长子的苦头。那是三年以前的事,在那照例算是一个光棍头子的收获期间的新年当中,由于青年人的轻浮,同时也由于北斗镇的特殊风气,人种被么长子骗上手了。说好拿出一百元入流,开个五排。后来尽管给寡妇反对掉了,没有当成光棍,但是么长子却照旧要去了那笔不小的货礼。

有着这样的认识以及经验,所以当么长子跑来造访的时候,寡妇不能不吃惊了。但她并不是没有见过世面的乡下妇人,而在事实上她也对付得很好。甚至当那老流氓起身告辞的时候,她还觉得他给她的印象,并没有她所想象的那样恶劣。虽然她也同样的不痛快,以为么长子显然企图趁她的不幸来加深她的创痛。

寡妇是聚精会神来张罗么长子的。当她庆幸自己竟能那样圆满地渡过难关,而一面又暗中悲痛她那时常都在遭受欺凌的孤苦的处境的时候,她又出乎意外地碰上了白酱丹,她的正式的对手,这却使她不能够自持了。而正像一般陷在悲痛郁闷里的人们那样,经过一度发泄,用哭诉和叫嚷把白酱丹送走了,这才稍稍爽快了些。但是她的怨气并没有完全吐露出来。尤其因为她还不能判断,她的抗争所能发生的影响,究竟有多么大。那个外表毫无变动的人,是被她吓退了,或者加深了敌意?……

在大厅上休息了一会儿,她就一径走往内院里去;而且忍不住尽情哭泣起来,一面抱怨着儿子,自己的亡夫,以及命运。她就坐在堂屋门边的矮圈椅上,媳妇同孙表姊带着惶惑不安的神气守护着她。人种是就在厢房的卧室里的,但他毫无反响。两次来客的经过,早已由妻子告诉他了,他深陷在追悔里面,觉得自己做了笨事。

人种早就隐约地觉察到,自己的行为是有些轻率的。他对母亲的责斥没有坚决反驳,原因也就正在这里。自从同寡妇发生口角过后,他就一直没有出街,这一方面是感觉得太难为情,一方面也幻想事情或许可以就此阴消下去。而他一两天来的赌气，则只是想维持自己的自尊心。然而，现在他却没勇气这样做了。因此，寡妇虽则连声责嚷，人种不仅没有还嘴，晚饭时候，他还厚着脸皮劝她，请她不必生气。仿佛那种种纠纷的制造者并不是他，倒是另外一个什么人一样。

"我还懒得怄气！"他俨然地说，"他再扯，陪他打官司就是了！"

寡妇没有理他，她深知同他拌嘴并无益处。

"好呀，"随后，她忍不住冷冷地说，"看又什么人去顶状嘛。"

寡妇的想法是这样的，根据经验，告状的结果只能使他们的地位更加恶劣，解决不了问题。因为这会加深仇恨，而白酱丹干坏事的本领又很有名的，什么恶毒办法他都想得出来，而由此他们的麻烦也就更加多了。

但她依旧不能放心，猜不透事情将会怎样发展。能够由她那场哭诉阴消下去，自然很好，但是经过考虑，她又觉得这是不可能的。而当她一想到白酱丹的沉着冷静，以及他在镇上无数具体的恶行的时候，她的心情又立刻被失望填塞满了。

晚上，寡妇又特别把人种叫了来，追问了一番事情的详细经过。他们是怎样提起挖金的事的，他的答复又是怎样。虽然这是她早已问过无数次的了，但她还想听取一些她所不曾知道的有利的关节。然而，由于某种原因，人种的诉说，照旧是粗枝大叶的，深怕有人怀疑他提供过什么过分糊涂的诺言。

当人种说完过后，寡妇深深叹了口气，用了猜测眼光一径凝视着他。

"事情不做呢，已经做了，你不要瞒我啊？"她又试探地说。

"我瞒你做什么呀！"人种不快地回嘴了，真像蒙了不白之冤，显出一副受屈神情，"要是认真说过什么，他们早就搞起来了——还亲自跑来交涉！"

人种的态度、口气，无疑发生了相当大的效力，因为寡妇听了以后，显然安静多了。而且立刻觉得白酱丹的不很自然的神气，以及他的故意回避本题，甚至匆匆忙忙就走掉了，都可看成没有严重约束的佐证。而这场淘气将会无形中阴消下去。

但是，就在次一日下午，白酱丹又来访问来了。不只是他一个人，彭胖也在一道。彭胖是白酱丹邀来的，一方面他自己也愿意。因为能够当场看个究竟，在他绝不是一桩无益的举动，反而倒有十分的必要。彭胖曾经仔细地打听过，寡妇的态度和白酱丹说的相差颇远，是并不轻松的；于是他更怀疑他的谈话欠缺诚实，愿意亲自看看。

他们的匆促的造访，是临时决定的。若依白酱丹的意见，还该拖后两天，但是彭胖坚决反对。这因为，第一，姚老五回来了，已经完成了他的任务，雇了工匠，买了必需的用具；其次，街面上突然流行着一种传闻，为了要抵制白酱丹，寡妇正在同人商量，要自己开发筲箕背了。这两点都使彭胖异常感到不安。白酱丹虽然一再声称，彭胖听来的尽是谣言，它不是从么长子那里来的，便是出于误会。姚老五的回来，也不能成为把访问提前举行的理由。他已经给过保证，纵使事情失败，彭胖垫出的费用，他是准会拿回来的。然而，他的辩解丝毫没有用处！……

当彭胖答应白酱丹一道前去访问的时候，曾经笑着申明，去，他是去的，却不能够说话，做正式说客的一个帮手。而且他还暗示，他去，不过因为白酱丹情面太大，事实上他倒很不愿意。所以访问当中,他总一直带着一种难乎为情的傻笑。

他们在客厅里冷坐了好一会儿,寡妇才走出来。而在守候当中,他们彼此都沉默着,只于那个给他们拿烟倒茶、神气显得不很安静的仆人两次不在的时候,彭胖才叽咕了几句,重新笑着申明:他只能做个陪客。正在这时,寡妇庄重地走出来了。

同上一次的访问两样,寡妇显然是有了准备的。为了要给来客一种不可轻侮的印象,她还特别打扮了一番,阴丹布罩衫,里面是黑缎旗袍。头面也是重新梳洗过的,而从她的神气看来,仿佛这不过是个通常的会见,并不怎么严重。

说过几句照例的套语,她就首先若无其事地闲谈起来。

"听说又要收军粮了,"她挂虑地说,"这个日子怎么过呀?"

"是的,有这个事,"白酱丹承认着,文绉绉地点一点头,"不过还是要给价的,照市价给。还有一种是捐献,就是大家随意乐捐,愿意出多少都行。"

"这个办法倒好。那些田亩多的,倒该多捐献一点。"寡妇装穷卖富地说。

"不过,听说会议上还是决定摊派。"白酱丹微笑着说明。

"现在的话都是说得好听!"彭胖仿佛吵架似的插嘴说了,"简直像扯筵坝卖狗皮膏药的一样!"他觉得当粮户真是太难,随即摇头叹气起来。

"派也好呀!"寡妇毫不经意地说,"只要派得公平。"

谈话一时间中断了。彼此都落在沉默里面。寡妇的满不在乎的态度,无疑是做作的,因为她正为着那些新的花头感到焦灼,预想到一种新的不平的迫近。默默地抽着水烟的白酱丹猜透了她的心意,于是他思索着,觉得这个机会可以利用。

但是寡妇忽然又开口了。她意义不明地叹了口气，接着淡淡地说："这个仗不晓得要什么时候才打得完啊……"

"恐怕快了。"白酱丹说，从沉思里抬起头来，充满慰藉地微微一笑，"听说日本人已经要打不起了。他现在成了骑虎之势，想下台都下不了啊。"

彭胖不大耐烦地苦笑一下，意思是说：我们像又下得了台！

"说实话，我们也算顶好了啊！"神气活现地扬扬眉毛，白酱丹接着又说，"就只出几个钱嘛，难道他还打到四川来了？好多的天险！……"

"阿弥陀佛，这样已经够了！"寡妇摇头叹气。

她已经被这个秉性柔韧的来客粘得不自在了。

"再这样下去，恐怕连人也活不下去了！"她感慨万端地接着说，好容易找到了一个发泄的目标，"昨天菜油又涨价了。肉也涨了！连土火柴，也要两角钱一包了。钱也越来越不成话！你们看那种新一分的钱吧，先前的铜纽扣，也比它大。"

"城里听说毛钱也当一分用了。"白酱丹补充道。

"我倒宁肯用毛钱好些！……"

彭胖语气非常严重；但他没有说得完备：他宁肯用毛钱，因为毛钱有着小孔，可以用麻绳穿起，不容易失掉。但他没有再说下去，他的肥腮巴绯红了。

彭胖自己清楚，他红脸，这不仅因为他的话突然而来，突然而止，实际上，对于白酱丹老是避开本题，他已经感到很难受了。他认定双方都不愿意抢先开口，都在等候一个更好的发言机会，于是开始考虑是否应该修正一下自己的诺言。

彭胖决心不再当一个旁观者了。他向白酱丹已经使了两回眼色，叫他见机而作，但是毫无效果！现在，为了掩饰他的狼狈，他就更加不能自持起来。

"唉，"他装傻地笑着说，"你不是要向大太太说话吗？"

白酱丹对他扬扬眉毛，没有回答出来。

"什么话？"寡妇假意地问。

"你说不一样么？"白酱丹找出答语来了。

"哪里哟！"彭胖忸怩起来，"你开玩笑！……"

在初，白酱丹是颇不满意彭胖的急躁的，因为他认定现在还不是提谈严重问题的适当时机。然而，寡妇的反应未免出乎意外，她是很平静的，并不显得大惊小怪，因此立刻提出来谈，也许不能算冒险了。

白酱丹有一种成见，以为处身在任何困难的交涉当中，最怕的是对手失掉理性，或者一句话就把调停之门封了，使你天大的理由都得不到考虑的余地。虽然寡妇目前的情形不是这样，他也并不完全放心，所以他决定把他的交涉拿戏谑来开场。这做起来很自然，因为彭胖的狼狈，就正是他所以想到以戏谑开始的有力暗示。

"你问他吧！"他搭讪地说，用下巴指点一下彭胖，"怎么，还害羞吗？"

"我根本就没有什么说的！"彭胖生气着，以为受了调摆。

"你赌个咒？……"

白酱丹做作得比彭胖更加认真，但他没有引起什么真心的欢笑。

"好吧，"接着，他又故为幽默地说了，黄而浮肿的脸上充满笑意，"让我来开头吧！不过，出去的时候，你不要抱怨我哇，怪我把你的生意抢了。"

彭胖咕哝了一句什么，寡妇佯笑起来，但却掩盖不掉她的惶惑疑惧。

隔了一会儿，白酱丹这才停止了抽烟，带点微笑凝视着寡妇。这凝视包含着讨好的成分，但那最隐伏的意义，却是企图猜透对方心里深藏着的重要念头，以便决定自己应该采取什么方式。接着，他就显出一点假装的腼腆，把他要说的话说开头了。

白酱丹的声调，比平常更从容、更迂缓，好像那从他蓄着胡子的嘴唇当中吐出来的每一个字，他都称量过似的，以免使对方感受任何刺激。这在他看来，也是一件十分必要的事，而且经常使用；虽然对于那种直率人却也往往一筹莫展。

白酱丹开始诉说事件的经过。虽是站在自己的利益上说的，因为极力审慎，寡妇听起来却像在做善意的解释。然而，当一接触到人种的约束，情形就两样了。

"他晓得什么哇！"寡妇突然切断了他，"他只晓得烧烟，打牌！"

白酱丹同彭胖互相望了一眼。

"你不要多心，我也不过就事说事罢了！"白酱丹微笑着解释，"不管怎样，事情的真相总该闹明白的，免得大家发生误会……"

"对，大家发生误会就不好了。"彭胖帮着腔说。

"我也不过顺便说说，"寡妇紧接着说，情真地赔着小心，"本来也是不懂事呀！当到这几个老前辈面前，又没外客，未必我还好意思说假话？……"

"好吧，那你就再说下去吧！"彭胖说，抬了抬他那变化多端的下巴。

"要得……"

白酱丹承认着,但却舒舒服服抽了口烟,这才开口。

"哦,事情不是就这样说起来了啊,"他慢慢吐出烟雾,接起已经中断的话头,"可是我们想,好,那里有别人的祖坟!这怎么使得?虽然大家现在都不相信这一套了,总不大好,还是先看看再说吧。所以,有一天下午,顺便转耍一样,我就约了彭大老表,我说,有工夫吧,我们去看看怎样?……"

彭大老表便是彭胖,他机敏地点点头,表示有那回事。

"那对坟地毫无关系!"彭胖同时插入一句。

"对啰!"白酱丹接着说,"一看,窝路离坟还远得很!这一来我们想,不错呀。隔一天大少爷请我们吃饭,又向我提起,我说,可自然可以啰,还是等你们老太太回来再说吧。他讲没有关系。我们想,既然伤不到坟,你又是二三十岁的人了……"

"嗷!他就活到一百岁也不会懂事的!"看出问题的关键就在儿子的约束上面,寡妇赶紧阻止地插嘴了,"别的人不知道,三老表和彭大老爷,一定很清楚。不管我一个人累死也好,你们看吧,我要他经手过一件事情没有?我倒宁肯拜托外人——说起来倒二三十岁了,什么事情都不懂呀!"

白酱丹、彭胖感觉辣手地相视一笑。

"并且,"因为两个人都没有开口,寡妇就又接着说下去了,"并且,我自己的人,我也多少晓得一点。没有我,他也不敢做主;他还没有这么胆大!"

寡妇带点自负地笑起来,以为她的说辞已经有了效果。

"总之,这一点我是信得过的!"她又加重地说。

"那倒像我们发了疯了!"白酱丹说,不大服气地笑了,笑声带点邪恶味道,"他没有答应,我们就四面八方集股,请工匠，买家具，这里那里……"

"三老表倒不要误会，"因为对方口气太重，寡妇心里一急，赶紧忙着解释，"我不是怪你们，我自己的人，当然也有不是的地方。不过，这只怪他的老子太死早了，"她继续说，眼圈红润起来，"我又是个女流之辈，不会教育，这要请大家原谅……"

因为要尽力止住哽咽，寡妇于是乎住了嘴。

"当然啊！"白酱丹接着说，忽然摆出一副宽大而又自信的神气，"可是，既然伤不到坟，大表嫂又何必一定这样固执？就不说挖几千几万吧——起眼一看，大家也不一定要靠这碗饭吃！——现在政府正在提倡开发后方，抗战建国，我们当老百姓的，没有上前线拼命，难道连这点事情也好推托不干？"

他带着一种教训人的神气凝视着寡妇，希望他的正大堂皇的言辞，能够使她回心转意，不要固执；但这却反而把寡妇激恼了，觉得白酱丹小看了她。

"总之，"寡妇突然地嚷叫道，"就是老子死早了，丢下这个祸害给我！……"

于是寡妇既不看望来客，更不留心他们的话语，仿佛这是用不着的，她就那么沉在一种自伤身世的感情当中。而她没有料到，她把局势扭转来了。

白酱丹感觉到狼狈了。因为他看出来，他的巧辞已经成了废话，再不能对寡妇发生任何有效的影响。因为情势非常清楚，寡妇现在连大门也关了！最后，他想先劝住她，然后重新敷叙种种足以使任何一个顽固者软化的巧妙理由，打破这场僵局。但是毫无效果，而这就使得那在他性格中潜伏着的暴戾发作起来。

沉默一会儿，他那微瘪的嘴唇边忽然掠过一丝毒狠的狞笑。

"哭，解决不了问题啊！"白酱丹终于警告似的说了，显然认为和善的说服已经绝望，只好另外再来一套，"我们是好好来商量的，有话拿出来说呀！"

"我没有什么说的！"寡妇边哭边说，"要挖，你们把我活埋了就是了！"

"现在是堂堂的党治国家，一切都有法律保障！……"

"有法律就好呀！"

"怎么不好？"白酱丹反问，更加激动起来，"法律不会允许人讲了话不算事！否则还成世界？在法律上，他是应该负责的人了，他不是小孩子！……"

"啊哟！"彭胖插进来了，装着好人，"不必说那么深沉啊！"

"是她要往严重方面说呀！"白酱丹颦蹙着呻吟了，"你是很清楚的，我的本意，是想闹得大家不痛快么？嗯？……嗯？……"

他摊开手臂，皱起眉头，求助似的盯着彭胖，仿佛连话也急得说不清了。但这虽是实情，一半也出于佯装，想叫寡妇感觉得他是在委曲求全。因此，他随即忍气吞声地叹一口气，就又轻言细语地叙述了一番他的访问的动机，仿佛彭胖倒是一个颇识好歹的第三者一样。他说得婉转而使人信服。

"你想吧，"他苦恼地继续说，"这都不算仁至义尽，做人也就难了！"

然而，不管怎样，寡妇的答复，依旧是些不着边际的自怨自艾的断句，一直回避着本题，而且不再进行任何辩解。事情显然是不能立刻得到结果的了。

十二

　　彼此都抱着一种不大痛快的感情,白酱丹和彭胖十分尴尬地从何家退出来了。在起初一刹那,这种感情显然是从寡妇的顽梗,以及对于此后的交涉的茫无头绪这点预感来的。但是,正像变戏法一样,随即又转化成为他们互相间的不满意了。

　　在彭胖一方面,他认为事情是定规会失败的,而这却恰恰证明了白酱丹的自信,以及担保,对于自己说来,无非是一种诳骗。至少,他在开头,把事情看得太容易、太轻松了,因此无异对他吹了牛皮。至于白酱丹呢,他也有他自己的想法,以为交涉失败,应该完全由彭胖的急躁负担责任。因为彭胖没有认清楚谈话的机会,就糊糊涂涂拖了他去,而且糊糊涂涂说开了头!……

　　他们彼此都沉着脸。一出大门,彭胖就干笑着呻唤了。白酱丹是能够控制自己的感情的,虽然是不痛快,却能一点不露声色。直到走过一段路后,他才微微叹了口气,嘴角上浮出一点假装的微笑,似乎想说什么,但又有点懒于开口。

　　"怎么样呢,你就回去了吗?"最后,白酱丹看一眼彭胖问。

　　"去吃碗茶再讲呀!"彭胖回答。

　　彭胖神气懒散,随又强笑着叹了口气。

　　"这个寡母子真够搞。"他摇摇头加上说。

　　白酱丹冷冷一笑,咂了一下嘴唇。他显然并不赞成彭胖的意见。

"自然够搞，"他说，"不过我们也太性急了。"

"这个倒不见得。"彭胖懂得白酱丹的所谓"我们"，实际上是指他一个人说的，他回嘴地说，"你就再拖下去，还不是一个样？生就了的麻烦事情呀！"

"哦！像你这么样说，什么事情都没有个火色了啊。"

"快算了吧！要讲火色，起初，我们就把火色太看嫩了！"

"那么，据你想又该怎么办呢？"

"据我想么，"彭胖竭力装出玩笑的神情，回答说，"据我想，我们该立个约。现在你同他扯吧，口说不为凭，你没有证据！钱呢，已经佘进去一大堆了！……"

"你又是这一套！"白酱丹切断他，"我已经说过了，损失一角钱我都赔！"

"自然，"彭胖承认着，仿佛真有把握拿到赔偿，"不过说句笑话，要是把这笔钱随便买点什么东西，在那里搁起，都见了钱了。比如大麦，小麦，菜籽……"

白酱丹忽然赌气地拿脸回避开他。

"不过，我是讲笑话哇。"彭胖赶忙笑着申明。

从此他们没有再谈什么，就那么不声不响地一直走去。虽然是走在一道，前后参差不远，并且一致向街面上铺子上共同的熟人点着脑袋，回敬着种种招呼，但是他们却像彼此漠不相关的一样。当到了自家门口的时候，白酱丹于是停下来了。

"进去坐一坐么？"白酱丹接着客套地问。

"你就回去了吗？"彭胖显得有点惊异。

"我已经搞疲倦了。下午再谈好吧？"

"好。"彭胖简捷地说，笔直走了。

他闷着张脸,显然不大满意。

最主要的,是他隐隐约约地感觉到,他的垫款,是不容易拿回来了。虽然即使没有白酱丹的说服,他也不相信他的钱会白白丢掉的,没有捞回来的希望,但是他害怕招恶名。

因为自来就胆小谨慎,凡事火色看得很老,一种利益没有实现以前,彭胖总惴惴不安的。他有一句常用的口头语:"要吃到嘴里才算得事!"所以他依旧有点担心,唯恐他所拿出的钱,成为一种不大名誉的浪费:为了贪婪,结果把老本钱也蚀了。

其次,使彭胖感觉得闷气的,是白酱丹的态度,仿佛他们碰见的并不是一件什么了不得的大事。而这又完全由于除开一张嘴巴,他没有拿出半文钱来,因此实际上受损失的将不是他,而是另外一个人的缘故。当一想到这里,彭胖禁不住红脸了。

"嗨,我才是氅豆渣!"他在心里嘲笑着自己。但是接着他又叹了口气,仿佛万事都已灰心,用不着计较了。而他随即想起白酱丹对他的种种好处。

于是他的气愤又立刻降低了。然而,一种漠然的不满,却照样笼罩着他。他懒懒地走上畅和轩的阶沿,懒懒地对付着茶客们的招呼。而且,坐定之后,仿佛故意要避开与人接谈,实则是想赶走那些残余的不大愉快的想头,他吩咐堂倌去找老骆来替他挖耳,借此排遣一下心里的闷气。

那个老派的理发师,兢兢业业走过来了。他还穿着单衫,他那筷子一样干枯的身体,显然在打寒战。他张开洁白的手掌准备动手;彭胖皱皱眉毛,把头偏过去了。

"你也把衣服换一换哩!"彭胖唉声叹气地说。

老骆自觉羞惭地叹了口气，开始收拾起来。

同彭胖一桌的有三个茶客，其中一个是季熨斗。因为眼睛干燥，怕变成火巴眼，他靠了柱子坐着，仰起下巴，免得把糊在眼睛上的蘸湿的茶叶弄掉。别的两个，一个在裹叶子烟，一个在叠着铜板，回忆着牌经。没有一个人出声气。

其他桌子上的茶客，也少有高谈阔论的。而且，比起赶场天来，畅和轩好像突然聋了，哑了，变成了毫无感触的麻木不仁的样子。加之，又是冬季的半晌午间，因此情形更冷淡了。那些偶尔谈上一句两句的人，也把声音放得特别的低。

在这当中，彭胖也偶尔同茶客们交换句把句话，暧昧而简短，只有他们自己才明白的。因为这中间隐伏着特别的掌故、风习、癖好等等，就是哲学脑筋也不容易想通。

那个用茶叶糊着眼睛的季熨斗，忽然叹一口气，十分颓唐地说："我怕也要变唐摸王了……"

"昨晚上又熬个通天亮哇？"彭胖好奇地问。

"搞到大天亮啊！"

"又把什么人敲倒了呢？"那个叠着铜元的瘦长子仰起头问。

"还不是豆渣公爷！"季熨斗说。

他的声调异常得意，同时浮上一个暗笑。

"这龟儿也该背时！"停停，季熨斗又悠然自得地接着说，"半夜的时候，我都说：算了，算了！他硬要插深水。几乎连裤带也解下来输了！"

彭胖忽然轻轻叫了一声，把头一偏，怒视着拿了耘刀等等的老骆。

"这狗入的！你像瘾发了呀？"他嘟哝着，一面用嘴角吸着空气。

老骆屏着气，默默等候着重新工作。

"我给你说，忍手点哇！……"

彭胖大声警告，随即不很放心似的送上另外一只耳朵，仿佛准备去吃苦头的一样。但不一会儿，就眼睛懒洋洋的，微微牵动着嘴角，陷进一种意想不到的舒服里了。

当季熨斗停止了他那巧妙的治疗的时候，老骆收拾耳朵的工作，也已经停妥了。他一面收检家私，把那些夹子、挖子、扫子、耘刀种种工具，装进一只透红放亮、年深月久的细小的竹筒里去。于是，这才说了一句最初、也算是最后的唯一的话。

"刮不刮？"老骆哭声哭气地问。

彭胖拿手掌熨了熨下垂的两颊，以及下巴，于是嘟起嘴把头那么两摇。这动作的意义，老骆是十分熟悉的，"滚吧！"他叹了口气，同样兢兢业业地走了。

接着老骆来的是黄狗老爷。他的面孔光堂堂的，给不知道的人看了，不会相信他是络腮胡子。因为前一晚上在牌桌上熬了个通夜，他已经一根不剩地把它们钳光了。他的神气很是高兴，就像刚才和了一个三台一样。彭胖首先忍不住笑了起来。

"昨天晚上又解了好多款哇？"彭胖打趣地问。

"我早就辞了职了！"解款委员狗老爷正经地回答。

"那么啄了一嘴？"季熨斗紧接着问。

"我们啄出来也有限！"狗老爷摇摇头大声说，"么长子才啄肥实了哩！"

说时，狗老爷特别意味深长地瞟了一眼彭胖，暗示他说的是隐语，而且同彭胖有着直接关系。但是，彭胖好像忽然变迟钝了,就那么呆头呆脑地瞪着眼睛。

"怎么样,"狗老爷继续说,"你还在做梦呀?"

"你少开点玩笑哇!"彭胖疑神疑鬼地说。

"你硬像还睡在鼓里呀!……"

"他弄鬼的!"季熨斗笑着插嘴,"你倒听进去了!"

"弄鬼的!"做作地嘟嘟嘴,狗老爷生气了,"是你倒差不多!那样没有话说,我会买一包鸡骨糖,把嘴巴安顿好呀。当真的哩!"他又意味深长地一笑,把他那黑而阔大的面孔掉向彭胖,"昨天就挖开头了!——你怎么还睡在鼓里啊!……"

他原想把他的消息秘密一些时间,才经季熨斗一反激,可就忍不住了。

"那些人早就是把眼膛子擦黑了的,"接着,他又兴高采烈地进着忠告,误认白酱丹、彭胖、人种合伙挖金的事情已经没有问题,只等着开采了,"依我看,你要赶快交涉才好!真是糟糕,怎么碰到饿蟒了啊!……"

狗老爷忽然回忆起么长子在团总时代带给他的种种亏损,更加兴奋起来。

"你们这些老先人也难讲,"他不平地加上说,"是我,我早动手了!"

"这倒搞他妈一条鸟啊!"彭胖紧接着秃脑秃头地叫出来。

当彭胖骂出这句话前一秒钟,他是抱怨林么长子,或者寡妇,或者白酱丹,乃至于他本人,他是并不很清楚的。但一说出口来,他就只觉得么长子太可恶了。

"真是岂有此理!"他继续嚷叫,"将来连自己的婆娘,还会变成刁拐案哩!……"

因为严守秘密,同桌的人,只有季熨斗知道一点事情的真相，相信白酱丹的计划已经受到阻碍。但这是不能够揭穿的，他只能说些不关痛痒的废话。

"彭哥！息息气好么？"季熨斗说，做出苦脸。

那个裹着叶子烟的茶客，也在自言自语似的发表着不着边际的意见。这是一个本分人，每每碰着人事纠纷，他总相信，越离得开越好，否则就会自讨没趣。但彭胖一样没留心他，直到自己发泄够了，他才四面望望，拿手掌揩揩嘴巴，撑着下巴沉思起来；而他随即佯笑一声，骂了一句粗话，挽挽黑羔皮袍的袖口，谁也不加理睬地撤身走了。他得赶紧去找白酱丹商量对策，仿佛迟去一步，就会跑掉一大堆利益。

白酱丹正在家里纳闷。他诅咒自己的运气，同时考虑着种种解救办法。他并不担心抱怨，彭胖垫出的钱，到了最后，他是有把握捞回来的。这不是他发愁的地方。他所焦心的，是要怎样才能使那寡妇屈服，依照原定计划实现他的好梦。他是不能放弃筲箕背的，因为他不能够设想，另外还会有机遇等着他发笔横财。

白酱丹正闷坐在堂屋门口一张方桌面前的圈椅上面。正像一个流氓，他的头和肩膀紧靠着墙，两腿高跷在桌沿上，缩作一团，只用椅子的后腿取着重心。他的全部姿势，就像坐在滑竿上面一样。他缩着颈子，脸孔看来又扁又皱，双手搂着签花烟袋。

他那半瞎的女人在门边做鞋底。看见彭胖走来，她立刻站起来了，端起麻线兜子，赶紧退往堂屋里去。仿佛她是一个新娘子样。

"客来了！"她同时小声地通报丈夫。

因为白酱丹的那副坐相，彭胖感觉有趣似的笑了。

"你像瘾发了哇？"他调皮地说。

白酱丹好容易才把身子坐正起来。

"人不大舒服，"他苦着脸说，"你坐呀！"

"正有点事情要找你谈！狗入的老不要脸，已经动手挖起来了！……"

彭胖坐在下首的长凳上面，喋喋不休地诉说起来。而他之所谓"老不要脸"，白酱丹明白，这是指的林么长子；而"已经动手挖起来了"这句话的意义，白酱丹也立刻理解了。于是正像受了惊吓似的，白酱丹一下撑身起来，十分简捷地抛出一个短句。

"什么人说的？"他切住问，聚精会神地眯细着眼睛。

"狗老爷说的！"彭胖回答，同时也显得紧张地离开了长凳，"昨天就动手了……你晓得那家伙藏不住半句话，已经找过我们两三趟了……怎么做呢？"

"依你说呢？"白酱丹反问。

"依我么，"叹了口气，带着一种近乎惶恐的微笑，彭胖几乎一字一顿地说，"依我吗，混之迷之，就大家混之迷之；又不是我们挖开的呀！……"

停停，彭胖又上身伏向桌面上去，微微侧了他的肥头。

"依我看只好这样了啊？"他望着白酱丹那对细长的眼睛追问一句。

"当然！"扬了一下脑袋，白酱丹忽然充满信心说了，随即坐了下去，"当然，又不是我们先动手挖的呀！并且，我们还有过成约的。这个就算不作数吧，你该正式向我们招呼一声呀！总之，不管她说上天，我们的手续是做够的。两次都不答复，就那么哭哭闹闹的，什么人晓得你心里玩的是啥把戏?……"

"对了啊!"彭胖大叫,同时也一下坐在长凳上面。

"吵,她自然是要吵的,"白酱丹继续说,他的主见显然越来越加坚定,"可是,雷总不会单在我们的头上打!等她把么长子磨下来,我们已经挖得差不多了。"

"可是,"彭胖忽然狐疑地说,"打不打个招呼呢?"

"给什么人打招呼哇?等龙哥回来,给龙哥说一声就是了。当然不能对寡母子讲,一讲就糟糕了!么长子那里呢,效果是没有的,不过我们要把地步占到。其他的人问起来么,不张好了。我不相信哪一个还敢去通风报信!"

"不过,不过,地方只有这么点大,万一她又知道了呢?"

彭胖的高兴忽然减低下来,忍不住深深叹了口气。

"你这个人!"嘟一嘟嘴,白酱丹不以为然地站起来了,拿指尖敲打着桌子说,"你是扯旗放炮搞么?只要手足灵动一点,给你说吧,等她闹起来天都亮了!……"

接着他又带点流氓腔地说了一串野话。

在这镇上,一般人是把白酱丹当作龙哥、彭胖的神经中枢看的。他就经常替他们出谋划策,为着种种吃人害人的事情准备堂皇的理由。这一次自然也不例外,彭胖终于很安心了。现在,他用一种表示心服的微笑和沉默接受了白酱丹的意见,接着就又开始讨论具体问题。由于一时的冲动,白酱丹主张大挖特挖;但是,很快他又自动放弃了这个大胆企图,同意了找小盆。这样产量虽然有限,但却迅速得多。而且,只要人多手快,找小盆也绝不是一件微不足道的事,可以捞到不少油水。

他们之所以能够对于这件事迅速做出决定,理由是非常简单的:早在么长子偷着开采以前,他们心目中就已经有了和他相同的念头了。不过没有找到借口,而且不能不多少顾点面子,所以没有变成实际行动。现在,他们一道去找那个为他们开路的敌手去了。表面上是警告,实际倒想缔结一种各不相扰的默契。

他们带着一种正经神气走进了涌泉居。么长子正在向茶客们敷叙着乔面娃娃的"德政"。说是过错在那女的身上,她不该睡得那样大意。这时候白酱丹和彭胖走进来了。

因为历来有着隔阂,他们是很少来涌泉居喝茶的,他们立刻被一种疑问和好奇的眼光所接待了。大家都向他们喊着茶钱。么长子甚至客客气气,从自己的首席上抬了抬屁股。因为在这镇上,在像他们这样一类人物当中,任何仇对,对于彼此间的嫌隙,都不很认真的,决定的契机是在当时当地的利害关系。这正如他们的对付友情一样。

在资历上,么长子要老器些,所以虽是那么客气,他却依然就了原位,在首席登起。他继续拿乔面娃娃的故事饷客,说得更加粗鲁;但却显然已经对白酱丹和彭胖有了戒备。他的更加粗鄙,不妨说正是这样来的。他们浮着假笑迎合着他,有时还凑趣一句两句,仿佛从来没有听过这样精彩的笑话……

然而,等到一阵哄笑以及假笑息灭,么长子又将重新登台的时候,白酱丹忽然从容不迫地阻拦住他,说是有点重要事情,请他另换一张茶桌密谈。

三个人相随换了一张桌子,谈说起来,而且很快进入了问题的中心。

"听说你们还在扯皮呀?"么长子躲躲闪闪地反问。

"没有那个话!"彭胖插嘴说,"就剩一点点手续了。"

"你想嘛,"白酱丹跟着把话接了过去,口气逐渐严重起来,"这还有什么扯的呢?单是家具,就去了好几百元!大家又不是小孩子,吃饭都不长的人了!"

"我倒唯愿你们搞成功啊!"么长子冷笑了,用了一种挖苦人的口气紧接着说,"不过,我挖的是公地,并不是何家的,我也不会那样不揣冒昧!……"

说完他就站了起来,打算就此结束。

"那就是了,"白酱丹和彭胖同声说,"我们就怕闹成误会!"

他们知道么长子是在强词夺理,然而,这样正好。

十三

么长子拜访寡妇的动机,是十分明白的,他希望获得一种便当满意的约束,同何家抢先开发筲箕背的金子,来抵制白酱丹。但是,交涉的失败,起初虽然叫他非常生气,到了最后,他倒觉得相当自然,并不怎样难受了。

么长子是很有自知之明的。他十分清楚,自己在寡妇心目中的印象绝不能够说好。他久已不复是镇上的红人,而许多混蛋,也把他渲染得太恶了。而且,他也实在做过一点对不住人的事情,那不会使何家轻易忘记掉。但是,他的拜访却也并不是完全无用,他对纠纷的真相,更了然了,这个使得他心里的嫉恨减低了不少。

在造访结束之后,他所得到的判断,是于他有利的。他认清了寡妇绝不会对白酱丹让步。至于白酱丹一方面,那是可以想象到的,这个穷极无聊的烂绅,也绝不会放弃一块已经到了口边的菜。因此,情形也就十分显然,开发筲箕背的纠纷,一时是得不到解决的了。这样的结论一经确定,于是他行动起来,正如一般趁火打劫者一样敏捷,唯恐自己下手迟了,被对方占了先。

么长子决心动手开发筲箕背了。为了秘密,开始的一天,他只用了七八个人。等到白酱丹加入竞争,他又立刻增加了一倍。因为是找小盆,第一天便见金了。虽然没有挖到金门闩子,但当时官价黑市之间的差额并不很大,粮价还未暴涨,一个老石的谷子才卖三四十元,人工又贱,比起筲箕背以下的地区,成绩已经很不错了。

如它的名字所表明的,就像一只倒转伏着的筲箕那样,筲箕背的形势,看起来并不怎样险峻。但它高踞在一片黄土丘陵之上,因而从大道上望过去,却像一座渺无人迹的黄土荒山。除开何家的陵园里耸立着一些常青的松柏,它是光秃的和干枯的,恰和山脚下大路边奔腾不息的昌河成个有力的对比。

筲箕背上面是没有大水源的,只有一个供给少数居民用水的小小泉塘;要大量用水就困难了。因此,沙班们掘出的沙土,是不能就近洗的,还得背到筲箕背与七郎庙之间的一道小溪边去。其他的金厂也都是从这里取水的。但从路程的远近来说,从筲箕背去的路却要长上两倍,而且多是难走的迂回的小径。因为要避开人们的注意,么长子是从筲箕背左侧的山腹上着手的。而且,那里不远便是娘娘会的庙产,在可能的纠葛中,要找托词,也就更容易了。他对白酱丹的含糊答复就是这样来的。白酱丹掘发的地段要更上些。那里原有一个槽门,但已为沙石封塞了。他们正想好好利用一下。

当若干年前，筲箕背第一次被人开发的时候，一共有三个洞窟。别的两个，早已经坍塌了。金门闩子的故事，正是从这几个矿洞里传出来的。虽然没有人敢于指明，那究竟是从哪一个洞子挖出来的。但是既然经过开采，产量一定不会太坏，而且可以减少人工，所以，白酱丹便决心先发掘那个闭塞着的老槽口了。他一共雇了二十多个工人。和么长子一样，他也极力避免引起注意。而且，他很容易地便把何家守坟的佃客哄骗住了。那庄稼人相信他们的行动认真已经得到了何家的同意。这是一个爽直和善、约有五十多岁的大块头老人，红红的鼻头，黄而稀疏的胡子，话语行动都很迟缓。

现在，筲箕背的开发已经动工六七天了。在这几天当中，虽然由于一种默契，由于彼此都怕把事情闹到寡母子耳朵里去了，白酱丹、林么长子都各就自己所处的地位互相容忍；但责难和冲突也不是没有的。至于那种指名与不指名的冷嘲热讽，更加寻常。他们第一次的冲突是地段问题。当么长子开挖的时候，他是并不单单把隐蔽和托词放在念头上的，而实际倒是因为他所选择的地点，几乎和那废洞平行，容易挖到金子。所以当白酱丹领了他的全班人马走来的时候，就不能不吃惊了。

和白酱丹一道来的，那时候只有八九个人，负责提调的头目是丁酒罐罐。他们带着各样的锄头，以及尖底背兜，那种紧张兴奋的神气，与其说是来挖金子，倒不如说是来捡金子恰当一些。丁酒罐罐特别活跃，他指挥着工匠们，一面指手画脚地向了白酱丹夸耀他所提供的妙计。因为他惯常是饶舌的，又因为喝了早酒，他那种孩子气的无邪的脸色，就更加焕发了。

酒罐罐现在活泼和嘈杂得恰如一只喜鹊一样。

"我愿意输我这一对眼睛！"因为白酱丹多少表示了一点

疑惑，酒罐罐打赌了，用了全部热情着重地说，"只要一理到窝路，你就会相信我的话了！"

酒罐罐用他那已经变成赌注的眼睛四下一望，随即抓起一撮石沙，放在左手掌里。

"你看这啥颜色啊！"他把石沙送往白酱丹的瘪嘴边去，一面用食指翻拨着，指点着，深怕给对方看漏了，"石头总是哄不了人的——就说我爱吹牛皮吧！"

好像他在张扬什么丑事，他的高谈阔论使得白酱丹不好受起来。

"你闹那么起做什么啊！"白酱丹含糊地切断他说，"又不是吵架！……"

"好的，好的！"酒罐罐承认着，放低了声音，立刻显出一副诡秘神气。"这里的确不错！你看这个地势啊，喏，喏，"他指点着别的两个废洞，又顺手画了两根长长的虚线，"打横一挖，就挪通了！"

用手掩着嘴角，酒罐罐踮起脚挨近白酱丹耳朵边去。

"就是么长子的窝路，我们也可以切断它！……"

酒罐罐的脚板才一落平，么长子恰从后面走过来了。白酱丹首先瞟见了他，因此他支吾着，叫酒罐罐少讲空话，赶紧督率工人工作。而他自己，也顺势走开了。

么长子并不是简简单单走来看热闹的。当看清楚了白酱丹是在利用那右手边的废洞的时候，他不免大大吃了一惊。这因为，第一，他的槽子虽然是新开辟的，目的却正在那个废洞，现在可没有指望了；其次，那个废洞既然经人占去，他的窝路就有被切断的危险，这就更加不是一件玩耍事情。

么长子和他的工匠商量了一阵。他们都承认他的顾虑不是没理由的。而且，建议他该立刻设法取得一种保证：别人不能开掘横洞来侵害他的利益。因此，他就含着烟杆，赶快走过来了，准备同白酱丹交涉交涉。

因为担心翻脸，他很客气地招呼住白酱丹，仿佛他是走来请安问好的样。

"对！你这一来倒恰恰把我挖着了呢！"么长子玩笑似的眨一眨眼睛说。

"怎么兴瞎说啊！"白酱丹一张嘴就否认，"你看，还隔起它好几丈远！"

白酱丹两边一看，又含怒地张开手臂比比远近。

"总要隔十多丈嘛！"他加上说。

"那我又看见的啊！"么长子说，浮上一个调皮捣蛋的冷笑。"总之，你这一挖，我的窝路就不能不倒拐了。我就想这样直起挖呢！这不是，喏！你看……"

么长子侧转身子，张开手臂，也在那废洞和他的地区之间划了一下。

"你恰恰把我的保肋肉夺去了！"他接着说，照旧响着流氓腔的玩笑的调子，"像是安心要叫我贴老本呀？你这个玩笑真开得大！"

"可是，那样一来，你不是挖过疆界了么？"白酱丹反问。

白酱丹是想拿点脸色给么长子看的。他的神情很是庄重，问罪似的眯细眼睛紧盯着么长子。但是么长子脖子一仰，又从鼻孔里哼了一声，随即打起哈哈笑了，仿佛听了什么非常失礼的蠢话。

"出卖风雪雷雨有啥用啊！"最后，么长子挖苦地抵赖说。

"嗨！怎么兴这样说？这都是诸人共知的事啊！"白酱丹

严重地说，态度更认真了，"我们是订了约的，这瞒得住别人，难道还把你瞒住了？"

"像你这样说么，我订约倒比你订得早！"

"嘻！"白酱丹感觉有趣似的轻声笑了，"这才说得好听！……"

他相信，再扯下去毫无用处，因为么长子的流氓气认真惹发作了，麻烦事情不会少的；而且他也犯不着和他吵嘴。他装出很忙的样子，翻转身去，指教工人去了。

"你们怎么尽抽烟呀！"他叫着，好像已经抛掉刚才的谈话。

加快脚步，他一直向着洞口走去，故意做作得十分忙乱。么长子微微一笑，接着也跟过去了。因为他的交涉还没结果，他不能不去探明一个究竟。

那些填塞废洞的石沙，已经取出来很不少了。酒罐罐把工人分作两批，一部分在搭工匠住宿的棚子，一部分在搬运洞子里的石头。从洞底起，每隔三五尺远站一个人，就那么一站一站地互相递送，然后一齐堆在洞口不远的洼地上面。

酒罐罐是站在洞门口的。这样，他就可以关照洞内的人，洞外的人也一样逃不过他的眼睛。白酱丹走近洞口，就把后衣包一撩，蹲下身子，朝那阴暗的窟窿探望起来。

"今天搬得完么？"他大声地问。

"还要看啊。"酒罐罐回答，"这个杂种塞得紧呀！"

"你叫他们多拿两把尖嘴锄嘛！"

"已经有几把了。好在厢倒还是好的。"

听见厢是好的，跟着过来的么长子不胜羡慕地叹了口气。

"你们这回真好，就等捡金子就是了！"他打趣说。

"你们已经见彩了哇?"白酱丹爱理不理,支支吾吾地问。

"少得很啊!"么长子愁眉苦脸回答,"你想,新挖的路子,不赔老本就算好了。老实说,早晓得你把门关得这样紧,我该另外找方向了!免得八面都不讨好。"

闷着张脸,白酱丹好一会儿没有张声。

他在考虑么长子隐伏的要求,自己的处境,以及切断对方的窝路是否过分。最后,他叹了口气,慢慢站起来了,双手勒着肚子,上上下下打量着么长子。

"你担心我会切断你的窝路吧?"他含蓄地问。

么长子意义暧昧地笑了起来,但是没有回答。

"这样想,你就太把人看恶了!"冷笑一声,白酱丹接着说,"认真告诉你吧,我这个人做事,不会做得太绝根的。只要大家拿人情说,没有啥事情说不通。"

"那我倒晓得哩。"么长子承认着,浮上一丝讽刺的微笑。

"就比如说吧,"白酱丹毫无感触地继续说了下去,"你说你那里是公地,这骗得到我么?可是,我就相信了你!这也该算得人情美美了吧?……"

"真美得很!……"

"总之啊,"白酱丹厌烦地结束着,好像被缠得没法了,"我只希望我们大家都合量一点;我是不会做挖苦事情的,你也不要太过分了!"

"要得嘛!"么长子油腔滑调地满口承认。

么长子也觉得交涉只能如此结束,他挂着烟杆车身走了。而他这么样做,好像是在表明一种态度:我可以照着你的话干,但要是做不到,这可不能怪我!因为我根本没有答应过你什么约束……

对于白酱丹那种俨然以主人自居的态度，么长子显然并不满意。而且，由于那种本性上喜欢捣乱的脾气，对方的客气，倒反而把他的贪心激起来了。因此，两三天后，趁着白酱丹有事，没有来筲箕背监工，他把他的地段，以一种闪击战术的方式向着废洞那面扩张开去，并不理睬任何干涉。

他起初诳称，他这样做是白酱丹答应过的。随后却又大发流氓脾气，公开声称，这件事根本就不漂亮，在他、在白酱丹是一样的，因为他们全都见不得天日。

"你瞎说！"酒罐罐顾不得选择语言，他驳斥了，"我都不晓得么……"

"你晓得？你晓得的时候天都亮了！"么长子骂着怪话。

酒罐罐没有回得上嘴。他并不是找不出回答的话，那同样的社会教育，在他身上的成绩也非常显著的。然而，对方究竟算是一架大爷，又是有名绅士，太放肆了是不成的，他一时竟不知道怎样开口好了。

看出抗议毫无效果，于是酒罐罐就又向么长子哀告。

"这样好吧，"苦着张脸，摊开手臂，酒罐罐恳求地说，"我找人去请三老爷来怎样？你老人家总要给我们留条路走嘛！只要他没话说，我敢怎样？"

然而，这一样不被采纳，反而把么长子弄恼怒了。

"你这才把我吓倒了呢！"么长子敞声大笑，"你去叫他来吧！"

么长子随又激励他的工人不要有所顾忌。

"你们挖你们的！"他命令着，"出了事情有我！"

么长子之敢于蛮干，因为最近的消息证明了他的估计毫无错误，白酱丹确是偷着搞的。而且，既然犯了口舌，要不坚持下去，未免不像一个光棍；他的大爷只好搁下来不必操了。因此，到了下午的时候，他已经从那新开的地面上出了一二十担沙子，还在准备开拓过去，而恰当这个时候，白酱丹同着彭胖一道来了。

自从开工不久以后，因为一切都已有了头绪，街上的公私事项又多，白酱丹只是在每天黄昏清盆的时候，这就是说，把那一天所淘出的、还夹杂着不少细沙的金子汇合起来，重新洗过的时候才上厂的，一般时间很少到筲箕背来。但当听到么长子的胡干的时候，他就抱起烟袋，约了彭胖立刻一道赶过来了。

白酱丹一看情形就立刻叫嚷起来，大大地发着脾气。

"好得很！"他连连地干笑道，"吃到眉毛尖上来了！"

么长子的工人停止挖掘了。他们彼此不知所措地相视一笑，随即分坐在沙土上，摸出烟棒，抽起烟来。神情好像在说，你再骂起点吧，这可不是我们的错！

酒罐罐在详细叙述着经过情形。

"我说，"他不平地追述着，么长子对他的奚落显然正在发生作用，"么舵把子！你实在不听交接，我只有去请三老爷了！嗨，他才回答得好：去请呀！看他还生得有暴牙齿么？平常一开口就挖苦人，说我们是铁心奴才！……"

"这个老狗入的！"三老爷破口骂了，"真是脱了裤子打老虎。"

因为预料到所有的纠纷、扫兴，一向又胆小而多顾虑，关于淘金的事，彭胖始终在外表上装出一种无可无不可的态度。好像他的参与，实在不过是碍于情面。

两三天前，一个熟人曾经含意很深地恭贺过他的运气。

"什么啊,"他微笑着回答,"我们是配相的!"

彭胖也知道么长子目前在北斗镇的地位,是不足道的,但他却会捣乱,什么无聊的事都做得出来。加之自己又常以少得罪人、少结敌怨、凡事用软方法解决为宗旨的,现在他就宽宏大量地婉劝着白酱丹,深怕会把局面闹烂。

"三哥呢!"他说,"轻言细语点吧。怎么一下就毛了啊!"接着他又打了几个哈哈来缓和他的同伴的感情。

"我一向以为你比我脾气好嘛!"彭胖又加上说。

"那也要看人,看时候。"白酱丹沉着脸说,但已逐渐地平静了。

"可是,闹烂了又有哪些好呢?"彭胖说,含意深深地提醒着对方。

白酱丹屈从地叹了口气,沉默了。因为他立刻懂了胖子的意思:闹翻不得!

等到白酱丹完全心平气静,么长子笑嘻嘻踱过来了。虽然有着某种自信,他也清楚翻了脸是不成的,并且目的已经达到,目前的要务,是在怎样把它合法化了。

"唉,怎么样,"么长子故示亲切地微笑着说,"听说你在发我的脾气呀?"

白酱丹撇撇嘴做出一个鄙夷的脸相。

"我看你们两个今天还会打一架么!"彭胖打趣地说。

"要得嘛!"么长子凑起兴来,故意装出一副猥琐神情,"不过,我只有一双手啊!不要打我的堆筋锤哇。你们看吧,我这几天,连走路都要倒了……"

"因为一天都在编怪事呀!"白酱丹厌恶地说。

"你下我这样重的诛语呀!"么长子苦笑着呻唤了。

他随即走过去,弯了身子,窥看着白酱丹,似乎打算研究一番他那细长的眼睛,但白酱丹啐了一口,把脸迈开。这却反而使得么长子更开心了,并不觉得受辱。

"哈哈!"么长子大笑着说,"简直是在跟我做嘴脸嘛!……"

"你不要装疯!"白酱丹忽然回过脸来,十分严正地说,"老实说吧,你做得太不光明磊落了;就要挖,也该说一声呀!一来就麻麻扎扎乱振!……"

"那你又误会了!……"

么长子摇头摆脑,做出一副受了冤屈的神气。

"简直误会得厉害!"他又着力地加上一句。

白酱丹冷冷一笑,表示么长子的作态只是可鄙而已。

"完了!"么长子叹息了,仿佛认真受了委屈似的,"像你这么样说,我这个光棍,就愈操愈漂亮了!别的暂且不提,你问问酒罐罐好了,看我等你没有!……"

"那你就多等一天要死人么?"

"我也这样讲哟!"酒罐罐插着嘴。

"多等一天!……"

么长子若笑了,随即正起脸相。

"我问你哟,你也是请人的,空一天要花多少钱哇?我又没开银行!……"

于是开始铺叙他之没有等下去的理由。而最重要的是,白酱丹既然表示不会切断他的窝路,他所开拓的地面,也就没关系了。换句话说,不得许可就动手也不要紧。

"你看呀!"他又指手画脚地说,"这才好宽一点?"

"不管好宽,各人有各人的主权嘛!"

"好了,大家都不要再说了吧!"彭胖装作好人,客客气气地劝解道,"一句话,各人以后守住各人的疆界好了。这一回算我的吧!"

于是这场纠纷就算这样告了结束。

然而,虽有口角,彼此合作的事,也常有的。因为知道筲箕背的开采并不合法,口粮又高,有的金夫子常常深夜摸来偷一两背兜沙子,而由于利害相同,他们合力制止住了。那最为有效的方法之一,是把偷盗者身上剥个精光,再吊一回鸭儿浮水。

十四

从北斗镇自来的风习说,纵然自己的土地,甚至老婆被坏蛋们强占了,在目前的条件下,你就喊冤、告状,作用也不大的,"公理"必定在劫夺者一方面。然而,何寡妇是有名的地主,并不是一个普通的老百姓,她不会让她的同类随便摆布她的。因此,为了减少麻烦,白酱丹和么长子都尽力不让筲箕背的消息传到寡妇的耳朵里去。

为要达到这个目的,么长子不必说,便是素来对人温文尔雅的白酱丹,也变得粗暴而易怒了。若果有这么一个不识时务的人,以为可以讨一下好,向他提谈起筲箕背,说几句奉承话,是会立刻受到点教训的。"怎么样,"他会强笑着回敬道,"是在挖哩!你去请寡母子来给我拱了好啦!"而这样一来,对方立刻变灵醒了,相信事情有着蹊跷,从此不敢张扬。他还不仅自己出面来封锁寡妇的消息,那些同他接近而又较有地位的人,也在帮同他四处告诫,叫大家少开尊嘴,免得自讨没趣。

然而，人们尽管那么当心自己的口舌，既不敢直接向寡妇通风报信，也不敢在茶馆里大声传播，害怕惹上是非；但私下里的谈论，却是很普遍的。首先，筲箕背是出产过金门闩子的地方，这太刺激人了；其次，现在既然有着纠葛，大家便都不知不觉希望它爆发，好使平淡无味的生活添点香料。总之，北斗镇的市民们的想象力，是活动起来了。一有机会，他们就那么鬼鬼祟祟地密谈着、推测着，互相纠正着和传递着他们自己得来的消息。若果没有消息，就情不自禁地创作一些，来满足自己和旁人的好奇心。他们都特别对筲箕背的金夫子表示亲近，希望可以探听一点新闻：究竟是找小盆还是大挖？已经挖到金门闩子没有？产量旺呀不旺？……

现在，筲箕背已经秘密开发十多天了。就产量说，自然不能算坏，但也还没有达到劫夺者的理想地步。然而，镇上一些闲着没事的聪明人，却用他们的猜想来满足了当事者的预期。也不知道怎么传出来的，但简直就像亲眼见过的样，他们都相信筲箕背出的是颗子金，有羊子粪一般大小。而当这样的消息传播开来的时候，大家由于羡慕、嫉妒，渐渐脱离了当地风习的常套，感觉得不平了。因而对于白酱丹、么长子不满起来，认为他们竟和强盗不相上下。一两个好事之徒甚至打算向何家告密。但也终于想想而已，因为他们毕竟翻不过这一道铁门槛：少得罪点人好些！

然而，虽是如此，寡妇从左邻右舍女眷们的语言态度的异样上面，却也多少感到了不安。因为当她们看见她的时候，总是带着一种怜惜的微笑，就如对付一个不识世故、刚才死了父母的孤儿一样。至于她们对她始终隐瞒下去的理由，当然是怕惹是生非，同时也因为她们对她一向并无好感。她平素太爱摆架子了，处处显得自己富裕而又能干。只有善堂里的钟娘姨认真想给她一点暗示，而且终于得到了机会。

那是正街上一家杂货店的老板娘。四十多岁，肥胖白皙，同寡妇常常一道出入善堂。一天上午，寡妇去买丝线，手上拿了几帖坟飘[1]，因为过几天就是冬至节了。

由这坟飘，那个灵醒的女人于是找到一个暗示的借口。

"你们恐怕好久没有到筲箕背上坟了吧？"老板娘忽然含意深深地问。

"自从前几年闹匪，就很少去了。"寡妇说明着，显然怕人误会她遗忘了祖宗，"我身上又不好，爬不得坡；我们那位大少爷呢，又懒得烧蛇吃！……"

"其实，倒该去看一看啊！"老板娘叹息说。

她本想再说明白点的，但是她的丈夫、那个名叫钟老善人的老头，摸着须子狠狠盯她一眼，警告她不要惹火烧身，于是她的谈锋，立刻转到别的问题上面去了。

但是尽管这样，这点小小的暗示，对于寡妇还是有用处的。因为虽然没有立刻领悟出筲箕背正在暗中被人盗劫、发掘，但她忽然想到一向对付祖老先人太冷淡了，这回应该到筲箕背上上坟。至于她之没有想到劫夺上去，因为自从白酱丹再次拜访以后，她便觉得事情已经算解决了。他并未固执己见，她所预期的他会找个第三者跑来游说的猜疑，竟也毫无影响。因此，她没有想到劫夺上去，这正如一个自以为已经恢复了健康的病人，不会无缘无故再想到死的问题上去一样自然。

---

[1] 坟飘：烧纸的一种，上坟时插在坟头的。

支持她的推想的是这些理由：白酱丹究竟是知书识礼的人，又是内亲，他会反省出他的企图的荒谬；其次，现在已经不是军阀割据时代了，国民党的"中央"政府已经搬到重庆，人们是不敢胡作非为的。但她也有一点不安，担心从此结下宿怨，因此曾经准备赔偿一笔损失。然而，对方既然不声不响，她也就不再把事情放在心上。

当从杂货店回到家里的时候，人种正在堂屋阶沿上摸骨牌玩。自从那件倒霉的纠纷爆发以后，他便没有再出过街。他觉得难为情。同时，为了使他黏在家里，免得再受愚弄，寡妇对他的将就也特别出格，于是他也真的像在家里腌起来了。

把买回来的东西交给女工张妈以后，含着柔情，寡妇凝视了人种一眼，轻轻叹了口气，在一张矮椅上坐下。随即接过媳妇递给她的熏笼，搁在椅子前面，蹬上脚去，于是带点抱怨，漫谈着战前战后丝线的价钱。

人种抹着骨牌，忽然情不自禁地饶舌起来。

"又是在钟家买的吧？没有敲你的钉锤，我才不信！"

现在，全家人都集合在阶沿上来了。有的烤着熏笼，有的坐在太阳下工作，神气都很闲散。媳妇在绞丝线，因为已经雇到奶母，丈夫又少出街，她的丰韵相当妩媚。

"那么会说，你怎么不去买呢？"听见丈夫饶舌，媳妇故作生气地说。

"我倒不给哪个办内差啊！……"

"你少同他讲些！"寡妇带点气恼地说，"他那张嘴会有好话？口口声声钟善人黑心，不晓得别人黑过什么心来！每年上九会送大蜡，都要垫钱。"

"垫钱？少吃几个就不错了！"人种更加嬉皮笑脸起来。

"少造点口孽吧！"表婶婶说，苦着脸叹气了。

"说话我倒本事大啊！"寡妇揶揄地接着说，口气声调都很轻快，"再不说帮我操一点心，分一点劳！别的不讲，就拿上坟这点小事来说，都离不得我！连祖先人都像不想要了，还叫个人？……"

"嗨，不是每年我都在去吗？"

"去，你倒去的，我问你啊，筲箕背你去过吗？不是想发洋财，想捡金子，乱听别人的吹工，恐怕就连地名，早也忘记干净了！还想得到祖先人？"

"哦，你就说得我那么样恍！"人种红着脸叫出来，拌了一下骨牌。

他担心寡妇再提出挖金的事来，但他错了。寡妇接着只是敷叙了一番慎终追远的大义。说，筲箕背的祖先，虽然很久远了，却是发坟，因此更不应该疏忽了按时祭扫。此外，为了使儿子长点见识，关于祭扫筲箕背的祖坟的实际意义，她也没有忽略。

"老实讲，"她愁蹙地接着说，"要是年头岁尾去一两次，又怎么会被人暗算啊！你后人都不看重，那些黑心肺，自然更加不在意了！他管你是不是发坟。"

"好了吧！这有什么？不过多作几个揖，多叩几个头！……"

人种伸着懒腰站了起来，接着又打了两个精神不济的呵欠。

"后天就是冬至了吧？"呵欠以后，他漠然地问。

"是呀！"刘二赶紧接嘴，"钱纸已经撕好一大半了。"

这是一个二十多岁的青年。短矮，结实，眼睛很鼓。同人种是亲戚，自小便在何家寄养大的。他嘟起厚厚的嘴唇，正在太阳下面削着挂坟飘的竹扦。

因为寡妇叹息起来,说是长久未去,看坟人又很懒,陵园恐怕已经为荒草掩没了。刘二又自告奋勇,表示只要半天,他就可以收拾干净。这几天来,何府上从来少有的和乐空气,他也传染上了。他承认着,一面把削好的竹扦送进堂屋里去。

便是聋子张妈,看起来也很高兴。她随时都在担心人种同主妇之间那么频繁的赌气,而当筲箕背的纠纷爆发之后,她那显得悲哀的脸色,更触目了。但像烟云一样,烦恼已经算过去了。表婶婶的庆幸更不用讲,从此可以不再八面受气。

那一天是冬月十一。次日吃过早饭,刘二便带上弯刀,到筲箕背去了。天气温和,又没有刮风,这种日子在山地里是难得的。等到早上的余寒退了,寡妇全家人便都从内室里走出来,散坐在太阳下面,杂谈着上坟以及过年的准备。大家都用全副精力梦想着未来的欢庆日子。只有媳妇带着一种不快的脸色。因为夜里人种向她开了一点玩笑,说是已经得到许可,明年春天要娶小了,而且还是摩登。

媳妇没有参加谈话,就一个人默坐着,做着针线。当寡妇叮咛她,应该给她的女儿招贵准备两双新鞋的时候,她的不快更显著了。而由于赌气,她十分意外地做出一副忤逆神气,而这种神气在她从来是少有的。

"将来会有人给她做的。"她说,影射着夜里的戏言。

寡妇没有领悟出她的语言态度的隐秘意义;她瞪着眼睛,好像摸不着头脑似的,多少有点见怪地凝视着她。而人种忽然忍不住扑哧一声笑了。

"是呀!"他嬉笑地说,"哪个把我挡得住,我才信哩!"

接着他向奶母走去,亲昵着奶母手上的婴儿。

"晓得么?"拧拧那张苍白寡瘦的脸蛋,他嬉皮笑脸嚷道,

"你明年就要有新妈了！给你做摩登衣服、摩登鞋子，一点不带苔相！"

这样一来，寡妇以及在场的人们，全都理解了媳妇赌气的原因了。

"你少乱说点哇！"寡妇生气起来，"看看自己像个当老子的么！"

"真像一天没话说了。"表婶婶也叹着气说。

做出一副哀怜神气，接着她又走去安慰那个正在淌着眼泪的少妇。

人种也忽然觉得自己的行为太过火了，再开玩笑下去，是会弄出不快来的。于是他大声申明，女人的生气，除了自讨苦吃，简直毫无意思！因为任何一个老实人都了解那是戏言。寡妇已经认真地发怒了，以为年头岁尾淌眼泪不吉利。

寡妇决心不让他自作聪明。因为对于媳妇，虽然说不上喜欢，但她是家长，她该主持公道。于是显出一副实则出于慈爱的严肃表情，她打断了人种的胡闹。

"你还不住嘴吗？"她切住他说，"惹出事来又假装正经！"

"嗨！劝也劝不得，那我只好装哑巴了！"

"没有人要你劝！少给我滋些事，就阿弥陀佛了！……"

寡妇叹息着，随即带点指摘态度望向媳妇。

"你也是！心眼怎么这样窄狭哟？凡事还有我做主呀！"

"我又没有说什么哩。"媳妇和婉地说。

同时，她羞涩地抬起头来，透过已经润湿的眼睛浮上一个幸福的微笑。于是一场小小的家庭喜剧，显然是结束了。不仅不觉扫兴，反而更为融和。这正如食品中的各种互相矛盾的香料的掺和一样，家庭间的感情的种类，也是极不同的，而它们的同时存在，只不过给原来空虚无聊的生活增添了兴会。

何府上重又为一种新的融和空气笼罩，已经没有眼泪、没有责嚷和不平了。大家都静悄悄地做着各人的事。但这又一点也不勉强，完全来自那种内在的和习惯的要求。人种也有自己的事，他又在和着骨牌，准备来一回大反五关。寡妇伸伸懒腰，全身躺向马扎上去了。她上身浴着阳光，脚下踏着熏笼，感觉幸福地微微闭着两眼。

卖豆腐的，已经沿街叫出第一声了。一只雄鸡高踞在院坝里的花台上唱和着。随着这些报知时刻的自然音响，刘二红涨着脸，忽然走进来了。他的身后跟着看坟的佃户张长庚。大块头，黄胡子，他面带微笑，神气显得满不在乎。光景对于地主们的把戏，已经有了不少痛苦经验，再也用不着怎样担心和害怕了。

才一进屋，刘二便往张长庚车转身去，手舞足蹈地嚷叫起来。

"唉！"他叫着，"这一下你来说呀！主人家都在这里……"

"说嘛又说嘛，"张长庚懒声懒气地插嘴，"未必我还怕么？又没有犯什么罪，就是见县长、主任，也不过是那么一回事！总不会炮打脑壳……"

"照你说事情倒还小了！"刘二更加愤激起来。

"这在闹什么啊？"寡妇生气地问。

她坐起来了，于是一眼发现了那个守墓的佃户。

"张长庚么？……坐呀！……坟该没有遭牛马践踏吧？"

"还没有践踏！"刘二惊怪而又着急地说，"叫他自己讲吧！"

"讲又讲嘛，"张长庚依旧异常平静，而且意义暧昧地笑起来，仿佛碰见了一场趣事，"这总不能怪我！我怎么晓得他是扯谎的呢？我又不是孔明！"

接着他又半赌气半得意地叹了一口气。

"我是能掐指会算又对了啊！"他慢腾腾加上说。

"闹了这半天，你们究竟是怎么回事呀！……"

因为一直摸不着头脑，寡妇认真生了气了。于是那个年轻佣人，这才恍然大悟，他是应该把事情的经过从头到尾说一遍的。于是刘二开始报告起来。

当一听到白酱丹们的行径，寡妇便再也忍不住了。

"嗨，真搞得好！"她直叫着，愤激地响着干笑。

"是上个月动手的，"刘二继续说，"已经十多天了！"

"这么久了，怎么你们都不来说一声啊！"双手拍了一下膝盖，寡妇一跳站起来了，"你们就这样子来给我照料坟么？"她连连指摘着守墓人张长庚。

"他们说是你答应过的呀！"长庚微笑着辩解。

"他说什么你就信什么？"寡妇反问，一气就又坐了下去。

"是呀！"刘二说，打着合声，"我也这样问他：他说屎是香的呢……"

"不要尽扯了吧！同他打官司就是了！"人种忽然大声地插入说。

因为经历着一种复杂的感情上的骚扰，他把骨牌一推，一蹦站起来了。这是他在这场面上的第一次的发言。但他才一住口，寡妇便又望他抱怨起来。

虽然自以为比多少当家做主的男子汉老练，对于这个意外打击，寡妇却也感觉辣手而昏乱了。因为一时束手无策，她开始抱怨人种，认为这完全是他酿成的结果。人种也毫不示弱地顶了几句；但是因为心虚，终于赌气地回避开了。

"我看你闹一阵就闹好了！"在离开的时候，他又这样叫了一句。

孙表婶也认为这样闹下去不是办法，应该平静下来商量对策。但寡妇的愤怒却又立刻落在她的头上，数说对方在教管她，仿佛一切都是她一个人招来的过失。

"那我才不是这个意思！"表婶婶强笑着申明。

"那总是我自己闹糊涂了嘛！"寡妇自怨自艾，忽然也觉得错怪了人，"我不想个办法，难道就算了吗？我肯信他几个黑心肺敢把我活埋了！……"

她吩咐刘二去雇滑竿，她要立刻到筲箕背去。

"你总是这么急！"当寡妇叫人去拿梳子梳头的时候，孙表婶就又大着胆劝解了，"稍停一下再说好么？说，你又要怪我多嘴了。也该再问清楚来，究竟有多少人挖，离坟园有多远。你匆匆忙忙跑去，别人又走了呢？下面的人又管不了事。"

"这还有什么问的呢？我一去就立刻清楚了！"

"再怎样说，吃了饭去也不迟呀。"

"就是龙肝凤胆，我这阵也吞不下了！"

然而，虽是这么样讲，嗜好总不能不满足，何况又已到了靠灯的时刻了。所以寡妇终于屈从似的叹了口气，吩咐张长庚不必就走，于是退进卧室里去过瘾。

十五

刘二是并不清楚筲箕背何家的地界的，而挖金的地段，离坟茔又相当远,所以当他才去的时候,他还蹲在白酱丹槽门边看了一会儿闹热,然后才去约张长庚清除陵园。然而,当那老年人无意中透出消息来的时候,他就不免瞪着眼睛,狠狠地吃惊了。

张长庚同刘二一道割着野草,一面追忆着往年扫墓时的一些琐事。

"其实,也该来看看啊!"张长庚忽然冒失地说,"一天怕要挖好几钱吧?"

"什么好几钱哇?"刘二问,也停了刀。

"什么?难道还是干狗屎么?黄生生的金子呀!"

当刘二带着不平,把事情的真相问明以后,仿佛一头被激恼了的牛犊一样,他立刻奔向那槽门口去。但是,人们一顿臭骂,就又把他送转来了。于是他把过错推在张长庚身上,怪他没有尽到责任。现在,他又跟着寡妇跑到筲箕背查看来了。

刘二寸步不离地尾随着寡妇,不断向她提示那些被劫夺者肢解了的土地的情形。而且又蹦又跳地向着酒罐罐嚷叫,因为这老家伙先前骂得他最厉害。

"唉,你这一下怎么又不凶了呢?是好的又乱骂呀!"

"哪个骂你来的啊!"酒罐罐否认着,神气很是正派。

酒罐罐已经受过白酱丹的训诫,若果寡母子来了,最好不要发火。

"你还不认账吗?"刘二更生气了,"你说,去把你们母老虎搬来呀!……"

"你不要同他讲!"寡妇制止地说,"他还配搭不上!"

看了挖毁的情形,虽然愤懑和不平增加了不少,寡妇的心情,反而倒逐渐稳定了。这一半由于既成事实夺去了她的勇气,一半也因为怨气早已发泄够了。

而且,她深深感觉到,到了目前,事情已经不是哭和闹所能解决的了。摆在面前的将是一种艰险的抗争。但这没有挫折她的决心,反而增强了它。首先,道理是在她这一方面,因此她极自然地考虑到了这点:若是容忍,外来的打击将会更多起来。

虽然嘴唇有点抽搐,脸上的神色也不对劲,但她尽力克制着自己的感情,因为她知道目前的局面是需要冷静的。她追问着丁酒罐罐,什么时候白酱丹能来。

"这很难说,"酒罐罐摇摇头说,"有时候,一天两天连影子也见不到!"

寡妇鄙夷地冷笑了两声。

"一个不在,两个不在,我看还躲得过么!"

她本想警告他,叫他招呼工人停下工的,因为已经在么长子厂上遭到拒绝;那些工匠表示,除开老板的吩咐,他们就是圣旨也不接受,她便只好决定回街上去。

休息一会儿,寡妇就坐了滑竿离开筲箕背了。走到场口的时候,她就下了滑竿,免得引人注意,但这没有多少用处。镇口上几家铺店里的掌柜,都把熏笼摆在柜台子上,烤着手,手背上搁着下巴,用一种研究的眼光一直望着她走过来。一个提着一只木桶、正要跨进门槛去的妇人,忽然停止住了,转过身来,用了同样的研究的眼光注视着她。连三五个正在玩得起劲的半大的孩子,也一下变沉静了,他们也盯住她研究起来,似乎一切男妇老幼都希图从她身上看出一点新的东西。

寡妇刚一走过,她就觉得她的背后立刻发出一阵私语,而那是议论她的。茶馆里的人们的心思动作,那就更加用不着猜疑，她也会知道他们是在谈论什么，和谈论谁了。因为她深知这镇上任什么事都逃不过批评的。但她自持着，全不介意那些近乎幸灾乐祸的微笑，以及挤眉弄眼。

当经过钟善人铺子面前的时候，老板娘早已望见她了，于是拐着一双负担着一具肥胖躯干的小脚，走下阶沿，兢兢业业地招呼住她，一点不管丈夫的脸色。

老板娘两头望望，然后蹙着圆脸，把嘴伸向寡妇戴了金耳坠的耳朵边去。

"真的挖开了么？"

寡妇同意地点点头，右边嘴唇角微微抖了一下。

"年景这样坏，还来造这样孽做什么啊！"老板娘叹息了，摇一摇头，"你打算怎样呢？那些人又是吃铁吐火、天不怕地不怕的！"

"我倒不会让他们的！"寡妇决然地说。

老板娘又叹了一口气。

"你不进去休息一下么？"老板娘终于推诿地说，怕再深谈下去。

寡妇拒绝了她，一直往家里走去了。

孙表婶同媳妇都在大门边上。她们都安不下心，都想早点知道一个究竟。有两三个邻居在同她们闲谈，但是谁也不肯承认她们早已知道了这个不祥的噩耗。

寡妇一到门口，邻妇们就各自默默地、像是望见了什么不吉利的东西似的，散开去了。孙表婶和媳妇忙着接过刘二挟在胁下的褥子、枕头，随即跟了进去。人种也是在焦急地等候着她，正在闷灯，当一听清母亲走回来了，他就立刻冲了出来。

人种突兀地出现在厢房门阶上面，双手插在衣岔子里，眼神慌耗,好像才从梦寐里惊醒转来的一样,但是谁也没有理他。当寡妇喝过茶,他又生涩地走向堂屋边来。

人种带点那种自知做错了事的孩子那样的表情,搭讪着问:"究竟是怎么一回事嘛?……你怄一阵又有什么用啊!"

寡妇叹息着,怨恨似的向他投了一瞥。

"话我倒晓得说啊!"她冷冷地说,随即又沉默了。

寡妇是相当机警的人,当在路上的时候,她便曾经就她目前的处境,考虑过她应该采取的步骤。打官司,请凭士绅讲理,或者找一个第三者来私行和解;她宁肯赔出钱来,但是白酱丹、么长子必须立刻认错而自动停止挖掘她的坟地。她想得很周到,但正唯其如此,她却不能有所决断。因为由她想来,这最后一个办法,自然是顶适当,可以少结些怨,而应得阻止的事,却也阻止住了。并且连调解人也是想到了的。但她又怕被人看成示弱。而一想到这里,她的决心立刻又动摇了,陷在困恼里面。

孙表婶知道她自负而又独断,凡事不肯轻易同人商量。因此,除开一般没有实际意义的慰安,别种意见,纵然自以为是,便也只好藏在心里。媳妇更加不必说了,她不敢讲什么,实在她也自认没有能力参与这种大事;她只能含情地、默默地看望她,表示自己是在为她担心、着急,没有忘记一个做媳妇的本分。

有好一会儿时候,谁也没有再说什么。大家都落在一种悲愁闷人的沉默里面。忽然,那个家里唯一具有坚强自信、心地单纯的年轻佣人刘二,走进来了。他才把滑竿打发走,是来听寡妇吩咐的。因为当离开墓地时,寡妇曾经表示,要找她的两个对手白酱丹、么长子当面问罪。而在刘二想来,这也确是一桩无可置疑的正当举动。恰如碰见一匹恶狗，他有权利甩它两土饼子那样。

和刚从筲箕背跑回来报信的时候一样，刘二照旧那么兴奋、激怒，深信白酱丹、么长子毫没道理。他元气十足，脸孔涨得绯红，眼睛也更鼓了。

刘二撩足挽袖地走了进来，一面直直劈劈地嚷道："怎么样呢？我就去找白酱丹他们吗？"

"滑竿钱已经给清楚了？"寡妇支吾地说。

她随又叹了口气，因为她还不能有所决定。

"钱给好了！"刘二说，"我就去找吗？迟了，怕又藏起来了！"

"这就是我守节、守儿子的报应呀！"并不回答刘二的催促，寡妇忽然没头没脑地嚷叫了，"早知道这样，我不该一索子吊死了爽快得多！"

"你又怎么了啊！"表姊姊叹息着，"事情不做呢，已经做了……"

"那我倒晓得啰！"寡妇迁怒地切住她，"你这些话说了等于不说！总之，背时倒灶，我算碰到大头鬼了！一个也不说了，还一串串地、接二连三地来……"

她摇摇头停下来，泪光闪闪地凝视着托在手上的茶壶。

"你们鸡肚不知鸭肚事啊！"她又自言自语地说了，想起了她半生来的经历，"这十几年来过的日子，难道是件容易事吗？只说儿子大了，该会好一点吧……"

她哽咽起来，没有继续下去。

"是呀！"表姊姊迎合地接着说；一方面是辩解，一方面也想给寡妇的自负一些满足，"前回在善堂里，张善长还对我讲，这个家务，也要你才扳得正啊。"

寡妇瘪着嘴摇摇头，但这反而表示出她的确乎自负。

"我算什么？"她谦虚地接着说，一面掏出手帕揩着眼睛，"我只求自己人少给我些红炭团拿，听一点话，就万幸了！外人说好说坏，我倒一点也不在乎……"

仿佛一个无聊透顶的人，不能不勉强找点事做，而同时又很生气自己做的事情同样无聊一样，人种一直在忍耐着，竭力不让自己多嘴。他手撑着头，一面很不遂意地胡乱摸着骨牌。他试了好几次要回答寡妇；现在，因为又提到他，他便再也忍不住了。

人种把骨牌一推，受尽冤屈似的蓦地一跃而起。

"你就只晓得骂我！……"他抑制地大叫。

他还想说什么的，但他竟想不到地啜嚅起来，于是一车身就走掉了。

寡妇也以为他会再说些使她伤心的话的，当一看见他逃避似的冲开，她倒反而更气大了；而这怒气又立刻转化为一种恶辣的嘲笑，嘲笑他的无用和怯弱可怜。

"唉，躲开做什么哇？"她作弄地大声说，"骂错了你就出来说呀！……"

从自己卧室里，人种恶狠狠地嚷叫了一句，但没有一个人听清楚。

"既是不怕，你就自己去呀！"寡妇也叫起来，自以为听清了人种的话，"你以为我想包揽这些烂事情吗？……我倒真像活得不耐烦了！……"

"不要跟他一般见识吧！"表婶婶劝慰说。

"你老人家晓得他是不懂事的。"媳妇也大胆插了一句。

"哼,他怎么不懂事哇?"寡妇紧接着说,更加恼怒起来,"他才懂事得很!我现在也不管了,哪个弄烂的,哪个去补!我倒用不着抹桌框子。"

然而,虽然是这么说,由于一阵吵闹刺激起来的兴奋、一贯的自负,以及孙表婶和媳妇的奉承,在这中间,寡妇不但没有真的同人种赌气到底,消极下去,反而倒在犹豫中决定了她的态度,甚至忽然感觉到了一种为儿为女劳碌的高傲情绪。

"不要再说了吧!"她说,切住她们的揄扬,"这都是前辈子欠的债啊!"

定一定神,于是她转脸向神气有点茫漠的刘二。

"你站着做什么?去请他们来呀。我看他们就把我两口吞了!……"

寡妇决定把这当作一次考验,想要试探一下白酱丹、么长子的真实态度,然后决定最后办法。私和,讲理信,或者诉诸法律。但她却无疑向往于简单平易的私和。

然而,当那年轻仆人转来的时候,寡妇却又不能不暂时放弃这个省事的想头了。因为白酱丹、么长子不仅没有应邀前来,反而说了许多难堪的话。仿佛她的客气的邀请,反而得罪了他们。这太出乎意外,她很怀疑刘二的话不尽可靠。再不然,便是语言上有过不妥的地方,或者态度太鲁莽了。所以,刘二的报告,虽然已经够清楚了,她却依旧带着一种难于信任的神气。而且有点失悔,事前没有叮咛他说话小心。

她要他再说一遍邀请的经过。这使得那老实人摸不着头脑,着了急了。

"难道我还会哄你么?"刘二红着脸嚷叫说,"真的就是这个样子!"

"你是怎么对他们说的呀？"

"我说，三老爷，我们老太太叫我来请你，千万要去一下。他说，你回去说，我不得空！就走去看打牌去了。还有龙主任他们。我又赶过去说……"

"龙主任回来了么？"寡妇注意地问。

"回来了。他们都听见的，不信你去问嘛！"

"么舵把子怎么说起的呢？"

"那个老家伙都叫一个人吗！……"

刚才嚷了一句，刘二又猝然停住了。他嘟着嘴，眼睛避开寡妇，好像害怕她的样子。因为他觉得他不该转述那些不堪入耳的粗话来加重她的不幸……

"唉，你怎么不说了呢？"寡妇生气地催促说。

"那个老家伙都叫一个人吗！……"

"究竟怎么样呀？"

"怎么样吗，他一劈头就吼我：快挟起滚！林么爸不找她就算顶客气了……"

"这样就好得很！"寡妇说，显出极不自然的神气。

"他又说……"

"好了嘛！"孙表婶制止着刘二。

她努嘴而且摇头，示意刘二不能再讲下去；因为她知道那一定不是什么好听的话，而且看见寡妇的神色已经变了，跟着来的不是眼泪，便是号嚷。

"好了嘛，"孙表婶重复说，"这些人不晓得怎么把人皮披上了啊！"

寡妇忽然凝神地看望着表婶，坚决沉着地切断她说："你同我到叶家去一趟好吧？"

"好呀！"表婶婶立刻同意，似乎这正是她自己想说的话，"我也正想向你这样提了。他们究竟好说话些。真的，不是我说，要是早找他们，事情也许早补好了。"

寡妇没有回答，反而十分败兴地叹了口气。这很简单，因为她不能说，她在早没有这么样做，只因为她还嫉恨着那些关于她和叶二大爷的使人红脸的流言，以及她和叶家的女眷之间所有的隔阂。虽然好久以来，那便已成为陈迹的了。

"不要尽讲了吧，"最后，她支支吾吾地说，"耽搁一下我们就去好了。"

"我梳梳头就行了，"孙表婶说，情不自禁地摸摸头发，"简直像乱鸡窝样。你还要烧两口么？横竖去早了也碰不着人的。这个时候，总还在同善社坐功嘛。"

寡妇想想，又看了看天色，觉得时间的确还早，离黄昏相当远。而且，她又深知当地的风习，当天又身受过的，她的出现，一定又会把人们的注意和口舌集中起来。她同意了孙表婶的建议。而在吩咐过应备的礼物以后，她就退进卧室里去了。她把家具铺张开来，媳妇替她磨着沉香面子。因为这天连连生气，担心惹起她的气痛症。

当黄昏来临，正在准备动手的时候，那胖老板娘，带着一种提心吊胆的机警神情，一直走进寡妇卧室里来了。她是背了丈夫，以及世人的耳目，摸来做某项重要建议的。这时孙表婶已经穿上浆得梆硬的蓝布旗袍，寡妇在拢头发。

老板娘原是很机灵的，一看情形，她理会出她们正要去走人户。她也是忙着要回去的，所以当寡妇向她张罗烟茶的时候，她就认真地加以婉谢。

"不用！不用！"老板娘连连说，"不用客气，我说两句话就要走了。"

"忙什么啊！"孙表婶说，"茶总要喝一杯呀！"

"不，我跟着要回去！"老板娘说，随又拿嘴挨近孙表婶的耳朵，"难道你还不清楚么？我们这街上耳报神多得很，留久了又有人造谣了！说一大堆……"

但她已经接过烟袋，而且，似乎准备悠悠闲闲抽上一通。

直到寡妇那么苏气地收拾好了，老板娘这才小声而热情地完成了她的任务。但却不止两句，而是好几十句！最主要的，是她力劝寡妇去找本场的联保主任，因为那个认真具有无上威权的汉子，已经从城里回来了。

十六

胖老板娘一走，寡妇便由表婶婶伴送，到叶家去求援。但二大爷不在家，到东岳庙扶乩去了。于是她们只好装作没有感觉到女主人们的冷淡，忍耐着等下去。

寡妇同二大爷家里，认真说，是并没有什么了不起的亲戚关系的。虽说是姻表亲，理起瓜葛来却也疏远得很。在寡妇家里的举人时代，甚至提也不屑提的。直到辛亥革命，因为哥老已经成了当日四川农村社会的主要势力，寡妇的母亲，那诨名"阎王婆"的，这才看出这门亲戚的重要性来；到了寡妇自己手里，彼此的往还也就更亲密了。

在哥老中间，不仅是北斗镇，叶二大爷在全县也是知名人物。单从表面来看，二大爷很正派，没有一般哥老所常有的、过分露骨的呵哄吓诈的恶习。而这正是使他得到一般人尊敬的原因。因为已经刮了不少的钱，买了不少田产，加之年龄也不小了，七八年前，他才退休下来，不再过问镇上的事情。因为当权的日子太久，那些后起者又多半是他的拜弟，在镇上他是能够维持一个元老的尊严的。虽然实际上已经不能主张什么，变成了有名的好好先生了。

二大爷娱老的方法，是扯纸牌和"坐功"。每天都要去同善社坐几个钟头，或者请几位善友，上东岳庙扶乩。他早已成为本镇善男信女的领袖，便是菩萨们似乎也承认的。有一次扶乩，当一位菩萨临坛，借着机手在沙盘上显灵时，在场的人都跪下了。他自然也不例外。但那机笔立刻写出一串字道："众弟子跪下，叶二爸请起！"在这北斗镇，除开少数同他地位相差不远的人，不管男女老少，从一二十岁的，到六七十岁的，大家都叫他"二爸"。而且几乎成了他的专称，只要说"二爸"就一定是指他。

对于寡妇，二大爷算是个长辈，她叫他"二表爸"。但在十多年前，在他们亲密的过从当中，人们忽然传出一股谣言，说寡妇同二爸的关系，实际上比口头更亲密。这可能是一种中伤，但二爸的两位大娘竟会怀疑到丈夫的人格，大吃其醋，使得双方不能不逐渐疏远起来，很少有来往了。事情虽然已经隔了许久，但是对于嫉妒，一般旧式妇女们的记忆力是特别强的。这只需看看二大爷两位大娘对待来客的冷淡，就明白了。而正因为这些人世间不必有的隔膜，加之寡妇又在困危当中，当一察觉女主人们都在不大自然地打着呵欠的时候，留下一个口信，寡妇便略显颓丧地告辞回家去了。

寡妇是约好了次日上午再到叶家去的。当吃过早饭，已经准备要动身了，想起前一天夜里在叶家等候二大爷受到的待遇，她又忽然烦躁起来。她叹了口气，心灰意懒地一下坐在卧室里的春凳上面。早就在一边守候她的孙表婶感觉到有点古怪；她问她是否有什么地方不大舒服，或者是嗜好没有满足。

寡妇摇了摇头。她是不能把她的委屈说出来的，这会损伤她的威严。

"我不晓得前辈子把什么过恶事做多了啊！"最后，她自怨自艾地说了。

"你怎么的？又发起烦来了啊！……"

"你不知道，"寡妇说，怨愤地垂了头，"真把人皮都快磨脱了。"

表婶婶长长叹一口气，沉默下来。

"好吧！"寡妇忽又发出苦笑，带着一种决心似的一下站起来了，"我总算前辈人把黄包袱背错了，该给他何家变一辈子的牛！……"

于是，她怨愤地走向梳妆台去，草率地抿抿头，便带了孙表婶动身了。

叶二大爷是个六十岁上下的矮老头子，身体结实，没有蓄须；但上唇上和下巴上的斑白的短髭，却也表明他已经不年轻了。他的眼睛，因为青年时代的酗酒而显得昏暗，扣着红丝，眼睑微微翻在外面。而他的全部神气，使人感觉到人世间一切罪恶的享受，以及痛苦，已经把他折磨到了麻痹的地步，仿佛再没有什么可以打动他了。

寡妇在叶家堂屋里等了一会儿，二大爷便抱着水烟袋走出来了。他穿着整齐，头上是棉瓜皮帽，脚下还保持着好多年以前的旧式派头，穿着抱鸡窝鞋，裤脚扎得非常妥帖。他一进来，两位女眷便堆着笑站起来了。彼此客套了几句，就又各自坐下。

关于笤箕背的纠纷，他早就知道了，而且明白寡妇正是为了这件事情来的。凭着他的坦率，当来客正在开始一番详尽的报告的时候，他便直劈地切住她。

"我早知道了！"他说，"我还以为你们真的答应过啊。"

"没有那个事！"寡妇微笑着申明，但却显得很为愤激，"二表叔！我从来没有答应过什么人。你想，我怎么能答应呢？就是捡金子，我也不会答应呀……"

"自然，那是祖宗的坟地。"

"对了啊！"

"不过你们大少爷呢？"二大爷继续说，对于寡妇的愤激一点不感兴趣，"他们年轻人的话，就难说了。又不知道天有好高，地有好厚……"

"不！二表叔，我自己的人我知道的。"

"你自然知道，"二大爷说，"可是你详细问过他没有啊？"

"问过来的，问过来的！"寡妇急急地回答。

她倾侧出身体，感情相当激动。因为她深知这是全部问题的一个关键，于是她便接着叙述了一遍考询人种的经过。比儿子的招供来得更有理由，而且叫人相信。

"你老人家是明白人，"她继续说，忽然显出一种阿谀神气，这个同她一向的自高自大很不相称，"一向又知道我们家里的情形，他是半个钱的事也管不了的！自来胆子又小，连茶馆都少讲，他怎么敢糊糊涂涂就答应啊？绝对不会！"

"现在的青年人也难说啊！"二大爷摇摇头说。

寡妇有一点气馁了。她想回答，但她一时找不出新的理由。而那些自以为可以服人的理由，又说完了。她红着眼圈，深深地叹了口委屈的气。

"连二表爸都这样讲，"她终于脱气地说，"我就没抓拿了。"

"那你倒用不着发急，我也不过顺口说说罢了。"

二大爷解释着，似乎担心纠缠下去。

"依你自己看来，这件事又怎么解决好呢？"他接着问。

"我么，"寡妇哽咽着表白了，"我么，我要他们把我俩娘母活埋了就是了！"她极力镇静自己，担心着万一哭泣出来未免失态，于是没有再说下去。

二大爷悠然吐着烟圈，又不以为然地咂了一下嘴唇。

"依我看，倒还闹不到这个地步啊。"蹙着额头，他懒懒地沉吟地说，"不过，要他们干搁下来，也怕不行；听说塞了好一大堆钱进去，总不能叫他们白丢了。"

"只要说得对头，该我赔，我赔就是了！"

二大爷没有张声。因为他料准了这是一种必然的结果，否则，粮户便不成其为粮户，光棍也不成其为光棍了。这恰如俗话所说，碰见鬼总得烧把钱纸。

然而，他的想法虽然如此合理，因为退休已久，二大爷早已只剩有一个空名了，是不能如实解决问题的。他随即叫人去邀请龙哥。这是他的得意拜弟，而若果说二大爷在北斗镇还有实力，他的实力，正是生根在这种可贵的关系上面。

龙哥是个无须的四十多岁的壮汉。可以说是胖子，但他那红褐色的身体，却比任何一个胖子实在。瞇瞇眼，当审视什么物事以及法币的时候，他的肥头便略向右偏，塞满刚毛的鼻孔更加浊重地呼吸起来。和二大爷的整齐一比，龙哥有一点名士气，但却经常戴着一顶过小的黄呢礼帽。他的领扣常常是敞开的，只有进城去见县长的时候，这才勉强扣好；但是一出衙门，就又哎呀一声，喘息着把领扣敞开了。

当主客双方感觉到一切客套话已经早说光了，正在闷坐着等候龙哥的时候，龙哥便同那个和他同齐出世、运气却不及他的季熨斗，挺着胸脯，手里切切磕磕地响着一叠铜元，大手大足走进来了。一进堂屋，他就侧起肥头，向那两个面带笑容、站起来表示欢迎的女眷端详起来，鼻子吸着空气，最后又重重地响了一声。

于是，龙哥照例十分莽撞地塞进一把圈椅里去，顺手将铜元垛在茶几上面；接着又往脑后把黄呢礼帽一掀，身子靠向椅背，大声呻唤起来。

"哎呀！这碗粉把人汗水都胀出来了！……"

龙哥是十分喜欢吃的，而且，总是不择好恶地塞一个饱。二大爷派人前去找他的时候，他正在吃羊肉粉。现在，当他扯起衣袖，朝着额上、脸上胡揩了一通之后，就又虚起眼睛，侧了肥头，向寡妇端详起来了。

"嗨！"他突兀地说，"你们筲箕背那个事究竟怎么的啊？"

"我就为这件事来找你们这些大菩萨的哩。"寡妇说，谦卑地抬抬身子。

"我又昨天才从城里回来，"龙哥并不听寡妇的，也不看她，只一味按照自己的脾气说了下去，"一点火门都摸不清楚；整条街都闹麻了！……"

他意外地顿住了，掀起下巴想想，于是又扬声一笑。

"嗨！这回这个会议倒把我开倒了！"他转向二大爷笑嚷道，来了一个意料不到的转折，"里里外外用掉他妈千打千块！这样的会多开几回，怕要迫得人喊天了！"

"你在州里东西置得多呀！"季熨斗说，接着打了两个哈哈。

"多个屁！就只扯了几件蓝布衣服。"

"那边的米价该矮了些呀？"二大爷关切地问。

"矮也不多。听说翻过坎坎，恐怕还要涨啊！嗨，州里用铜元倒划得来！小二百都当五仙用了。这运他妈几挑去，怕不发洋财呀！……"

"真像你这样说，我都要干！"季熨斗凑兴地说，又挽挽袖头。

"好呀！只要你杂种肯干，我愿意出本钱！"

"恐怕路上要检查吧？"二大爷摇摇头说。

"就是这一点啰！"龙哥紧接着大声说，同时身子往上那么一耸，"不然，耳朵早挤落了。不过也有办法：抄小路呀！人家连大烟也要运过去哩！"

龙哥忽然间住了嘴，瞜瞜寡妇，意味深长地笑起来。

"大太太呀，满了期，硬是要枪毙啊！"

"我这个没关系！"寡妇知道他说的禁烟，忍不住红了脸，"耍耍瘾，有，又吃，没有，不吃也行；不是一点病么，早就丢掉完了。"

"你们大少爷恐怕要深沉些？"

"也不见得。现在已经丢得差不多了。"

"也是公事上说得厉害！"二大爷非笑地插嘴说，仿佛有意要安慰一下寡妇，"究竟戒不掉么，还不是百无禁忌！中华民国的事情，哪一件过得硬啊！"

"现在不行了！"龙哥摇摇头说，"去年的皇历翻不得了。"

"我看就没有什么不同：账太背深了呀！你就天王老子来吧……"

二大爷从不喜欢和人争嘴，而且，和一般老年人一样，成见很深。总以为自己经历丰富，旁人都无知无识。因此，他没有把他的理由充分发表下去，便住口了。

沉默一会儿，二大爷这才又忽然想到似的，望了龙哥一眼，提醒他说："唉，筲箕背的事，就看你怎么给他们说呀。"

"这件事情，千万要请主任帮忙！"寡妇恳求地附和着说。

"没有说的！"龙哥满有把握地挥挥手说，"又不是外人哩！我已经摸了一下，噫！大锣大鼓闹了这么一场，怕要多少出一点血，才搁得平呀！……"

"总之，主任怎么说怎么好，求个公平就是了。"寡妇说。

"当然——我们总不会给你讲弯刀理信嘛！"

"不是那个话！"寡妇负罪地解释说，"你误会了……"

龙哥一向讨厌听任何人的申诉，他胡乱挥挥手切住她。

"我知道了！大小是个联保主任，说起来也当了这么好几年了。全场大大小小的事我都在管哩！你这点事情，不是吹牛的话，闭起眼睛断都不会错！"

再解释是会更糊涂的，寡妇开始叩问他的办法。

"办法吗，"龙哥懒懒地，但却十分独断地说，"依我讲简单得很：你给白三老爷他们赔出一千五百元开办费就是了！这还不知道他们答不答应。"

没有人接话，跟着来的是极不自然的沉默。

在这沉默当中，寡妇目瞪口呆，孙表婶忍不住吐了吐舌头。而正像任何小声的咒骂都不会骗过聋子一样，龙哥虽然粗鲁大意，却也立刻就察觉了。

"毛铁现在都值好多钱一斤啊！"龙哥自言自语地解释了一句。

"这个话呢，倒也是话。"二大爷沉吟地说，叹了口气。

"那不是！"龙哥当仁不让地紧接着说，显然对于寡妇的沉默已经耐不住了，"虽然花千多块钱，家具值多少啊！单是刨锄子就要卖好几百块，别的不要说了。"

"那些东西，我们就要到也没有用处。"寡妇谨慎地说。

"再不然又少算几个钱，不要他的家具好了！"二大爷转圜说。

"也要得嘛。"龙哥说，显出一副懒心懒肠的神气，"不过，事情还得看白三老爷，我们讲的都是空话。再说上天，人大面不小的，你总不好强迫他答应！"

"还有林么大爷呢？"寡妇胆怯地问。

"他这个容易！"仿佛准备打架似的挽挽袖头，龙哥粗声粗气地说，"不搁手，联保办事处派几个队丁，把槽门给他挖了就是了！我看他会吹熄灯盏恨我两眼？嘻！他以为他老，夜壶那么老，还要提过来窝泡尿！……"

他的声调充满一种绝对的蔑视，似乎这不仅针对林么长子说的，便是他的拜兄叶二大爷，也都同样包括在那些以老自居的袍哥当中。而龙哥也的确有过这样的念头，不过自己究竟是二大爷一手提起来的，从来没有当面表示出来。在二大爷一方面，也多少理解他的情趣，但他认为这多半由于龙哥的秉性直戆。而且认为中华民国成立以来，袍哥的信义已经很稀薄了；所以对他一向非常小心，避免预闻镇上的事。

但是二大爷也略略感到不快，觉得龙哥太敞口了。同时对于寡妇也很不满，她使他破了不问镇上任何事件的戒规。好在年纪大了，生活也解决了，早已经化了气。

"既然这样，"二大爷颓唐地接着说，"熨斗呢，你去请声三老爷呀！"

在等候白酱丹当中，大家一时陷进沉默里面，而且有点闷气。仿佛他们是一群各不相识的人，偶然聚集在车站上守候老不见来的火车。他们已经感到不耐烦了。

龙哥张大嘴大大打了一呵欠。

"呵……呵，这个狗入的，昨晚上太睡晏了！……"

"我也是，"二大爷说，轻轻张了张嘴，"回来都三更过了。"

"你们又在东岳庙搞来的哇？"

"是陈大壳子闹起的呀！横竖要拖我去……"

话一开头，空气立刻变活泼了。大家都扫除了闷气以及呵欠，谈起扶乩的事来。尤其是那两位女眷，她们一向就很迷信，所以听得特别专心。起初，大家都很关心菩萨对于时局的预言，因为沙盘上是曾经显示过的，但是随又跳到别种问题去了。

首先把问题岔开的是叶二大爷，因为他对时势素来不感兴趣。

"都是空事！"他说，摆一摆光秃秃的下巴，"乱了这么多年，大家不是一样过日子么？不过，真正饥馑劫到了，那就不好搞了。肚皮不听话呀！"

"有解救没解救呢？"孙表婶真切地问。

"怎么没有？糍粑、黄蜡。另外还有几样药，我记不得了。幺壳子抄得有，准备花一笔钱，印出来送人。据说，照单配料，合起来，做成这么大一方一方的砖，藏好。劫运到了，敲这么大一结搭，煮成米汤，只要喝一小碗，心就定了……"

"这都是吹牛皮啊！"摇摇肥头，龙哥大声地非笑了，"只要有钱，还愁买不到米？饿吗，也只饿得倒那些没钱的干鸡儿呀！你我都会吊锅，那就怪了！"

"到了那个时候，就有钱恐怕也没处买啊。"寡妇说，愁蹙地叹了口气。

"怎么买不到哇？"龙哥猝然反问，态度非常认真，"只要有人，总有做庄稼的！你说还要涨呢，我都相信；城里米价又在往上冒了……"

龙哥是一个不惯于冥思默想的人，除了眼皮边上的事一概不信，也一概不想。虽然他的行动多半依靠直觉，这多么有点浪漫气味，但是接着来的却是实际行动。比如去年，一天同人闲谈，忽然灵机一动，觉得食盐一定涨价，于是立刻派人到州里买了几十担锅巴盐囤起来。而他的直觉很快就证实了，简直同精密的打算不相上下。

"刘多麻子倒振肥了！"他又叹着气加上说，"杂种前年的谷子都还没卖！……"

龙哥正想借刘多麻子发点感慨，白酱丹进来了。因为一向尊重三老爷的学问、谋略等等，龙哥是把他当成友而兼师的心腹看的；他停住嘴，向白酱丹招呼起来。

"嗨！我们等了你好久了！在过瘾吧？"他和和气气地说着笑话。

"你又瞎讲！"白酱丹认真地说，"你知道我早丢了。"

接着，白酱丹又向二大爷客气了两句，只是没有张理寡妇。

白酱丹知道，二大爷和龙哥为了什么请他来的，并且相信将会得到怎样一种结果。龙哥从城里一回来，他就向他申说过了；在来这里之前，他又向他谈过一次。龙哥建议的赔偿数目，便是由他自己提出来的。但他并不满意，仍旧希望把筲箕背开发下去。然而，当他接到邀请，向季熨斗探明了各方的反应以后，他觉得，他的希望是坍台了。这便是说，他只好准备接受一笔有限的赔偿了。他自然可以坚持下去，但这会损害龙哥的面子。至于叶二大爷，他虽然也尊敬他，但却并不对他存有怎样的顾虑。

白酱丹多少显得严肃而不耐烦。打过招呼，他便带点矜持抽起水烟袋来，仿佛什么也不在乎。最后，因为感觉沉默的难受，事情又终久要揭穿，二大爷开口了。

二大爷简略地叙述了一番纠纷的经过，故意把过错推在人种身上。

"不过，他究竟是年轻人，"二大爷接着说，"什么事情都没有经过；你们两家又是亲戚，不看僧面看佛面，能了，就了。总之，三老爷！赏一个脸……"

停住抽烟，略略带点匆忙，白酱丹抵挡地伸伸手掌。

"我没问题！"他慷慨而又急促地说，"二哥，我没问题！可是，这不是我一个人的事，你不要误会！要是我能做主，老实讲吧，也就闹不到惊动大家了。"

"呵哟。我晓得！"龙哥大叫着，撩撩衣包，一蹦跳起来了，"我们总不能让你来代过呀！管他还有些什么人，张三也好，李四也好，一句话：帮你们贴开销就是了。家具大太太不要；她要到也没用处——总共赔你一千块钱！"

龙哥十分严重地竖起他那又粗又圆的食指，又那么晃了两晃。

"我没有说的！"寡妇紧接着发言了，"不过，总该写张字吧？"

"恐怕还要画个滚身图啊！……"

白酱丹带点愤激地叫了，恼怒着寡母子的不识好歹。

"我跟你讲,"冷笑一声,他又摇头晃脑地说,"表嫂呢,一千块钱能够了事,已经是大面子了!认真说么,这几个钱够哪一样开销?再说他不懂事,答应错了……"

"可是,他并没有答应过你们什么哟!"寡妇抬一抬屁股说,替人种辩解。

当二大爷责备人种的时候,她知道那是敷衍,现在,她感到不公平了。

"我自己的人我知道的!"她又自信地加上一句。

"这才说得好听!"白酱丹讽刺地佯笑了,"像我在骗人呀!……"

"不要说了!……不要说了!……再说就不漂亮了哇!……"

要不是龙哥依照历来的习惯,大声武气地出来阻止,事情也许会中变的。他一叫嚷,两个对手就停嘴了。他们全都接受了他的约束:只等寡妇拿出钱来,白酱丹就停工。至于么长子一方面,龙哥叫寡妇不要担心,他会有办法对付他。

十七

从二大爷家里到联保办事处去,或者到畅和轩去,都要经过涌泉居,龙哥决定就便向么长子打个招呼,警告他赶紧住手,不要自讨麻烦。

龙哥并没有到茶馆里去。他就站在市街当中,虚起眼睛发出他的警告。

"嗨!我不是同你开玩笑哇,事情不要做得太过火了!"

他就这样秃头秃脑地说。

"那是娘娘会的呀!"么长子狡辩着,知道对方说的什么。

"管你娘娘会的也好,婆婆会的也好,总之,自己放明白点!"

他们间的交涉,就只有这么含含糊糊几句。然而,过了两天,龙哥得到报告,么长子的金厂收了工了,不过却在尽力攻击龙哥;好在报道者隐瞒了这一层。

么长子对于龙哥的攻击,其实也很寻常,他只提供出了一些事实。而且是多数人所共知的,仅仅没有像他那样大胆地说出口来罢了。还有一层,那些攻击以及那些事实,他已经说过不止一百次了,现在无非又在新的仇恨下面重复一次。

么长子对龙哥一向就轻视的。因为他亲眼看见他在二大爷家挑水劈柴,做着粗笨活路;亲眼看见他成了这镇上炙手可热的红人,而且目空一切。这在他感觉得太难受了。所以当全镇公认龙哥是一个了不得的人物的时候,他却登在畅和轩嘲笑他那些卑微时期的可笑的往事。加之,从袍哥派系上说,他也和龙哥对立的,正如他和二大爷对立一样。凭着他的直率以及口敞,他一向总同他们作对。但同一切喜爱大言壮语的人们一样,他是很胆怯的;一到快要闹出严重纠纷,他又总是立刻向后退了。

龙哥的警告,对于么长子之所以能够发生那样显著的效果,除了他那性格上的弱点而外,在显明的意识上,他是这样想的:不管怎样,他总算弄到了一笔意外的财喜;而且,他们没有要他再吐出来,这不能不说他的面子还原封未动。然而,当他听见白酱丹额外弄到一千元的赔偿的时候,他却由羡慕而愤激了。

因为经过相当秘密,关于赔偿的事,他在好久以后才知道的,一连难受了几天。

"嗨,好得很!"每一想起,他就自言自语地说,"把我们蒙在鼓里振呢!"

"哪个又把你哥子撞倒了啊?"芥茉公爷嬉笑地问,他们正在一桌喝茶。

但和对付别的追问者一样,么长子没有回答。因为他不能说,仿佛一个初入社会的毛子一样,他受了欺诈。而这么一来,他的招牌,就会更加没光彩了!可是从此以后,他却更加口敞起来,而谩骂的范围,也就更宽广了。正像他们把他推下团总的位置的时候一样。因为那是他衰落的起点,而是龙哥、白酱丹他们做成功的⋯⋯

有一次碰见了白酱丹,他忍不住当面向他讽刺起来。

"你们倒弄肥实了哇?"他说,作弄地眨眨他那深陷的眼睛。

"我哪个舅子倒弄肥了!"板起略显浮肿的黄脸,白酱丹故为生气地回答,"你挖苦我,我倒正要找地方出气。挖出来一点金子,看够喝水用么!⋯⋯"

"就依你说,那一千元呢?麻我们就是了!哈哈!⋯⋯"

"你又在造谣了!"

白酱丹否认着,不屑争辩似的,红着脸走开了。

然而,不管怎样,白酱丹确也并不满足。这不是因为他真的没有挖到金子,恰恰相反,短期的开发已经证明了成绩不错,而这就使他感觉得一千元太少了。

起初,白酱丹把他的怨愤堆在二大爷身上,深怪他的爱管闲事。但是没有多久,他就对龙哥的专断感到不满意了。因为二大爷是可以不注意他的利益的,但从历来的关系,以及他一向的忠实可靠来说，龙哥却不该使他错过这样一个可以解救他的困窘的重要机会，让他大捞一把，改善一下自己的生活。

曾经有好几次，白酱丹都准备向龙哥指明他的处置的失当。不仅贻误了他，便是龙哥自己，也都被贻误了。他终于得到了这个机会。那是一天夜里，茶堂正在关门，茶客们已经快散尽了，他们也正准备回家里去睡觉。

"老早我就想说了，"白酱丹忽然抱怨地说，"那件事我还没闷过啊！"

"快算了吧！那点出笔，哪里找不到啊。"龙哥讪笑地说。

"你不要这么说——一天一钱几呀！……"

"你怎么说一天才几厘呢？"龙哥说，吃惊地斜瞪着一双眼睛。

当龙哥才从城里回来的时候，白酱丹确是这样说的：一天只能挖四五厘，刚够开销，分红还谈不上。而他之所以如此扯谎，他怕说了实话，龙哥会要提出多搭两股，这就更加缩小了自己的利益。现在，一经龙哥揭露出来，仿佛当场搜出一个嘴硬的小偷的赃证一样，白酱丹脸红了，但他立刻强制自己镇静下来。

"你这个人！"白酱丹故意生气地开始弥补，仿佛受了冤屈一样，"你当着那么多人问我，我怎么好说实在话呢？其实也怪彭胖，我叫过他告诉你呀！"

龙哥沉默着，粗声粗气地响着鼻息，而这正是他开动脑筋的表征。

"好！"摇摇肥头，龙哥最后感觉抱歉似的笑了，"别人的祖坟！……"

在两伙计当中，还是彭胖的不满比较好些，因为他所垫出的钱，收回去了，额外又分了一点家具。虽然他也多少忘不掉筲箕背的出产。因此，他对于白酱丹的唉声叹气，总照例笑嘻嘻制造若干理由来安慰他，劝他凡事不要仰起头直朝前看。

"常言说，退后一步自然宽，"他会万事亨通地这么样说，"要是根本没有这件事呢？管他妈的，大小总算敲了他一棒棒！嘻嘻！……"

"你当然可以这么样想，"白酱丹叹气说，"生活解决了呀！"

在镇上一般市民当中，关于秘密开发筲箕背的事，起初总是充满了嫉恨来谈论的。既然认为白酱丹、么长子的作为过于五毒，但又以为，像何寡母那样的人，的确也值得收拾一顿。至于认为值得收拾一顿的理由，因为她家的生活太写意了，而且在这镇上，又是没势力没地位的；而且，好高，悭吝，常常是一毛不拔！

然而，当一听到联保主任龙哥的制止成功，人们的论调又变样了。虽然一样的嫉恨，但却杂着不少邪恶的快意。他们非常满意白酱丹、么长子的财源被断送了，正如看见警察搜出小偷的贼赃那样。对于寡妇的侥幸，则又多少感觉遗憾，认为她吃的苦头太少。好在时间是一件疗治任何心病的妙药，到了冬腊月间，不管是局内人、局外人，大家都似乎把筲箕背丢冷淡了。而且，一切生意又都那么好做，仿佛变戏法一样，任何东西过一道手就涨价了，往往一个对本。所以人们全都沉没在各种各样买卖里面，沉没在财富和法币的追求里面，没有工夫多管闲事……

一到腊月底边，人们更加忘其所以地活动起来。尤其是哥老们，他们不但把旧历年节看成真正的年节，看成应该享乐的大好时光，而且，根据一直以来的习惯，他们还把它当成庄稼人的收获时期看待。他们要仰仗这时期来解决以后三百多天，乃至更多时间的生计问题。而那办法之一，是栽培光棍，使那些羡慕袍哥的各色人等，送上礼金，取得一个光棍名义。其次，是用纸牌、骰子让那些轻浮子弟倾家破产。这前一项办法，是只有极少数具有强大声势的大爷才有份的。其中最得人望，也就是说，最使人觉得在他名下当个光棍才像一个真正的光棍的人，是联保主任龙哥。

龙哥之所以最得人望，并不是因为他资格最老，比较起来，他还算是后进。但和别的几架大爷不同，他不单靠骰子，而是靠枪炮打出来的。当他还在二大爷家里跑腿打杂的时候，他便已大显身手了。一天，他在镇外碰见军队拉夫，而由于一种偶然机会，他才一扁担就把那丘八弄死了。接着便开始了他那值得忆念的生活。整整三年时间，他在那个名叫"抽筋坡"的地方，结果了五六个碱贩子和药客，洗清了很多过往客商的腰包。直到二大爷当了团总，他才受了招安，以常备队长的资格在镇上公开出现。他的收拾盗匪，也和他收拾过往客商一样有名，好多同他共过患难的土匪，都叫他搞光了。

有着这样一大段堂哉皇哉的历史，一方面又是本镇的狄克推多[1]，再加上白酱丹们的奔走、吹嘘，每到旧历年节，无怪他的收入，要占镇上所有哥老会的权威人物的第一位了。至于那些请求加入的人们，他们的想法是简单的，以为这样一来，可以减少自己在这镇上的种种亏损，甚至可以捞取若干合法的利益，以及便宜。这些利益、便宜的名色是很多的，大至作奸犯

---

1 狄克推多：独裁者（Dictator）的音译。

科,小至提劲打靶……

联保主任龙哥,从没有读过书,只是因为常常要在公事信札上盖章,自己的名字却认识的。虽然已经四十多了,他的精力却很饱满,还像一个年轻人那样强悍。他的直率鲁莽是惊人的,这在对付吃喝、钱财、名誉地位上表现得最突出。因为他可以毫无恶意、毫无打算、毫无愧色地攫取任何自己高兴的物事。在精神活动方面,他最喜欢川剧,任何草台班子他都津津有味。其次便是春节期间的狮子龙灯。

七七事变那年,根据通令,在这国难期间,任何年节都该停止一切娱乐。当时大家的热情还高,城里国民党党部的委员们还各场分头宣传,希望大家不要铺张。但龙哥照旧固执己见,非要玩玩狮子、龙灯不可。使事情获得合理解决的是白酱丹。他提议龙灯可以不玩,倘若把狮子改成麒麟,笑头玩一个象征太阳的元宝,这就没问题了。这是一个旧瓶子装新酒的办法。因为"麒麟张口吞太阳"这句话谁都知道,而这么一来,就不再是娱乐,而是宣传抗战的好东西了。这不仅得到了委员们的承认,便是龙哥以及别的绅粮,也用少有的欢欣接受了它,放了比往年更多的花和鞭炮。

关于本年灯节的准备,在腊月初就动手了。到了腊月底边,龙哥从土门垭批采办的硝磺,也送来了。做花用的破铜烂铁,一样收了不少。他非常喜欢这套粗野的玩意儿,能够烧坏一两个人的背部、头部,他的狂欢也就更加够味。所以他不仅自己大量制造,仿佛派款似的,他还半带强迫地劝说人们照办。"这花得了几个钱啊!"他会这样说服着胆小悭吝的粮户以及商家,"只要卖一两担谷子,不烧死几个我才不信!"

起灯,就是开始玩灯的日子,是正月初五。但这以前几天的日子,也是很热闹的。一到腊月三十夜里,大宝、红宝摊子,就在广东馆大门口和戏台下摆设开来。一般的阶沿上,则是各色各样规模细小的赌摊。单双宝、牌九、掷乌龙和掷称的。由于一年来收入的丰盈,粮食又很值钱,赌注比往几年大。因为人们似乎都固执着一种糊涂观念,以为现在的一元钱,顶多只有从前一两角的使用价值,犯不着怎样惜疼。

仿佛为了给大后方的繁荣凑兴,同时也许是为了揭穿这种繁荣的实际内容,正月前后还陆续来了好几名游娼。有人说是龙哥从州里招致来的,龙哥自己却又很少跑去享受。但不管如何,风气总算已经有了改变。一个六十岁上下的粮户,大破五才过,便带了暗疾,赶下州里求医去了。另一个年岁相当的地主,更干脆娶了一名游娼做妾。可惜纳宠不久,老婆儿子便都和他闹决裂了;而在初十夜里竟又遭了一场大火。

许多正派人说,这场大火,是老天的一种惩戒。虽然实际上是几个儿子为了泄愤干的。起火的时候,老头子正同自己的爱妾在镇上看麒麟灯,得到消息,立刻跑回去了。但他没有救出什么。次日一早,他就搬到街上客店里暂住下来,表示只要三十担谷子他就可以使房子复原,丝毫没有忏悔,以及与家人们议和的意思。

在新入流的哥老当中,有好几个游荡无业的知识分子和小学教员掺杂其间,这也和往后不同的。尤其当被码头上的管事,带了那一长串杂色队伍沿街拜客的时候,看官们简直是吃惊了。他们不相信这是可能的事,虽然他们明明白白看见一个穿着山峡布制服的青年,是在那里叩头打拱,毫不在意,甚至带点沾沾自喜神情。

这批别致光棍的介绍人是白酱丹。其中能够拿出大批款子的人，是并不多的。但是白酱丹的打算却在这里：他要把全镇的优秀分子网罗到袍界中来！因为，由他看来，目前已不复是单靠骰子、枪炮所能制胜的时代了。自从十七年到成都受过国民党一个月的训练以后，龙哥自己也觉得开了不少眼界，懂得点时势了，所以十分高兴地同意了他。而在那些新入流者本身，则因一向大都充满一种怀才不遇的心情，深觉自己在这镇上毫无作为，倒是一个光棍说话响亮得多。而且，自从抗战以来，由于种种野心家的吹嘘提倡，袍哥这种组织，似乎又像反正前后一样为人所看重了。

另外还有一种传说，对于这批人的加入袍界，也有决定意义。报上载着那个全国闻名的青帮头子，就要从上海到重庆来了。于是，几个自以为眼光远大、懂得时局发展的人，大胆地推论说，这是蒋介石要他来的，希望他来改组四川的袍哥，甚至以为蒋介石本人有出来担任总舵把子的可能。而理由则是，除开袍哥，你就休想维持后方的治安！而当白酱丹进行拉拢工作的时候，他更暗示出了这点：为公为私，全场的团结都很必要，因为现在的事情变动得太快了，你就不能不事先有点准备……

因为新入流的很多，正月初五的聚餐，也比往年更闹热了。又因为新添了斯文人，谈话也就不再限于牌经赌经，尽都各随己意发挥着有关时局的意见。尤其是那些目不识丁的角色来得热烈，仿佛要叫那些读书人相信，除开牌九骰子，他们也一样很关心国家的命运。但其间发生了一场争执，几乎叫龙哥和么长子翻了脸。

也不知道从哪里听来的，但正如一切谣言一样，它却编造得那样完备、合理，真像实有其事一样。么长子说的消息，便恰是这样的。他大胆宣称，这一年后方不会有轰炸了。因为由于技术瘟症，春节那天，敌人把重庆的德国大使馆轰炸了。

么长子说得口沫乱飞，许多人都围过来了，很想知道个究竟。

"可是，使馆里是有高射炮的，就打掉一架下来。"抹抹胡子，他接着说了下去，"一看，嗨，才是德国借给日本的飞机！大使说，好呀！借飞机给你们，倒轰炸起我们来了！立刻打电给希特勒，把借的飞机完全要回去了！"

"你是从哪里听来的呢？"许多人惊喜地问。

"哎呀，这一下重庆人不跑警报了！"心地单纯的人说。

只有两三个斯文人和白酱丹彻底怀疑他的消息。但那些斯文人不好反驳，白酱丹也仅仅在微瘪的嘴唇边露出一丝鄙夷的冷笑。倒是毫无定见的龙哥出了马了。

"你倒说你条鸟啊！日本人敢打这样大的仗火，会连飞机都造不来？"

"造倒造得来，没有德国的好、德国的多嘛！"么长子应战说，一点也不让步。

"好啰！……多啰！……"

因为一时找不到新的理由，龙哥学着舌，狠狠地斜瞪着么长子。

"那不是！"么长子变强硬了，他顶碰地接着说，"我说错了，你又来嘛！可惜我就只晓得发脾气！有什么大道理，轻言细语也说得的呀！……"

么长子还没讲完，龙哥就认真吵闹开了，因为他觉得他的面子已经受了损害。而么长子也不放松自己的面子，于是他们对吵起来。但是，口腹的享受，毕竟比国家大事都紧要，因此，双方虽然各不相让，坚持自己的意见和看法是完全正确的，等到十大碗摆上桌子的时候，他们的口角终于也停歇了，一同大吃特吃起来。

破五以后是私人请春酒。除了几个阔人，两三个向来一毛不拔的商家，也破例请了两三桌客。因为过去一年的盈余，使得他们连悭吝的习性也革掉了。但是何寡母家里，却相反地废止了往年的成例，好多人连她家里的开水都没尝到。

十八

正月十五的大破五一过，由于店铺的陆续开张、上元会的辞庙收灯，年节显然是过去了。但为年节所造成的种种人事变动，也就更加明显起来。而且，这些变动，也和年节本身一样使人们感觉到它的魔力，给生活带来不少兴会。

那最刺激人的事件，是和尚袍哥僧道奎的死亡。他在二大爷的春酌席上喝了不少的酒，抬回去的半夜就落气了。没有人相信酒会醉死人的，大家认为一定是没有给招呼好，以至于闷了气。因为当被发觉的时候，徒弟看见他反面躺起，四肢长伸，面孔贴在枕头上面，像练习泅水一样。其次，田狗熊的受伤，也使人感觉得异常够味。他的背和肚皮，在耍麒麟灯的太阳宝时，被烟花同鞭炮灼伤了，就像烧烤过火的猪肉一样。他本没有搞过这玩意儿的，但是一天，龙哥正在自夸他的烟火的威力，狗熊为了凑兴，表示他不相信，而且愿意试试。龙哥于是快活地骂了："袍哥呀！杂种！……"

"袍哥呀！"别的人也都这么叫喊起来。这句简单的话包含着如下的意思：既然是个袍哥，就要说话负责，否则你就不必冒充光棍。大家之所以这样兴奋，正因为狗熊从来没有冒过这样的险，而且很老实、很胆小的。而使一个老实人吃点苦头，也就更有价值。事实上，狗熊是连大半夜都没有玩上的，但是，仅仅龙哥门口那一场略欠文明的烧法，也就尽够他招架了。他曾经丢掉了太阳宝，想往人户里躲，但是龙哥笑道："袍哥呀！"观众们也都附和着欢呼。他便只好重新举起太阳宝来，重新让自己的皮肉遭灾。他一直睡到现在还没有起床，几乎全镇人都在关心着他的死活。

骰子牌九造成的成绩也很不坏。正如往年一样，好多人破产了。虽然还没有闹出剁指头、嫁老婆，乃至投河上吊这些悲剧，但不少规规矩矩的绅粮子弟忽然抵押了田产，或者被家族赶掉。好几个赌棍却解决了半辈子的生活；只要他们能够永远保持他们的手兴。近几年来，龙哥对于赌博的兴会已经降低，但他每年依旧要靠赌博收入一笔不小的头钱。因为畅和轩实际便是一个赌场，每逢旧历新年，街上以及附近几条山沟里的粮户，总要照例在那里聚半个月赌，把它当作一桩义务看待。从除夕起，人种往年也常去凑热闹，但总胜负不大，就退席了。这一年他也照例去玩了几天，所不同的，他赢了很多。而且他一退席，场合便断断续续凑不够角，大有瓦解之势。

自从人种缺席之后，起初一两天，联保主任龙哥没有注意。随后，因为大家有了怨言，特别是那些赌输了的，他破例叫人去邀请了。但他没有把人种请来，后来几次也是一样。可是龙哥依旧觉得他会来的，他在筲箕背的帮忙，那两母子不会立刻忘记。最后他又叫人跑去邀请人种，出面回答的是寡妇。

据那跑腿的说，寡母对他说了一大堆道理，表示她的儿子不想依靠骰子吃饭，也没有闲工夫。

得到加添过、改削过的回答，龙哥给恼怒了。又因为赌客们全都等在那里，而在这些人面前确有维持自己的威信的必要，于是他忍不住敞开口大骂了。

"这些踩倒爬才不受抬举哩！……"

"那些人晓得什么叫抬举啊！"白酱丹冷笑起来，又叹一口气，"就像分硝磺样，你倒说凑合他，嗨！他才原封不动地退转来，请你吃没趣汤！"

"这个寡母子真可恶！"龙哥继续着叫骂。

"那个女人看起来倒像识好歹吗？"一个诨名"打头匠"的粮户愁眉苦脸地说。

"她识好歹！"白酱丹说，不以为然地打了个哈哈，"你还不晓得啊，就是年边，主任还给她捡过一回不大不小的面子。把我也扯在里面，真伤脑筋……"

于是，他用一种刺激的口吻、刺激的字眼，叙述了一番筲箕背事件的经过。

"你们想，"白酱丹结束道，"没有龙哥出面，我会答应她吗？……"

他顿住，意味深长地望着龙哥微微一笑。

"怎么样，"停停，他又中伤地说，"我的话该验了吧？那些人不宜好的！"

"快算了哟，别人的坟地！……"

龙哥切住他，随即又支吾道："唉，摆开来呀？离了红萝卜就不上席么？我凑一角！……"

龙哥这么样做，并不是他有意支持寡妇的利益，抹去了前一刻钟的愤激。恰恰相反,他对她的态度,已经决定地完全改变过了。而他之所以支吾开坟地的事,那是出于下面两种打算:首先,他怕白酱丹会把这件事作为口实,没有止境地向他借贷;其次,一个全镇的领袖人物,是不能随便否认自己的判决的。加之,他又是一个护短的人,从来很少认错;即使自己觉得真有过失,他也不会公开承认。

白酱丹是很清楚他这点脾胃的,而且随时都在设法利用。所以龙哥嘴上虽然没有承认自己的措置欠妥,他却十分相信,龙哥已经对寡母子不满意了。这即是说,他已经达到了挑拨的目的,准备在一场未来的纠纷中行使他的报复;至少要使那个阻塞了他的财源的女人吃点苦头。他一点也不怀疑他是可以随手抓住这样一个机会的。

然而,真正使得龙哥发起脾气来的却是另一件事。"八一三"的那年,四川曾经募集过一次"救国公债"。这是一桩使人兴奋的事。不仅因为这是为了抗战,同时也因为那个庞大的数字,是从来没有过的。而且,当进行分派的时候,在民族国家的大义下面,一向派款必有的种种困难,是没有了。但也正因为这样,当时又没有正式债券,其间的悲喜剧也比较以往多。曾经有几家人,因为负担过重,拒绝又不可能,全家人逃跑了。出名的富室的何寡母子,虽然没有闹到逃跑的地步,但却几乎受到押缴的处分。结果她先缴纳了全额三分之一的两千元,余数限期十天以内补齐。

于是,寡妇恢复了自由了,动手筹集其余的款项。但在限期将满的三天以前,龙哥忽然得到上头的命令,公债停止募集,缴纳了的立刻归还原主。这不仅本县如此,全省都是这样办的。因为所有的募集既与摊派无异,不堪闻问的丑事也就接踵而来，于是人们嘈杂起来，使得神圣的战争都减色了。但实际究竟退了多少，是难说的，而寡妇缴过的两千元，便一直一分一厘都没有到手。

当退款的消息流传开来的时候，寡妇就到办事处问过一次。而回答则是，停止再收确是有过的事，发还已收的数目，还得等候命令，因为款子早已缴上去了。后来两次的追问，答案也是一样。从此便再没有影响了。是上头永远没有发下来呢，或者因为一层层吃上去，又一层层吃下来，已经被吃光了？照例无人敢于过问。

这一年正月间，人种进城给外祖父拜年，那个已经半身不遂、依然做着农会会长的拔贡老爷，偶然提起这件事来，说是凡有缴纳过的款项，确实已发还了。虽然蹊跷不少，但是认真追讨起来，倒是能够收转来的，因为上头究竟有过明令。回来的时候，人种把这件旧事向母亲陈说了，于是正月底间，寡妇自己走向联保办事处去找人交涉，觉得如果能收转来，至少，可以贴补贴补筲背吃的亏。

龙哥是很少在联保办事处办公的。他每天只去打一个转身，接着就到畅和轩喝茶去了。他把所有的例规公事委托给白酱丹，而白酱丹又转而推给他的下手，一个二十多岁，很少在人众中露面的、谨慎老练的司书。当寡妇走进办事处一间办公房里的时候，那个因为长期伏案而显出一副病态的汉子，正在埋着头敲打算盘。

司书是在对照什么花账。他平静地、几乎毫无声息地拨着算珠，一面默念着账项的细目，除了嘴唇在动，就如没有念的一样。他是如此专心，仿佛账目以外的事，他是什么也不在意。当寡妇向他打过招呼之后，他翻起眼睛瞟她一眼，便又把自己埋向计算里面去了。这立刻给了寡妇一个不大愉快的印象。

因为寡妇是讲究礼貌的,又很看重自己的身份,于是她见怪地冷笑一声,自动在一张没有背靠的圈椅上坐下来了,开始申说来意。

"你晓得的,"她继续说,"我们交得最早,也该得退还了。"

司书好一会儿没有张声,依旧对他的账。直到告一段落,他这才停下来,又开始擤鼻涕。等到擤好鼻涕,在桌腿上擦擦手,他向寡妇瞄了一眼。

"你是从哪里听来的哟?"他从容不迫地说。

司书显出一种非难的神情,又用手掌抹了一把刚才擤过的鼻子。

"根本就没有这回事!"他又截然地加上一句。

"没有这一回事?"寡妇重复说,又冷冷一笑,觉得对方谎撒得太笨了,"你说没有这回事,城里为什么又都领过了呢?我像是聋子呀!"

"那恐怕你听错了。"司书谨慎地说。他提提袖管,准备重新工作;那就是打算盘和对账,不再张理寡妇;但又忽然转了念头,含笑地接下去说,"现在的事,不叫你再出钱,就算好了,还有吐出来的?到了民国么年倒差不多!"

于是,仿佛事情已经没有分辩的余地,他拨起算珠来。

"可是,你们说过要发还呀?"寡妇紧跟着说,并不放松。

"你去问主任吧!"司书回答。

司书的口气斩切而含恼怒,好像已经被打扰得不耐烦了。所以不管寡妇接下来的质问如何认真、固执,他一律给她一个不理。这因为他很知道这件事的经过,所有缴上去的款项,的确早就发下来了。甚至其中一大部分,还未缴纳,便已接到停止征发的命令,所以根本是连缴解也没有缴解过的,一直存在联保主任龙哥手里。

然而,单是他的倨傲和不理睬,寡妇便已很激恼了。

"真会说,你去问主任吧!"她重复说,从鼻孔里笑了两声,"你们是做什么的呢?我又不是跑来化缘、跑来求周济的,倒摆起架子来了!……"

司书侧起头翻了寡妇一眼,接着更加当心地算起账来。

"我们这场上的事,你怕我不懂吗?"她不平地继续说,口气越来越加愤激,"一摸上公事,就人也变了,心也大了;落下来连脚背都会打肿!……"

并不打个招呼,她数说着,一面退出去了。其间司书已经生起气来。他突地把算盘一推,账簿一折,打算同她争论几句。但他那含怒的眼睛所看到的,却是寡妇的瘦削的背影。于是他就简而单之地稀稀牙齿,又轻轻啐一口,重新工作起来。

然而,司书却没有就此忘记他的受辱。他原是很量小的,正如许多不大开口的所谓"闷肚子人"一样。因此,当他借着回家吃饭的方便,走去畅和轩向龙哥报告另外两件公事的时候,他就特别加油加醋叙述了一番寡妇的请求。而在叙说的时候,他更闪着这样一种眼势:我还没有照实说啊!因为那样一来,你会更加受不了的。

"要钱都不要紧,"他含笑地继续说,"说的话,才连牛脚都踩不烂!"

"这个泼妇还说些什么来哇?!"龙哥大声追问,已经发了火。他正在满头大汗地吃着滚烫的米粉,呢帽掀在脑顶瓜上。"妈的!难道老子给她吞灭了吗?"

"至少有点这个意思。"司书笑眯眯小声地说。

"这个婆娘才可恶啊！……"

龙哥赶快两口把粉吃完，嘴巴一抹，搁下碗大骂了。

"老子吃就吃了，我不相信她敢告我龙闷娃一状！这些东西才真是不宜好哩！"他侧着头，眯起眼睛，示威似的扫了一眼周围的茶客，"去年冬天，不是我，她的祖坟保得住吗？你们看，才好久呀，就翻脸不认人了！……"

"这些人！"彭胖焦眉皱眼地说，"就是要钱，也该好好说呀！"

"好好说？简直连人话也听不来啊！"司书非难地说，开始弥补龙哥话语中的漏洞，"一来，我就翻公事给她看，白纸黑字，一切都写得明明白白：头一次是说发还，但接着又来了一回公事，说是不发还了，只叫没有收的停收……"

"是呀！"龙哥拍着桌子插嘴，"要是发下来了，我窝在手里会下儿子？"

"唉，你也好几百呐，究竟听说发还了没有啊？"

司书问着黄狗老爷，想要从他得到旁证，而他立刻就满足了。

"我没有那么脸长！"狗老爷正正经经地回答。

"哼，她发脾气！为了缴解凑数，我还塞了他妈多长一节进去！……"

龙哥自怨自艾地叹息一声，于是，就像以往在同样的机遇当中一样，他又千篇一律，但却充满信心地自述起他对北斗镇的功劳来了。

他说得激情而又认真，自己并不觉得杂着大量虚诳，而事实上他也道出了不少真实。以往某些时期，每次抬垫，总有一部分是他抓腰包垫出来的。虽然这是因为，若果按期缴纳，经手人可以取得一笔回扣。

这镇上的居民,长时期来,能够无须睁起眼睛在枪声中熬夜;近郊的农民,无须一到黄昏便把黄牛、水牛牵上街来投店,不用说也同他的功劳分不开的。虽然在团费、子弹费、被服费以及冬防费种种名义下面,他对人们进行的剥削比抢劫还厉害。当然也更堂皇,因为全都经过法律手续。而他的名望、田产,以及他那浑身肥肉,都是这样来的。说到损失只有一点,他的胆子,没有从前大了。因为招安以后,对付从前的斗伴,他的手段太毒辣了。被他收拾掉的有好几十个人,其余的都在暗里等候机会。有个名叫苏大个子的,甚至扬言要绑他的票,请他也尝一尝茗窖的滋味⋯⋯

在这些大言不惭的自述当中,龙哥照例总要夸耀地眯起眼睛,表扬一番一九三四年邓家渡之役,以及他的亡命生活。然而,事实上,红军还没临近渡口,他便把防线放弃了,一气跑了二三十里!而在亡命当中竟又盗卖了公家的械弹。所有这些事实,他似乎已经完全忘记掉了,从来很少提到。别人当然更不敢提。

"这些事,都是大家亲眼看见的呀!"他愤愤地结束着他的自夸,"老实讲,这街上要是没有我龙闷娃么?哼,不是吹牛的话,还不知道会搞成啥模样!"

"的的确确!"狗老爷恭而敬之地说。

"啊⋯⋯啊⋯⋯啊⋯⋯"

早已打盹起来的彭胖,这时候忽然醒转来了。他是出名的瞌睡虫,凡是与己无关的谈话,照例对他只有催眠的功效。他懒懒地张大嘴打着呵欠。

"啊⋯⋯啊,今早晨太起来早了!"他夹着呵欠说。

虽然他的昏相是龙哥见惯了的,这一次他却给了龙哥一个不快的印象。

"不是起来早了!"龙哥瞪着眼睛笑道,"猪牙巴骨太吃多了!"

"哈,哈,哈,哈——嘿,嘿……"

彭胖厚脸地从喉咙里挤出一串阿谀的笑声。

"你莫说我,"他随即忍住笑说,"再发点体,你跟我一个样!"

"我要那么多泡子肉做什么哇?"

"你嘴硬,再过两年看吧!……"

当这场严重的谈话正在转为戏谑的时候,抱着签花响水烟袋,白酱丹摇摇摆摆走过来了。他有点闷闷不乐的样子,略带浮肿的脸面也又黄又皱。他在龙哥侧面板着脸坐下来,没有向任何人打招呼;虽然他们大家都在叫堂倌给他泡茶。

坐定之后,仿佛瞎子一样,白酱丹胡乱地在烟袋的烟盒里掏着棉烟。

"招牌也写好了,挂也挂出来了,"他蹙着圆脸,近乎脱气地说,"我看这笔钱从哪里出!我算了算,加上一切零敲碎打的开销,数目不会小啊!……"

他顿住,用他那细长眼睛意味深长地瞄了龙哥一眼。

白酱丹所说的事情是这样的:几个月前,联保办事处就奉到公事,每场要成立一个义务戒烟分所。起初,大家没有怎样注意,最近以来,因为邻近各场都已开幕,他们便也把它当成一回重要公事看了。因而这与其说由于上头的督责,毋宁说是由于那种地方性的褊狭所促成的;那种"我们大小也是一个码头呀!"的心理。

"想来想去，恐怕只有派一点了，"因为毫无反响，他又接下去说，"不过，这比不得别种款子，只能在有钱的瘾民身上设法，比如何人种两娘母……"

白酱丹正打算更加详尽地敷叙一番理由，龙哥可立刻吼开了。

"他两娘母单是出钱倒还了不到事啊！杂种，硬要他戒！"

白酱丹略带浮肿的黄脸，忽然变开朗了。

同时，他也忽然清醒过来，发觉他的烟盒已经空了。所以，他一面充满感情叫道："对！对！也要这样才能服众！"一面急急忙忙，找荷包掏钱买烟。

十九

北斗镇平民义务戒烟分所的招牌，的确已经挂出来了。它长拖拖靠在湖广馆为烟火熏黑的门枋上面，看来更加漂亮、生色。而那古旧的庙宇，却更加朽败了。

分所的办公室就设在庙内的戏台上面，两边的走楼以及后台，权且作为瘾民的住所。虽然角角落落充满着阳尘吊子、蜘蛛、蜈蚣，以及种种软体动物，但是用来戒烟，倒是很不错的。只需把梯子一抽，你就不必担心瘾民逃跑。而且出进也很方便。一进大门，在黑暗中穿过那些往日做会演戏留下来的尿桶，破烂的条桌，一两丈长的条凳，东一堆西一堆的废料，以及粪堆，就走到了。自然你还得回转身，而且伸长你的颈项。否则，你所看见的将会是些十分碍眼的破布片子、金漆剥落的神像、在坝子里跑来跑去的猪狗等等。但是希望过奢也不行的，你只能看见一些杂色的标语。

此外，在"鼓吹休明"的横匾下面，已经安置好一张有着一条木色新鲜的腿子的污黑的方桌；那便是白三老爷的办公桌了。他是分所所长，只等再借一把椅子，他就可以正式坐了下去办公。现在，守候在戏台上的是他一个隔房舅子，诨名叫"烂钟奎"，读书不多，能写一笔状纸式的小楷。然而，说一句失格话，他自己便是有烟瘾的。

烂钟奎头戴尖顶瓜皮，身穿一件已经洗浆白了的蓝布单衫，一件认真可以保暖的黑棉马褂，脚上是圆转自如的鱼尾巴鞋。他跷了腿子躺在办公桌上，正像是在揭穿这场喜剧性的黑幕一样。他的报酬，便连伙食也虚悬起的。但他十分乐意他的职务，而且十分热心：他早已再三向白酱丹建议，力说这是贩卖禁物的好机会。

烂钟奎已经办了两天公了。他每天要来两次，招呼招呼那些住所的瘾民。但其实，是只有三个人的。当第一天号召那些身居黑籍的可怜虫前来戒烟的时候，因为那打更匠过甚其词，大家以为真的不出任何费用，来得很是不少，以致使得所长吓了一跳。后来总算用设备尚未就绪这类托词推送走了。现在收容的仅仅是那些自备伙食、不愿留在家里戒绝的人。但这又不是他们乐于自讨苦吃，所长加给他们的负担太沉重了，所以宁肯放弃自己的特权。因为为了控制一般富有的瘾民，白酱丹特别立了一项条款，凡是对于已经分派停妥的款项表示拒绝的人，他们只有来住走楼、后台，暂时放下居家的种种方便。他给何人种两母子分派了一千元，但他希望这个数字将会吓退他们。

比起三个已经住在后台角落里的破落地主，一千元的确不算小了。因为这批人合起来也不过两三百元,而他们的财产的总数,则几乎同何家的财产相等。其中有一个老头子,两个青年人。那老头子快要六十岁了;但他宁肯牺牲掉他在晚景中的唯一享受。因为嗜好固然要紧,金钱却也不该轻视。他一听到派款就跑来了。其他两个,则是家庭强迫来的,自己并不愿意。这三天来的经过,已经叫他们很够受了,流了不少的鼻涕眼泪,打了不少呵欠。要是没有烂钟奎的走私,他们也许已经逼得跳了戏台。

只有那老头儿能够勉强支持。他是自备有丸药的,里面杂着相当分量的烟灰,而且每天一定醉一次来消解他的痛苦。现在,酒已经醒了,他摇晃着坐起来,向着烂钟奎讨要茶水。但他立刻遭到了严正的拒绝。

"这又不是在茶馆里呀!"烂钟奎厉声说。

"唉,就是监牢里也得有水喝吧!……"

"那么你又去坐监牢嘛!……"

烂钟奎生气地堵切住他,而那老头子便也不再响了。但是停了一会儿,也许觉得太过火了,烂钟奎于是开始了他那千篇一律的解释,免得人误认他过分挖苦。

横躺在方桌上,摇摆着跷起的细长的腿子,他诉苦地说:"大家想吧,屁钱没有一个,是你们,也不见搅得转呀!巧妇难为无米之炊,就是这个道理!都是本街坊的,你怕我故意要挖苦?办得到的我早就办了!……"

他忽然听见戏台下有人争吵,其中似乎还夹着白酱丹的口音。因此,他住了嘴,跳下方桌,趿起鞋子走向戏台口去。他的预料证实了:白酱丹正在戏台下面指责着一个头缠破布的青年。这人叫何丘娃,苍白而又细小。从他那尴尬的外表,你还可以看出他的出身的不凡。他是同何寡母一家的，算得举人老爷的直系孙子。但他早已只有一个净人、一副烟瘾了。他有时为人打烟，有时靠着一种别致的乞讨方法度日。

仿佛是为举人老爷顾全颜面，何丘娃白天绝不在人面前现形的。一到夜静更深，人们正从赌场、烟馆赶回家去的时候，他的活动可开始了。他紧盯着一个适当的人选；而除掉鱼尾鞋打在街石上的轻微响声，他是绝不动声色的。而且，就像故意作弄人样，若果那对象疑神疑鬼地停下来，他便也停下了，自然还是不声不响。

最后，因为同样情形翻版几次，对方终于毛骨悚然，粗声粗气问了："哪个？"有手枪的，自然已经拔出手枪。

"我，"一种细小可怜的声音回答，"我，表爸，我……"

"这个龟儿子吓我这一跳啊！"

接着这声丢心落意的叫骂，几个铜板，或者几张毛票，被抛在街上了。但也有干干脆脆骂了一句就走开的，不动一点怜悯，也不追念一下举人老爷的威风。

何丘娃虽也算得白酱丹的外甥，但却从来很少盯他的梢。而他现在正在恳求他的舅父收容了他，让他戒掉那使得他倾家荡产的嗜好。他已经来过两次，都被烂钟奎推送走了，因为知道他是光蛋。白酱丹自然也不能立刻给他以满足；于是他狐疑着，以为白酱丹的理由只是托词，实际怕他玩弄欺诈，并不准备认真戒烟。

"我连咒都敢赌！"丘娃子几乎带着哭声说了，右手指指天空，"要是哪个图在里面混碗饭吃的话，那还叫作人么？将来死了，连爷爷我也没脸见的！"

"那我倒相信啊！……"

因为丘娃子发誓要做好人，白酱丹被急得呻唤了。

"总之，等设备就了绪，你来好了！"停停，白酱丹就又平静地说，"其实呢，你也该下个决心呵！想想你何家在早啥家声呀——现在拖成这个样子！……"

双目微闭，白酱丹感慨系之地摇摇脑袋。于是，仿佛什么责任都已尽完似的，随又叹一口气，不再理睬何丘娃子，只一心一意同烂钟奎商谈起来。一个蹲在台口，向下伸长颈项；一个则向上尽量伸出头去；谈话不多，彼此便都感觉太费事了。

"我看这样，"白酱丹终于心灰意懒地说，"晚上我等你好了。"

"要得。横竖一时说也说不清的！"

"那就一定了哇！……"

白酱丹重又叮咛一句，于是勾下已经不大舒服的颈项想想，叹一口气，穿过那些破烂的桌凳、尿桶、粪堆，摸索着走出去了，毫未留心那个落难公子从后面紧盯着他。而当他发觉出来的时候，因为既然不是深更半夜，他却没闹到吃惊的地步。他只是给他一个不理；但他忽又车转身来，含笑地打量着丘娃子。

"嗨，你怎么不去找你大伯娘呢？也许……"

"你老人家快不要提她吧！"何丘娃抢着说。

"怎么不提她哇？"白酱丹生气了，带点惊诧地张大眼睛，"你晓得她那一份家务是怎么来的么？就是把你养在她家里也应该呢——真没出息！"

白酱丹十分愤懑地走了，从此不再回头。

当他摇摆到畅和轩的时候，两三个缴款的人，已经坐在那里等候着他了。这正是他希望的事，但却装出没有放在心上似的，他淡淡漠漠地回答着他们的招呼。

这时已经半下午了。那些吃过午饭来喝茶的已经回去,喝夜茶的时间又还相当的远,所以茶堂里十分清静;只有几个闲人,和需得在茶馆里处理事务的忙人,在那里支持残局。这些人当中有着龙哥、彭胖,以及那个糊涂懒惰的黄狗老爷。

白酱丹在他们中间刚一坐下,一折红红绿绿的钞票,便从他的肩头上顺来了。那缴款的是个长身材中年人,同白酱丹背抵背坐着;他扭转身来请白酱丹清检一下。

仿佛那在他肩头上晃着的并非钞票,乃是折破布片,白酱丹皱起了眉头。

"就是你一个人的么?"终于,他显得毫不热心地问。

"嗨,想么,我家里只有一杆枪呀!……"

"我还以为你们几个人在一起呵!"

白酱丹于是把钱接过来了。接着,其他的人也都陆续送了钱来。他开始清检钞票,又是摇头,又是叹气。因为当中大多数钞票都既破且脏,简直成了油蜡片了。别的两个瘾者缴的比较像样,而且还有五元十元的大钞票。

当一齐检点完了,白酱丹眼睛半闭,长长嘘了口气。

"你们这些票子,赛会都去得了!"他含怒地说。

那个因为赌气,特别选了油蜡片来的瘦条条长子,几乎失声笑了出来。

"还有个收条给我们么?"长子搭讪着问。

"笑话!我手里么,你就过十万八万都不会错!"

白酱丹非笑地吓退了他,接着把脸掉向龙哥,不再加理睬了。

"这个钱怎么做呢?"他问,显然是在客气。

"就搁在你那里嘛!"龙哥沉着脸说,"将来,我们一五一十算账好了。不过丸药，唉，你要跟着办啊！听说好多烟鬼，都跷起脚脚要上棚了。"

"自然自然！这一层你倒用不着叮咛——只要有钱！……"

白酱丹展览起关于戒烟的广博知识来了。凭着多年经验，他声称，许多丸药都靠不住的，掺杂得有烟灰。因此服用过后，一个瘾民还是一个不折不扣的瘾民。

"可是，我这回做的药，你们又试试看嘛！"他一股气说了下去，神情很是庄重，"一不翻瘾，二不带病。你看我，随便哪里盘子上靠它一天半天，呵欠都不打一个的！"接着他又吹嘘了一番得到这个秘方的经过。"跟你说啊，"他接着说，口气越来越认真了，"光开这张单子，就去了五十个硬银元呀！嗨，我还说会带病的，反而连肠风下血都好光了！现在大便起来，一风如势的——就是药太贵了，又不好买！……"

那几折钞票以及龙哥的慷慨，使他一直说了下来；但要再说下去，他自己也会要红脸的。所以他就戛然而止，用一声轻微的叹息做了结束，抽起水烟来了。

在他的谈话当中，大家都没有张声。他们只是有时扬扬眉头，有时咂咂嘴唇，有时又浮出一点意义暧昧的笑意来表示客气，虽然实际上早已各自在想自己的心思了。至于彭胖，更是毫无顾忌地在那里打盹。不过，这一天也许起床并不太早，因而睡意也不深沉。他重重地垂着肥头，一起鼾声，就又吃惊似的醒转来了，自然，接着脑袋就又朝前窜着，慢慢低垂下去。全座的熟人，只有龙哥一个人听得认真。

龙哥是把白酱丹当成全镇最有学问的人看的，平常就爱听他聊天。尤其爱听他讲述《三国志》和《东周列国》。他的关于时事的知识，也大半是从白酱丹来的。每当手上没事、心上没事、嘴里又没有吃着东西的时候,他便会直着嗓子,用一种失败主义者的口吻,向白酱丹嚷道:"唉,这几天日本人又打到哪里来了哇?"所以,当白酱丹夸耀他的丸药的时候,他几乎老老实实听进去了,没有掺杂一点怀疑。

但是末了,当白酱丹用一声叹息结束了他那段精彩的谈话之后,龙哥拿手指掏掏肥厚多毛的鼻孔,又重浊地吹口气,于是眨眨眼睛,大笑着叫嚷了。

"快算了啊!哪个不晓得你现在还在疴血!……"

然而,正当龙哥就要凭着他的爽直、他的莽撞,一直暴露下去的时候,那个酒店老板,忽又哭丧着脸,生涩涩地走来找他收讨陈账来了。

那个瘦小多须的可怜人,从去年年底起,便经常来找联保主任收讨陈账,但都被批驳了。说他写了假账,而假账照例是不兑现的。正月间曾经当众打了一个折扣,数目总算勉强被承认了,但却依旧拖欠下去,不给兑现。因为说到金钱,有钱人总照例拿出去没拿进来爽利。而且,北斗镇是有一种特别的风习的:凡是依照常规支付款项,都与自贬身价无异。因此,一切认真有着身份的人,不但不必分担任何应该分担的公共费用,便是私人商业性质的来往,也有极大的伸缩性。然而,因为讨要的次数多了,眼前又有自己可以自由支配的款项,龙哥忽然变慷慨了。

就像那是自己的所有物一样,并不打个招呼,龙哥便从白酱丹面前的钞票堆里抓过一折来了,随即斜起眼皮肥肿、眼仁细小、但却闪着射人的光芒的眼睛,急忙清出几十元来,往那满脸是毛的家伙鼻子面前一耸,同时老虎一般吼叫起来。

"你少啦啦哩些吧!"他嚷叫道,"先把尾数拿到再说!"

"你老人家还不知道……"

老板开始解释，打算求告龙哥多给一点。但他仅仅充满惶恐地吐出一个破句，龙哥便被那个行动敏捷、口齿伶俐的季熨斗请到茶堂里密谈去了。

季熨斗也是来缴款的，但不是为他自己。他是特殊瘾民，戒不戒毫无问题。他是受了二大爷的嘱托，来解决何人种两母子的纠纷的，希望只出五百元钱了事。他申说着，尽量活动着他的舌头。正如一个重要使节一样，他的神情充满着自信。

所以末了，季熨斗摸出一折法币，十分满足地说："那么，事情就算说定夺了，你哥子清清数吧！"

然而，那只一直重浊地响着的鼻子，忽然没声息了。

"噫！"龙哥终于拖长了声调说，"你像有点神经病呀！……"
龙哥从鼻孔里很响很响喷了口气。

"我告诉你！"他申斥地接着说，"你上错了坟了！"他站了起来，准备走了；一面却又嘲弄地笑起来，加上说："要我清数——可惜我手杆不硬！……"

"完了！哈哈，你哥子多了心了！……"

季熨斗着慌起来，企图转换一下他所造成的严重空气。他笑嚷着，又赶紧贴近龙哥，极力向他解释：他之所以请他清点钞票，无非是想借重他做个桥梁。

"可是，"龙哥切断他的申述，"他本人不就在那里么？你们当面说呀！"

于是摆开了季熨斗，跨向原位上去。

季熨斗一时陷在困窘里面。然而，他正是那种人，简单点说，就是那种所谓"一踩八头跷"的角色。而且，一般人都承认他会九头跷的，只要有他，任何难题都可解决，虽然往往并不怎么牢靠。所以虽说困窘,其实也不过是刹那间的事情。龙哥刚刚坐定,他又满脸堆笑地叫着茶钱,紧跟着走过去了,望着白酱丹笑起来。

"茶钱,茶钱!"他说,"我正找你哥子有点事情!"

虽然季熨斗同龙哥之间谈话的内幕,白酱丹早已猜出来了,但他极力做出一种淡然漠然的神气,仿佛他是什么都不知道,而且从来没有关心。

"好呀,"白酱丹曼声说,极力不看对方,"看是什么事嘛。"

"什么事?还是那个寡母子呀!平素一毛不拔,有事,就找你来了!不是我,我没有这个资格。不过我也没有吃过她的油煎扁担,千万二哥人情大了!……"

当季熨斗做嘴做脸说着的时候,他想极力造成一种印象,他也并不满意那个寡妇。接着,他便直捷进入本题,希望白酱丹把何人种两母子的派款打个对折。但自然,这不是他的面子,更不是寡妇的面子能做到的,因为其间夹着二大爷的缘故。

最后,他又兴高采烈,重新拖出那折引人入胜的纸头来了。

"总之,"他甜甜蜜蜜地说,"不看僧面看佛面,你哥子清清数吧!"

白酱丹探察地瞥了龙哥一眼。

"你说的话自然都对,"末了,嗽嗽喉咙,他一直盯着自己的茶碗慢条斯理地说,"可是,你也替我想想,这街上的事你知道的,要是旁人讲闲话呢?"

"绝对连咳嗽也没有一声的,我敢保险!"

季熨斗的态度嬉笑而又确定,仿佛对待什么毛子一样,白酱丹一下冒了火了。他发出苦笑,毛骨悚然地一跃而起,但他随又一屁股坐了下去。

"对！对！对！"他大声干笑道，"你季大爷给我保险！"

季熨斗又一次陷入了困境，但他接着便卑躬屈节解释，他绝不敢冒绷大爷！他为他的失口再三谢罪。至于谈到寡妇的事，也不再提二大爷了，只是说他自己。

"你哥子要是真不赏脸，"他说，"那我只好搁光棍了！"

白酱丹感觉为难似的没有张声。

"那么你拿到吧！"瞄了白酱丹一眼，龙哥终于满不在乎地说了，"横竖她烟总非戒不可。只有十多天就满期了，随便那个都要调验！⋯⋯"

二十

因为嗜好招来麻烦，在何人种两母子，这已经不是第一次了。

最使他们忘不掉的，是一九三三年的一次。那些从南京派到四川，由马靴佩刀装饰得整整齐齐的"政工人员"，仿佛是专门来和瘾民们捣蛋，听说穷乡僻壤也有他们的踪迹。这使得一切瘾民都提心吊胆，不能不把烟灯燃向坟园里、山沟里去。

人种他们虽然没有闹到如此狼狈，但是尝到的苦头，也不算少。每天吸食的时候，他们得安置几重岗位来严密戒备。只要一有响动，就又立刻收旗卷伞，把家具藏向夹墙里、厕所里，以及种种神鬼莫测的处所。这因为那些处置瘾民的谣言太可怕了。戴了高帽子游街不必说了，邻县已经有了用镣环挂住嘴唇示众的悲惨例子……

最近两三年来的禁政，自然更加严厉。然而，枪毙似乎没有用镣环挂嘴唇别致，而又因为那同一原因，北斗镇太偏僻了，起初瘾民们虽然吃惊不小，随后看见没有动静，大家便又只好把它当作官腔看了。比较认真的只有联保主任龙哥。当去年暑期县长出来查场的时候，他曾经预先召集了那些开烟馆的来，詈骂似的嚷道："杂种！你们也给我稍微收拾一两天哇！"然而，这是县长上任后的照例的查场，此后便没有再来了。至于那些间或出来一次两次的科长科员，他们多半是来提款和上席的。顶认真的，也不过充公几盏用膏药补丁补过的烟灯，塞一两个烟堂倌到监牢里去，如此而已。

总之，关于禁政，一向同北斗镇富有的瘾民关系不大。而正因为这样，当寡妇得到用戒烟分所所长名义发来的通知，她就不能不吃惊了。那跑来传话的是一个常备队的班长。三年以前，他还经常同草鞋打交道的，冬天提了熏笼守着岗位，但他现在穿着假麂皮的皮鞋，而熏笼已经换成灰色帆布的棉大衣了，头发上抹着很厚的油脂。他叫李洋盘，一个壮丁买卖的重要经纪。因为长于提劲，白酱丹特别指派上他。也正因为这点，所以说话不上三句，他便和寡妇争论起来，而且嘴巴更放肆了。

班长年轻而茁壮，身材又高，再加上一点骄横，简直像个将军。

"唉，公事公办，要发泼吗，不行！"班长双手叉腰，摇头摆脑地说。

"什么人发泼哇？"寡妇更见怪了，"我轻言轻语问你，是随便派的呢……"

"那么你又没有泼嘛!"班长嘲弄地切断说,"可是,我再说一句:明天把款子预备好哇!我吃过早饭来拿。没有款么,就到湖广馆去——没有二句话说!"

班长用极端放肆的口调发出他的命令;而当人种听见吵闹,奔跑出来的时候,班长已经大摇大摆地退出去了。因此,虽然气势汹汹,毕竟没有找到争吵的对手。因为正在过瘾,来得又很匆忙,他的手上依旧握着一根老牌的红毛烟签。

握着烟签,人种神情紧张地四下一望,于是嚷叫起来。

"这个家伙就跑了吗?怎么不把他挡住啊!……"

"我从来没有受过这种肮脏气呀!……"

由于一向自尊心极强,对于素无关系的"下等人",话也不愿意多说,因此她一直忍受着,竭力不让自己的感情过分激动;现在看见儿子,她可哭嚷开了。

"要钱都不要紧,你故意找些烂人来扫我的脸呀!……"

寡妇之所谓"你",是泛指一般对他们存着恶意的人们说的,并无确定对象。等到稍稍平静,她的目标立刻具体化了。而且,仗着她的善于穿凿,她的索引,还做得很确切。她认定是龙哥搞的鬼,因为他恨她催索了那笔已经吞下肚皮的公债。她竟连那司书的播弄,也猜对了,怀疑他在龙哥面前加油加醋地说了坏话。

"一定是这样的!"她自信地接着说,"都讲那个家伙嘴臭!"

"我也正这样想,"人种同意地说,"不过,也抵得腿疼!你怕是军阀时代吗?现在'中央'已经搬到重庆来了!把你好大一个主任——屁!……"

然而,虽是如此地不平,他的少爷脾气,并没有给寡妇带来多少支持。倒是吃过一些沉香,让那可能发作的所谓"气痛症"有了保障之后,寡妇终于又想起二大爷来了。其实她也别无办法。而且,一切"上等人"原是靠情面生活的,如果自己没有,就向比自己更阔的"上等人"借。但她并没有亲身去请求二大爷,这是因为叶家的女眷,始终还对她透着醋意的缘故。她把那个毫无办事经验的人种逼起去了。

交涉的结果还好,二大爷承认让何家拿出五百元来,由他出面了结。款子是昨天季熨斗拿去的,现在已经下午,但却一直没有回话。他们相信结果必定不坏;然而,种种的疑虑,却也逐渐钻进来了。他们最担心季熨斗,因为他是一个货真价实的光棍,谁也不敢担保他不会把钱抓过去两骰子输掉!……

然而,这样的情形倒是很常有的,当你正在怀疑一个人的品格、鄙薄一个人的恶行的时候,恰恰相反,那个无辜遭灾的人,却正带着他的诚实坦白走进来了。他们的遭际也正如此。所以,当季熨斗用了他那嘹亮明确的口音,站在大厅上高声打着招呼的时候,两母子禁不住微微羞红脸了;赶忙叫烟叫茶,迎了出去。而且,就像希图减轻自己的内疚似的,还特别关心着他的嗜好,问他认真过瘾没有。

人种最是热情。他一直十分开心地笑着,因为这样凑巧的事,太有趣了。"四川是个邪,说起乌龟就是鳖!"他默念着这句俗语,一面恳切地表示欢迎。

"你确实用不着客气哟!我前天才煮的花叶子。"人种殷勤地连连说。

"哈哈!你这里我还用客气吗?……"

"你就只晓得说,"寡妇充满爱娇地责备着儿子,"把灯点在客铺上呀!"因为忌讳外人用她的枪,她随又加上一句:"我的灯没油了……"

看出再推辞会是古董，也是一个笨货，季熨斗也就不固执了。他在心里沾沾自喜地想："真正大户人家！"至于办理的交涉，虽然尚未怎么提谈，寡妇却已很安心了。因为单看对方露面时的声调容色，她便相信问题已经解决。但当靠上那灯、烧完几口之后，凭了一向的精细，她向季熨斗叩问起交涉的经过来。为了保持自己的身份，她是坐在客房门口一张矮椅上的，手上托着一只细小的描金茶壶。

虽然茶馆里的一幕依旧还叫人不痛快，因为袍哥一向忌讳口舌，答复当中，季熨斗却尽力约束着自己，回答得很简略，但这反而引起了寡妇的怀疑。

因此，末了，寡妇伴笑一声，显得矜持地昂起头来。

"其实，我也不过随便问问罢了。"她说，又试探地望了眼季熨斗，"难道我们这些人还愿意滋事么？也犯不上！别人不找我们滋事，就万幸了。"

"糟糕，老太太这个话像多了心了！"

季熨斗大惊小怪地叫着，同时搁下刚刚用过的枪，一下挣起身来。

"你去问吧！"他接着申说，"态度真是相当好哩。要是我季熨斗有半个字的假么，没说的话，老太太，你把嘴巴翻过来打！"

他态度异常认真，正像恨不得把心子掏出来样，但他随又惋惜地苦笑了。

"自然啊，"皱起眉头，微微晃着脑袋，他丧气地接下去说，"我们这场上的事，就不说大家都清楚的——不过，又算得什么啊，这个年景！……"

"二爸他们当事的时候,哪里像这样呀!"寡妇说,有点感慨万端。

"他哥子哪还有弹驳的!……"

季熨斗精神勃勃地站起来了,仿佛嗜好既然已经满足,倘不痛快淋漓吹顿牛皮,便不像个瘾哥一样。他和人种对调了位置,喝了两口浓茶,认真谈起来了。

其实,他在畅和轩积压下来的冤气,也在暗中鼓动着他。

"不是我们当兄弟伙的捧他,"他接着说,"你就到邻封码头去问,半个字的坏话也没有啊!本来是呀,人,清楚;钱,清楚,绝不麻麻眨眨。他是肯胡干么,恐怕比毛金牛肥实多了!可是这也正是使人佩服的地方。对待兄弟伙那才义气!……"

他继续极为生动地举着例子,但是寡妇显然不感兴趣。

"是呀,"她乖觉地遮断季熨斗说,"你单看别人当公事的时候,派起款来多公正啊!该多少,就多少,绝不假公济私,只图自己的荷包塞满!"

"并且,那个时候的派款好多啊:又是抬垫,又是月摊……"

"可是,我们从来没有说个'不'字啊!"

"岂止你?喝!就是随便拉个三岁娃儿来问,也会承认派得公呀!大家人不同了,说一句良心话,这回的事,要是他老人家在当事么——哈哈!……"

季熨斗高声佯笑一通,接着便住嘴了。因为他忽然觉得,若果听凭嘴巴放肆下去,是会犯禁忌的。而他的假笑正是他的失口的掩饰。然而,这却没有逃过寡妇的眼睛,她看出那些到了口边又咽下去的会是些什么话。于是接过话头,抱怨起来。

"那你又误会了!"季熨斗急忙地抢着说,"龙哥倒是很如法的!"

"你不要替他掩盖,"寡妇显然地加以反驳,认定对方是口是心非,"我早就猜到他要找我们出事情了!总之,还是怪我,不该向他提钱的事。"

"你这一说,又把我关在门外边了。"

"你认真不知道么?"寡妇追问了一句,似乎看穿了他的装假,但她接下去说,"就是关于公债的那笔钱呀!我们要是不问,我想,绝不会发生这回事的。"

"这件事或许多少有点关系……"

季熨斗沉吟着,深恐自己又再失口。

"不过,他究竟还是个心直口快的人,"他弥补地接着说,"人家说的,直肠子人,挽不了多少圈圈。我看背后有人使法,不然的话……"

"怎么样呢?"

"不然,他不会那样不通商量——这还瞒得过你么?哈哈!……"

"我也是这样想,白三老爷在后面扇鹅毛扇子呀。"

季熨斗吃惊似的凝视着她,仿佛这才亲身体验到了寡妇的厉害。

"说来说去,"寡妇又接着说,叹了口气,"这又怪我们阻挡他挖金子,阻挡错了!想来你知道的,我们还沾点亲啊……现在的亲戚就是这样!"

"我倒不认他这门亲戚啊!"人种愤愤地插嘴。

"真是阿弥陀佛!"寡妇调笑地紧接着说,正如一般人忽然发现对敌者的卑劣渺小那样,"他还算我们镇上第一个文墨人啊!常言说:'交有道,接有理。'就要做什么嘛,你也该慎慎重重向我交涉,倒向小辈子编起筐筐来了!"

"名字都叫白酱丹呀！"邪恶地一笑，季熨斗忍不住附和了，"要是他同你不对么，只消把药瓶子取出来，这么一弹，嗨，你的事就算烂了！"

季熨斗的形容使得那年轻人爆发出一串哄笑。

"可是，我们却从来没有过对不住他的地方啊！"寡妇说，快意地笑起来，"也是这几年，稀饭面渴搅匀净了，宝元他爹在的时候，哪一年不来借东借西？人才一闭眼睛，他就立刻变了，就是变把戏都没有这样快呀！我们往些年打的几场官司，就是他编出来的。不过，又有什么用啊，多花几个钱就抵住了！……"

谈到往事，她的自负心又昂奋了，但也照例杂着一点悲伤。所以继续叙述了若干家庭的悲喜剧之后，她就用了谴责的调子激励人种，希望他能够自立。

"老实讲，"扬一扬高而细长的眉毛，她含蓄地接着说，"有我这个老长年在呢，你自然一点也不觉得，只要我眼睛一闭，唉，你又慢慢看吧！"

"呵哟，你就说得他是一条老虎！"人种充满自负地叫嚷了一句。

"自然，我总希望你比我强啊！"寡妇勉强地说。

虽然依旧带点微笑，她的神气，却使人感到一点苦趣。因为从她一直以来的成见来说，她是料准了人种不会强过她的，前途相当可虑。她没有再说什么，因为已经觉得他们的谈话不能再深沉了，不然便会失掉分寸。因为季熨斗既然不是亲眷，不是朋友，又不是镇上的第一流人物。她沉默下来，欣赏似的摩挲着手里的茶壶。

季熨斗也觉得再蹲下去难乎为情，人家会说他是专门来过瘾的，而且担心说出更多的失格话来。所以，当寡妇向人种送出那句稳重含蓄的回答，他便借机会从床上跳下来了。一面整理头上的围巾，一面弯下身子，向了人种热忱地进着忠告。

"你又莫这样说！"他叫嚷着，显得惊怪地张大眼睛，"现在的人么……"

"我不惹他好了！"

"他要来惹你呀——大少爷！"

人种没有回得上嘴。

"总之，老太太劝你的话都是对的，"放低声音，季熨斗随又近乎乞求地说，"不是自己的娘，你就是拿钱也买不到啊！……好，我要走了。"

"再来两口！"人种一跃而起，一面连连叫嚷。

"怎么这样慌啊？"寡妇含糊地说，托着茶壶站了起来。

"打扰得太久了！"

"至少把这口烧了去呀！"人种说，情急地举一举烟枪。

季熨斗没有回答。他在房门口和寡妇密谈开了。这是那种所谓体面人的习性，不管如何铺张，认真想说的话只有几句，而且每每要在大吃大喝之后才肯开口。

"那么依你看呢？"寡妇继续追问。

"依我看么，"季熨斗为难着，沉吟着，"依我看，还是戒了的好。因为现在的事，真也真得，假也假得。假的时候，针眼里都过得牛！一认真起来么……"

"我只问你，他们会不会再滋事啊？"寡妇更加逼紧一句。

"噫，讲句老实话吧，他们的态度是不大好……"

寡妇克制地叹了口气。

"其实戒了也好，"季熨斗接着说，"钱也省到了，精神也省到了，你将来认真搞起来么，嗨，我已经戒脱了！不要说枪毙，就拿碓窝舂也没关系！"

"那么你自己呢？"人种老老实实顶上一句。

季熨斗假装着叹息了。

"不要多心，我们又不同了！"他曼声说，闭闭眼睛，为了掩饰他的得意故意作出一副苦相，"净人一条，搅不出个所以然来的。并且……"

季熨斗忽然发觉自己在说蠢话，嘴巴一时笨拙起来。

"并且，并且，"他吃吃地接着说，更加显得愁眉苦脸了，"我是有脱肛症的！不烧简直不行。并且，又哪里去找一笔钱来戒啊！又要吃丸药，又要吃补品，还得像老太爷一样，整天在家里躺起，什么事不能做。你们可不同了！你们……"

"当然啊！"寡妇抢着说，又故示镇静地一笑，"你还不知道，我们两娘母都是耍耍瘾，不过混混日子罢了。认真说不烧就不烧的！……"

那个已经理解出谈话的严重内容的人种，忽然叫了一声。

"像你这么样说么，那五百元早该不给他啊！"他恨恨地说，又拍拍腿子。

"你年轻人少开些腔哇！……"

寡妇阻止住他，随又假情假意地转身向季熨斗。

"我说，你倒再坐一会儿去呀！"她说，显然地推送着客。

"不，我要走了。这回的事真没办好！"

"哪里的话！真把你太费心了。又说话，又跑路……"

他们一唱一和地说着，走着，一直客气到大门堂里，让那个没有来的时候那么高兴的光棍走掉为止。于是，寡妇脸上的笑意也消失了，板着张脸，不声不响一径退往自己的卧室里

207

去。因为她已经感觉疲乏，需得烧两口添补一点精神。而且，同时也不满意交涉的不够完美，甚至有些失悔她给予季熨斗的一切优待。

人种尾随着她，也板着脸，但是多半出于做作。

"看样子几百块钱又白丢了！"他秃头秃脑地说，当他坐下之后。

弯身在床上燃灯的寡妇慢慢车转身来。

"我给你说哇！"她警告地说，举一举手里那只小巧的灯花夹子，"以后不要什么人都留下来烧哇——我家里又不是在开设烟馆！"

"他究竟怎么交涉的嘛？"人种支支吾吾地问。

寡妇叹了口气，顺势在床沿上坐下来。

"总之，不管怎样，"她愤恼地说，搁下那夹子在鱼骨嵌花的套盘上，"现在的人都是坏透了的！只要你有几个么，大家就做梦都在打伙振你！……"

于是她开始责难起来，就连二大爷也都没有幸免。

二十一

这天下午何人种两母子一直谈到挨黑时候。起初只是发泄怨气，随后，寡妇感情上忽然来了一个变动，她那被压抑着、延缓着的意念，终于冲上来了。

在一阵沉默当中，她突地翻身坐了起来，神色凄苦地看定人种。

"老先人，你也给我争点气哩！……"

人种莫名其妙地吃了一惊。

"只要你肯下决心戒，"她苦涩地接着说，"我什么事都依你！……"

"我又没有说我不戒呀——吓！"

"我知道你的身体很坏，"寡妇只管说了下去，已经是眼泪盈盈了，"但是，我可以给你多买一些补品，银耳呀，燕窝呀，不管好贵我都买给你吃！……"

"我说戒就戒，倒用不着这些啊！"人种俨然地插嘴说。

"我自己也要吃的，"寡妇接着说，深深叹了口气，感情已经逐渐地平复了，"我们大家都戒掉它！不然都把你当贼样，这一个振过来，那一个振过去！……"

她哽咽着停下来，沉在那种使人感到安慰的悲伤里面，好一会儿没张声。

十分显然，人种的柔顺、懂事，已经深深地打动她了。她也认真有点担心人种的健康，而这正是她起初迟疑不决的原因之一。但即便当时对于自己的独养子的心痛，是从来所没有的，要反悔也不行了。这会失掉一个为人母者的尊严。因此，隔了一阵，仿佛医生检查疾症一样，她就开始详细叩问人种生理上的种种状况，叮嘱着在眠食起居上，尤其是吃东西上面的各项必要注意……

到了最后，她的意念已经不可动摇，所以就又谈到具体问题：怎样戒法？用自己知道的验方？或者请医生包戒？而末了，他们决定进城去找医生。这样可以得到种种方便，还可带便排遣一下心里的闷气，而且寡妇已经好久没进城了。

人种也有自己一套打算，他正月间曾经进城一次，凭着一些肤浅的印象，他自然不会认为这是一桩无味的举动。那时候多少生意都在停业期间，居留的时间又短，但那种比北斗镇更加触目的新的变动，已经深深吸住他了。女人、吃食、赌博以及种种放肆的挥霍，都在在使他感觉到一种不可抗拒的迷恋。

因为不久就要收获小春，他们卖了几担去年囤积的菜籽，就动身了。但在第二次和一个粮食贩子打兑款项不久，他们又回北斗镇了。只住了半个多月时间。寡妇之所以如此匆促，原因相当复杂。最主要的是丢不下家务，以及对于人种的戒备。因为她觉得他同她的兄弟，那舅父玩耍得太亲密，禁不住担心起来，怕被引诱坏了。

寡妇有一个哥哥，两个兄弟，现在只剩有这小的一个了；其余两个已经亡故。他在川陕路上一个车站上做事。他之回来，自己说是省亲，但他申言过的限期，又早过了。而且四处渲染着西安生意的旺盛。因此，逐渐也有人相信了那传闻，认为他是被路局开除了的。而开除的原因则是包庇走私。他已经三十四五岁了，非常浮躁。他公然领着他的外甥胡混，而且，鼓吹他弄笔钱向外发展。

那弟弟同寡妇在早便不和气。因为不能有求必应，他鄙薄她太悭吝，她却把他当作一个浪子。分隔了几年，她希望他变好了，至少对她再没有恶意了。然而，当初到的一天，她向父亲诉说她近几年来的遭际，她的厄运同她的受害，而正自负地谈到筲箕背给她带来的麻烦的时候，他却意外地给了她一个极为恶劣的印象。

那弟弟叫金声，黧黑、精干、鼻梁上带着一块刀疤；这使他多少露出一点凶相。他嘲弄地切断寡妇的叙述，仿佛她在说着什么伤风败德的丑事。

"呵哟！"他大叫着插入说，"你这个脑筋真旧得太伤心了！"随又粗犷地纵声笑了一通。

"我们就不要说该破除迷信吧，"他接着说，更加神气起来，"现在国家正需要金子掉外汇呀！自然，交给别人挖倒犯不着，你可以自己出钱来干！"

也不细看对方的脸色，想想，他又大彻大悟似的笑了。

"对呀，我们打伙干好吧？我也免得再出门了！"

结果如何不必细说，总之，他大大地伤了她的心了。

更使她难受的是，每逢碰到争论，老拔贡总是袒护弟弟，而这个也就愈渐促成了她的提前回家。所以医生虽然力说他们还得打针，她也无所顾忌地走了。

他们已经到家好几天了。当到家的一天，场上正在验瘾，但是他们没有受到打扰。实际上也只有十多个破破烂烂的烟鬼去应了应景，并不怎么认真。他们已经逐渐肥胖起来，因而许多熟人都相信他们已经得救。只有人种要差一点，在到家的当天夜里，他便表示不大舒服；起初还多少带点赌气性质，随后却认真打起呵欠来了。

人种的赌气，是和提前回家相关联的。因为他实在愿意再待下去，曾经力说，他担心一到家又翻瘾。两母子甚至因此发生过争执，弄得彼此都不痛快。

"我自然跟你一道，"人种曾经警告地说，"可是，翻了瘾我不管哇！"

"翻什么瘾哇？就翻了，我也还有丸药！"

人种唉声叹气地倒向椅靠上去。

"看你要把我怎么样害！"他大叫着，又一下跳起来了，"几次都是你在当中打插！不是吗？现在你又来了！——你安心想使我成个废物！……"

这事发生在动身的那天早晨，滑竿已经抬在大厅上了……

因为有着这样一段插话，所以当那个抑郁柔顺、除了衣食不愁便无幸福可言的媳妇，胆怯地跑来报告人种已经用呻吟换了呵欠的时候，寡妇竟也没有怎么吃惊。

"你心痛他哇？"寡妇讪笑地说，"那么又把盘子给他摆起来呀！"

媳妇勾下头不张声。

"把抽匣里的丸药给他拿去！"勒勒嘴唇，寡妇又接着说，"要我放他进城倒不行啊！你怕我不知道他的心病？总之，这次进城又进错了！"

媳妇找出那丸药来，怏怏不乐地退了出去。

然而，当天夜里人种并不要吃，倒是拿出更加厉害的呻吟来向寡妇报复。一直到第四天上，实在是瘾发了，熬不过了，这才勉强吃了几粒。而寡妇也逐渐安心了；只是凭着她那戒烟过后旺盛起来的精力囤积小麦。仅仅一个场期，她就买了十多个老石。照目前囤积的规模说，这不能算多；但她已经引起了一般贫民的咒骂。

自从回来以后，这个从来点滴不沾、持身严格的半老妇人，喜欢喝点酒了。她每天午餐都要喝上两三杯大麯，于是睡一通饭后觉。这天因为多喝了点，前一天是集期，又劳累了，一直睡到黄昏时候还没有起床。但她终于被表婶婶叫醒了。

同表婶婶一道来的还有媳妇。她们已经探望过她两三次了。她们是为了人种的呻吟来的。她们带着一种挂虑神情，仿佛是做错了什么事情而在担心着她的责备。

那个怯弱的媳妇，简直是连嘴也不敢张的，只有孙表婶一个人在说话。

"我看不像赌气，"表婶婶做着结论，"你亲自去看看吧。"

"丸药呢？"寡妇问，完完全全地清醒了。

"他不肯吃！"媳妇说出第一句话。

"你们都是死人！"

寡妇愤激地下了床，一径走向梳妆台去。

她用媳妇已经打好的洗脸水洗过脸，收拾了一下头发，严肃而含恼怒地走出去了。但在堂屋门口，刘二迟迟疑疑地招呼住她，似乎想说什么，可又有点不敢开口。

"怕要老太太出去下才行呀，"刘二终于大着胆开口了，"他硬不走！"

"你说的哪一个啊？"

"丘……娃……子！"

如果是在平日，寡妇只需吩咐刘二闭了那扇通到内院的耳门，把那个败家子弟挡在大厅上便了事的。因为正当有气无处发泄的时候，她就一径走出去了。

"你又跑来做什么哇？"一看见丘娃子她就嚷叫起来，"我欠了你的账吗？"

"账倒不欠，我们家还没分清楚！"

丘娃子早已准备好了如此回答，但他胆怯地顺下他的眼睛。

"我要戒烟。"他嗫嚅着说。

"你去戒你的呀！我这里是戒烟所吗？滚，滚，滚，滚，滚！……"

寡妇叱嚷着，仿佛丘娃子是一匹癞狗；而且出于故意似的，这匹癞狗想把某种可怕的传染病菌带进她那整洁的大厅。她以往很少这样生过气的,然而,她却没有料到,那个一向怯懦无能、连做告化儿[1]也不彻底的落难公子,竟被她激怒了。虽然在没有来到以前,他曾经怀疑过,白酱丹的怂恿是否于他有利,以及他的行为是否正当。而当跨进大门的时候,他已经决定了适可而止,不要把事情闹糟……

就像兔子有时逼紧了也会咬人一样,这个头缠污黑破布、身穿油浸衫子、面色苍白、表情有点尴尬的烟鬼,现在,竟也梦想不到地发起脾气来了。

"什么哇!"他啼开嘴大叫,"你这样吼做什么哇?我是一条狗吗!……"

丘娃子喷着口沫喊叫,一面挽挽袖头,又撩撩衣包,做出一种准备扑打的架势。于是寡妇怔了一下,随即叫骂着退进内院去了,乓一声关上耳门。

当她卡好门闩、正待转过身去的时候,孙表婶和媳妇已经到了她的身边。

"究竟是怎的啊?"皱着眉毛,孙表婶颤声问。

"怎么的吗?这个东西越来越不成了!……"

"你就多少给他几个钱呢?"

"我宁肯拿去给告化子!……"

然而,虽是这么样说,在走向人种房间的中途,她又折转身来,摸出两张一元的法币,要孙表婶替她送走那个人间的败类,于是很不释然地一直走过去了。而当她快要跨进房间的时候,人种原是脸朝外面、侧起身子躺的,一经察觉出她,他就

---

[1] 告化儿:四川方言,叫花子。

一下转侧过去,避开了脸。但是他的呻吟,他的唉声叹气,却更高了。

寡妇费了好一会儿时间来平复自己的感情。

"你究竟要怎么样啊?"

她终于开口了,但接着又是难堪的沉默。

"药,药你不吃,"她吃力地接着说,"问你什么呢,你不答应……"

"我没有什么说的!"人种意外地搭了腔。

"那你总是要我的命啰——这屋里也正是多了我了!……"

仿佛母亲的凄绝的言辞和凄绝的声调,已经发生了良好效果,人种没有再回嘴了。但却像开展览会的一样,借着刚才由娘姨照燃的灯盏的光亮,他仆伏着车转身来,就那么刺目地掀起他那张寡白的面孔,慢慢地揩着鼻涕,擦着眼泪……

这涕泪交流的情形,使寡妇更加心软,而且,是失悔了。

"摆起烧两口好么?"她真心地问。

人种摇了摇头,又叹息一声,依旧车转身去躺下。

"我把灯点起好吧?"寡妇迁就地接着说,"一两口不要紧,等身体复了元,又戒好了。其实,下细打听一下,街上烧的人也不少啊!我把灯点燃好吧?"

人种依旧一个不给回答。

"再不想想,我们是好大的人了,"当寡妇正想叫人去端盘子的时候,人种忽然秃头秃脑、自言自语地说了,"总把我们当成小孩子样。也不管外间怎样批评……"

"外边有什么批评哇?"寡妇切住他问,多少有点不快。

"我们自己当然听不到啊!……"

人种显然是在支吾,于是寡妇万念俱灰地挥挥手止住他。

"你不要吞吞吐吐的,你的意思我猜到了!"她说,神经质地苦笑了一下,"我并不想管这个家务——早就管厌烦了,我马上交出来都行!……"

"我当家做什么哇——我只想不做饭桶!"

"要得嘛!"寡妇略带嘲讽地说,"这好得很!……"

当人种自言自语的时候,她一时没有理解出他的本意,现在,她完全明白了。但她例外地没有感到吃惊,而且已经决定,她可以把绳子放松一点。

她现在只希望他不要糟蹋身体。

"这样很好!"她接着说,改变了嘲讽口气,"你能做点正经事情,我还不喜欢么?我只求你有话明说,不要再磨折人。外面的事,已经把我磨折够了!……"

一种苦趣阻止她尽情发挥下去。

"烧两口好吧?"停停,她又挂虑地问。

人种叹了口气。寡妇从这叹气听出他已经同意了。

她高声叫了刘二进来,吩咐他去取来那副原已当成禁物收藏起来的家具。而且,因为母子间一种新的调协,人种的确又显得很衰败,认真像个病人那样,她的心更软了。她靠了下去替他裹烟。而在暗夜初临的静寂中,她裹着烟,一面不相连贯地吐着零零碎碎的话句:激励、轻微的责斥,以及抱怨。有时又是充满柔情的关切。

"这样睡不舒服,枕头挪上点呀……"

人种照办了,但却一直没有作声。

"不是吹牛的话,"等到烧过几口,精神稍稍振作,人种这才忽然响着试探的调子说了,"现在只要手边有钱,什么生意不好干啊!……"

"可是,也要能够划算才行。"

"有好多傻瓜在那里哟!"人种自负地说,"你问问看,跑西安生意的哪个没有振肥?像我们这山峡峡里,见个对本,就算顶了天了——还难得敲算盘!"

听他说到西安生意,寡妇微微一惊,立刻把烟签搁下了。

"你听我说!"她切断他,哄骗地说,"不管做啥生意,不管赚钱多、赚钱少,总之,像你这样病婆婆样,总不行的。还是先把身体弄好再商量吧!"

仿佛存心避开这场谈话,她随即坐了起来。

"我去看看丘娃子走没走,"她说,"背时鬼又缠起来了!……"

在离开人种寝室不远的屋檐角边,孙表婶和媳妇正在那里密谈。她们既不敢把那浪子的撒野如实报告,又深信寡妇不会拿出更多的钱,于是陷在苦恼里面。

她们忽然听见了脚步声,知道寡妇走过来了。

"你们在这里谈什么哇?"寡妇怀疑地问,很留神地扫了她们一眼。

"你就再给他添一点吧,"孙表婶忸怩地说,"他是戒烟。"

"怎么,这半天了,你们还没有把那个瘟丧送起走吗?"

"你自己去试试看!"孙表婶叹息说。

寡妇怒愤似的瞅了对方一眼,接着又嘘口气,转身冲出去了。

仿佛预备长期鏖战似的,对着一盏昏黄的菜油灯,丘娃子已经蹲在一张八仙椅上。他并没有脱掉他的鱼尾鞋子。他就那么蹲着,劈开两腿,手拐架在膝盖上面。而在两只手掌之间,则是那张可笑的灰白的瘦脸。因为孙表婶和媳妇已经被他所降伏了,他的全部姿势因而带着一种威风凛凛的气概。

寡妇一看见他就忍不住叫道:"嗨,这才体面!"于是向他急走过去。

"我问你哟,我欠了你的吗?你安心赖我吗?"

丘娃子大吃一惊,立刻从椅子上跳下来了。他回避着她,一面大声喊叫。

"我倒不赖人啊!……你那么凶做什么哇?……"

他已经退到通向大门的台阶上了。于是,仿佛扔掉一件废物,吧的一声,他把那只在椅子边仓促拾起的鞋子扔在地上。他用脚摸索着穿它,同时还在进行反攻。

他唏着细碎乌黑的牙齿,嘴脸已经变了样子。

"好!"他厉声叫道,"你凶,敢把账拿来算么?我们家务还没有分清楚!……"

"放屁!……胡说!……刘二,给我赶出去呀!"

二十二

天黑好一阵了。白酱丹打着呵欠,慢慢从床上爬起来。这天他请会酒,午餐很晏;人又太劳累了,而且多喝了两杯,所以客人一散,他就躺上床睡觉去了。

脚一落地,他又坐在床沿上闷了一会儿。接着趿起鞋子,走向阶沿上去。他的屋子开间很窄,外表又很老朽,认真地说起来,只有比较明亮的堂屋阶沿,才是勉强可以驻脚的地方。而且,万一坍塌下来,危险也要少些。他坐在他的太师椅子上面,搂着签花烟袋,微微闭了眼睛养神……

他的女儿真真,把点燃的纸捻送过来了。她披着微黄的长发,显得胆怯地拿眼睛望在一边。当他接过纸捻,她就又赶快走开了,仿佛他会吃她一样。

"转来啊!"白酱丹招呼住她。

他仔细打量着她,感觉温暖地衷心笑了。

"难怪哇!"他嘲弄地说,发觉出她手里捏着一点腊菜,"偷腊肉吃哩!"

"还是我存起的。"真真腼腆地说,不敢对他直望。

"好,架势[1]塞吧!"白酱丹娇纵地说了,随又加上,"去倒壶茶来!……"

他这一天颇为满足。因为花钱不多,客人却都吃得舒服。而且,这不仅是会酒,他算补请了春酒,情也酬了。因为他在义务戒烟当中,曾经沾了不少油气。

烂钟奎趿着鞋子从外面走了进来。虽然一向并不怎么亲密,只有公事忙的时候,白酱丹才偶尔拉他在联保办事处帮帮忙。但是,自从做过戒烟分所的助手以后,白酱丹看出他的才干来了。他今天在这里相帮,才去还了邻居家的杯盘碗盏回来。因为两手是油,他十分担心地走着,微微张开手臂。

烂钟奎带点傻笑停下来了,权且利用手胫擦了一下鼻子。

"丘娃子今天才威风啊!"他说,"把何寡母硬骂惨了!……"

"怎么样呢?"立刻搁下提起的茶壶,白酱丹悬心地问。

"怎么样吗?"烂钟奎微笑说,又用手胫擦擦鼻子,"又是去缠钱呀!这龟儿,要钱,你就要钱好了嘛,他说家没有分清

---

[1] 架势:四川方言,形容努力、使劲的姿态。

楚，要跟寡母子算账！……"

"他们的家务是没有分清楚呀！"

"呵，"烂钟奎自顾一径说了下去，"几句话不投机，何大太太，就叫刘二把他赶出来了！这一下丘娃子好骂呀，围了一大堆人！街都给扎断了。"

"现在还在闹吗？"

"早息台了！再闹，也闹不出个名堂来的。"

"嗨，有趣！……"

白酱丹仰起下巴扬声一笑，撑身起来，开始踱方步了。烂钟奎跨进堂屋，打算进灶房里去洗手，但是白酱丹忽然紧迫而又小声地招呼住他。

"啥事哇？"烂钟奎从昏黑的堂屋里反问。

"你过来嘛！"

烂钟奎于是显得好奇地重新跨出堂屋。

"你不要乱说话哇！……"

白酱丹首先向他警告，然后再用那种同样有点紧迫，像在报告什么严重、但却有趣的秘闻的声调一直吩咐下去，仿佛不如此不足以表明事件的机密。

"你去把丘娃子找来！"他接着说，"可是不要让外人看见啊！……"

"这龟儿，现在不知道在哪个洞洞里啊！"

"总是那几个老地方呀！"

"好嘛！"

"最好叫他走后门来。可是，我再说一句：千万莫乱说啊！"

"你放心！戒烟所卖了那么久的泡子，该没有走过一点风哇！"

"对，一个人就要嘴稳！"

白酱丹把烂钟奎打发走了，而他立刻沉没在一种少有的激情当中。

他的老婆避开脸照出一盏灯来。这正是一个月黑头的夜晚，不照亮实在不很行了，虽然他们平常少有照亮的时候。现在他走近方桌，拨了拨灯草，使它燃得更旺一点。他恍惚觉得，那过于黯淡的光亮和他的情绪太不相称。

自从戒烟分所会面以后，他本来就起了点心，但当前两天偶尔鼓动丘娃子向寡妇挑战的时候，他的动机，也只是想给她一点不舒服的，而就现在的情形看来，他的心思却完全变样了。仿佛诗人的灵感一样，丘娃子的撒野使他那么迅速、那样坚实地得到一种自信、一种强烈的欲望。这欲望曾经狠狠苦恼过他，本来以为早就死了，目前的事实却证明它不过是在假寐。而在这刹那间疾风骤雨一般的思索当中，只有那么一点使人扫兴的念头：丘娃子太怯弱了，他很可能不敢接受他所设想的大胆提议。

忽然传来后门开闭的响声。白酱丹停住脚不动了，紧闭着他那微瘪的嘴，细长的眼睛睁大起来。他一直望入那个昏暗的堂屋，脸上闪着一种如饥如渴的神气。他听得见脚步声了。接着烂钟奎领了丘娃子出现在堂屋门边。烂钟奎得意地笑着，有点神气活现，恰如侥幸完成了一件重大使命那样。丘娃子可显得很颓唐。

丘娃子嘟着张嘴，微微勾下脑袋，忸忸怩怩地在堂屋门边停了下来。

"听说你们闹来的哇？"白酱丹迫不及待地问了。

"把你吼得像狗一样……"丘娃子苦涩地说。

"你跨出来坐呀!"

两个人一齐跨到阶沿上来了。烂钟奎端来一张长凳给丘娃子。

"又怎么样呢?"白酱丹重新问。

他坐向太师椅上去了。于是拿起烟袋,点燃捻子,慢条斯理地抽起来。丘娃子也已坐在长凳上面,无聊似的理着他那稀薄的油浸单衫的吊边。

"简直连吼狗都不如!……"丘娃子重又诉苦地说。

他依旧没有一直地说下去,仿佛太兴奋了,或者过于胆怯。

"这样的人也叫人哟!"也许因为丘娃子的神情过分感动了他,摇一摇头,白酱丹发起感慨来了,"你屋里的事,还把我瞒得过么?要不是你爷爷在前面挡起,大家以为是举人的兄弟,他!……一个寻而常之的酒店老板,就把钱振到了?"

他义愤填膺地拍拍桌子,又把右腿一提,搁向椅子的靠手上去。

"恐怕早就出了鬼了!"他嘟着嘴加上一句。

"是呀,"烂钟奎附和说,"这街上哪个不知道这本经啊!"

"我又没有跟她借几七几八。"丘娃子嘟哝着,同样不很条畅。

"何况你还说的是戒烟哩!"烂钟奎说。

"对啰!"白酱丹赞同地说,"你说要起钱去嫖、赌、嚼、摇,不务正业,这也还说得通。是戒烟,存心往正经路上走呀!并且,家也没有认真分过!"

"就是提起分家她才闹起来的。"丘娃子插进来说明。

"你现在又打算怎么做呢?"白酱丹反问。

丘娃子不知道他该怎样做,他没有张声。

"就这样打一辈子的烂仗算了吗,还是打算找个根本解决办法?"晃着脑袋,白酱丹慢条斯理地接着说,恰如他在吟讴古文一样。"千万你的舅舅是一个穷舅舅,"他闭拢眼睛叹了口气,显得异常抱歉,"不然,我就把你养起!烟,给你戒掉;戒掉了找点正经事来做——这一下我才慢慢来跟你算笔账!……"

仿佛这不仅是一种设想,而是一种决定似的,白酱丹十分威严地站起来了。但是,急促地绕了几个圈子之后,他随又坐下去,手掌轻轻敲了一下桌子。

于是细起眼睛,他感慨无穷地紧紧盯住他的外甥。

"难道你一点都不想到将来么?——二三十岁的人了!……"

"我不知道……"

"你不知道!娃娃,我像你这样大,已经在撑持门户了,还不是顺境。那时候你外公才死不久,外人不必说了,连家门亲戚,都打起伙搞你!……"

他说得很是自负,但实际,那时候他正非常放浪,而且恰恰是他没落的起点。

"总之啊,"也许自觉太夸口了,他改换了口气说,"俗话说的,自己跌倒自己爬!"

"诸事要费你老人家的心……"

说着,丘娃子忽然站起来了,而且俯伏下去,叩了个头。

"叩啥头啊!只要你娃娃肯听话,争一点气……"

"我跟她打官司就是了!"丘娃子嘟哝着,退回长凳上去。

他已经不再感觉拘束。他安静了。十多年来,他都处在无人注意的冷漠当中,现在他才第一次感到了人情的温暖。他静下来准备接受白酱丹的指示,而且,似乎绝没有二话说。然而，由于习性，由于事情的严重，白酱丹却故意兜着圈子。

白酱丹开始说到一个青年人处身立世的重要，凡事要有计算、勇气。

"你说到打官司，"白酱丹接着说，"自然啊，只要有这个必要。我相信，这点她总搞不过我！随便挽点圈圈……不过，现在还用不上！……"

他沉吟了一会儿，然后扬起眉毛望一望烂钟奎。

"你去泡壶茶来好吧？"

他说，同时摸摸茶壶，打了一个油嗝。等到把烂钟奎遣送走了，他洞察地望了何丘娃一眼，接着便专心专意向烟哨里装上一口棉烟[1]。深恐棉烟会自己再从烟哨里跳出来似的，他用大指拇熨帖着，而且就那么一直熨帖下去。然而，就在这种悠闲自得的情趣当中，他忽然昂起头来，向丘娃子提出了他的建议：大家打伙挖笛箕背！他说得很自信，很坚定，但又像在议论什么琐事一样。

"你想想嘛，"他结束着，严肃地盯了丘娃子一眼，"我也不勉强你。"

丘娃子长长叹了口气。

"这样怕不大对。"丘娃子终于吃吃地说。

"怎么不对？你说来我听听呀！"

但是丘娃子又实在找不出反对的理由，他沉默了。

"你怕别人说坏话吧？"淡淡一笑，白酱丹替他设想，"天地间什么事又没有人说坏话呢？问题要看这个话是什么人说

---

[1] 棉烟：一种切得很细、可以揉搓成团的烟丝。

的，说得对不对头！……"

丘娃子嗫嚅着准备说点什么。

"你听！"白酱丹抢着继续说了下去，"不是吹牛，我做的事都会受高明人弹驳，那就假了！你一天就只晓得吃饭、烧烟，你知道现在啥世道么？"

白酱丹随即发表了一篇于己有利的时评。

"娃娃！"他结束道，"你试试看——错过此渡无好舟！"

"我怕闹起来难听……"

"你这个人哟！"上身一挺，白酱丹呻唤了，"还有我在前头挡住呀！难道我还比不过你？凭资格，凭地位，凭年龄……你有啥顾虑的哇？——哼！……"

丘娃子想了想，他确实比不过白酱丹，而且没有什么值得顾虑。

"好嘛。"他最后抽着气说。

"这就对啰！一个人不要尽摸黑路……"

烂钟奎提着茶壶走进来了。

"开水简直香得很哩，等了半天！"他说。

"老实话，你吃过饭没有哇？……"

白酱丹问向丘娃子。但又并不等候回答，他就吩咐着烂钟奎，叫他到厨房里去替丘娃子热饭。而且吩咐得十分周到，就如招待一个认真的显客一样。

"你给他找点腊菜，"他又加上说，"剩的干盘子总还有吧……"

当烂钟奎车开身去的时候，他又掏出一折法币，偷偷塞在丘娃子手里。

"暂时俭省点用吧！"他低声说，"透不得一点风啊！"

他显得兴奋而且忙乱。失神似的想想，接着就又大声叫出烂钟奎来。

"你招呼他一下吧，"他叮咛着烂钟奎，"我要出街去了……吃了，你还是送他走后门出去……呵，我再说一遍，不要到处唱哇！"

"完了！那就成了肉告示了！"

"对，年轻人就要嘴稳才好！"

白酱丹感觉满意地走出去了。到了街上，他才稍稍冷静一点。市面上已经显得很热闹了，但也照例是那几家卖夜食的摊贩：切面、汤圆、卤肉等等。

白酱丹是去找彭尊三彭胖的，但他没有找到。接着去找龙哥，他也扑了个空。他站在暗夜里思索起来：随即恍然大悟地叫了一声，冲向下场口洗衣妇范大娘家里去了。因为他忽然记起，最近镇上到了个"货"，也就是说，到了一个满有资格代表大后方的繁荣的游娼，彭胖和龙哥一定都在那里消遣。

是的，消遣！若果误认他们嫖娼，那是不正确的。这不仅因为他们是北斗镇的闻人，他们一向是并不放浪的，但于新"货"到的时候逢场作戏一番而已。在以往，龙哥对于女人的兴致较大，自从那个块头比他还大的太太，狠狠收拾了他一顿之后，他就变得很规矩了。因为正和一切具有权势的人物一样，虽然常在万人之上，龙哥对于自己的太太，却是一个毫没办法！……

范老婆子是替镇上一切单身汉洗衣服的，同着自己的孙儿住着一间房子，而且只有一张床铺。但在近两年来，因为扭不过那些惯会胡闹的粮户、光棍，同时也因为口粮太贵，她随常都得搬到镇外碉堡里面寄宿，让出自己仅有的一点生存空间。

现在，那间卑陋老朽的小屋，已经充满了淫荡的笑声，看来好像比平日有生气。

床铺上摆着一副丑陋的烧烟家具。灯，是用膏药钉补过的，一张草纸权且代表套盘。但这并未减低大家的兴趣，因为彼此的目的原不在烟。那个满脸是粉、上唇有着一颗黑痣的游娼正在裹烟，一面应付着客人的调笑。她的对面躺着龙哥，床沿上是彭胖。一张粗糙的长凳上坐着季熨斗和一个杂货店的老板。他们的谈话都很粗鄙，但都说得那么直率、那么自然，好像是谈一碗随茶那样，丝毫不觉得可耻。然而，这是发表不得的，正如其他的丑事一样，做的人尽管做，你一宣扬，可就要犯罪了。

在那淫靡的嬉笑声中，那个可怜的女人，终于把一锭毒物炮制好了。她把一支棕红透亮的烟枪顺向龙哥，但龙哥拒绝了，随即翻身坐了起来。

"你来，你来，"龙哥吟讴似的叫道，"我退位了！"

随又用他那肥厚多毛的手掌推了一下彭胖。

"好嘛，"彭胖笑得连眼珠也看不见了，"大袖子烟哩！……"

"嗨，我就猜对了吧！……"

白酱丹忽然轻脚轻手走进来了。

"你们害得我好找呀！"他又抱怨地加上说。

"你来得正对！"刚要躺下的彭胖翻身起来，同时说。

"请，请，请，请，请！……"

"荤烟啊！"

"素烟我都不吃！"

这是实在的，白酱丹确乎不曾把那女人看在眼里。

"我好找你们呀！"他只顾抱怨下去，"足板都跑大了！茶馆里，家里……"

"你还在找我们！"龙哥插断他说，神情很是不满，"何丘娃的事，你也该站出来说几句呀！不管亲的也好，隔层皮的也好，你总算是他的舅舅！"

"怎么，你们已经知道了么？"

"简直满场都传遍了！"季熨斗插嘴说，呻呻唤唤地站起来了，"他来要钱，你就给他几个嘛！"他批评着何寡母，"不给钱不说，还七七八八臭骂一顿！"

"简直是太泼了！"龙哥愤愤地说，"就像她的背景雄样！"

"不行不行！"季熨斗摇着头连连说。

这个圆滑角色知道，龙哥的所谓"背景"，是暗指二大爷说的，他就赶紧解释。

"我懂嘛，"他接着说，口调充满着自信，"二哥对她早就喊头痛了！……"

"他不头痛又怎样呢？"龙哥挑战似的反问。

"哎呀，这些都是空话！"白酱丹着急地插断他们，"闹了半天，你们知道那娃为什么找她么？——找她要点钱戒烟呀！又不是拿去嫖、赌、嚼、摇……"

"唉！"龙哥忽然深沉地叹了口气，"去年该把筲箕背给她挖开！"

"你个老公公还要说！"

"怎么，现在她未必用铁水淋过了吗？"

龙哥气势汹汹地斜瞪着白酱丹，但是白酱丹不唯一点也不见怪，反而高兴起来。因为他知道龙哥的脾胃，而且相信自己的计划已经成功，至少初步成了功了。

"她自然没有用铁水淋过，"白酱丹卑陪地接着说，"就淋过也挖得开！……"

他吞吞吐吐地停了嘴了。

"呵，"他又突然地说，"我想找你谈一个话！……"

他的口气依旧有点迟疑，同时瞥了一眼那个坐在长凳上的杂货老板，又瞥瞥季熨斗，意思要他们知趣一点。于是那个圆滑自如的季熨斗，扯了个谎，领着杂货老板走出去了。而当屋里只剩了他们两个，以及那躺在床上的一对以后，白酱丹于是把龙哥拖向长凳上去，压低声音，开始告诉对方他同丘娃子商谈的经过。

他述说着，忽地又像皮球一样地跳起来了。

"你听！"白酱丹叫嚷着，弯下身子，似乎准备研究一番龙哥的眼睛，"这一着棋都会下错，我也不必操了！唉，他至少总姓何么？——哼！？……"

龙哥从鼻孔里很响很响地吹了口气，站了起来。

"要得！"他决然地说，"认真烧她一艾灸吧！"

"是呀，这个东西太讨厌了！"

"哪个又来？"

吐着烟雾，彭胖轻松愉快地叫着，十分笨拙地爬起来了。

"啥事情哇？"他问，走近龙哥和白酱丹，"听得么？……"

白酱丹向他简略地说了一遍他的计划。而这中间，彭胖双手勒着肚子，不时发出一声意义暧昧的、短促的笑声，仿佛他在倾听一件什么趣事一样。

直到白酱丹说完了，彭胖这才半玩笑、半认真地笑道："好自然好，就看搁不搁得平啊？莫又像去年一样……"

"不会！"龙哥斩切地说，"认真说么，丘娃子才算得正柱子！"

"你闷闷不乐地做什么哇？"彭胖假装吃惊地问，注意到了白酱丹的不快。

苦笑着摇摇头，白酱丹叹息了。

"你屁我做什么啊！就拿去年的事说，我也没有错好远呀？要不是龙哥……"

"抱怨啥啊！"龙哥抢过去说，竭力支持着白酱丹，"风凉话哪一个都会说的：明知道婆娘要死，为什么早不把她嫁了？——至少节省一副棺材！"

龙哥的语调、态度都充满了蔑视，但是彭胖笑得更甜蜜了。

"我是开玩笑啊！"彭胖讨好地说，"这几个人，跳岩也要来呀！……"

他们的误会，很快就化解了。而在几分钟后，当龙哥重新和那游娼逗趣，假装抱怨自己的年龄太老，说她并不真心爱他的时候，白酱丹对于女人虽然早已感觉乏味，以为搞钱、吃喝要紧得多，竟也十分开心地打起合声来了。

白酱丹把蓄着胡子的微瘪的嘴巴贴近那游娼去，一面亮出自己的一枚缺齿。

"你看我年轻吧？"他说，"连牙齿都没有长齐……"

二十三

丘娃子的撒野、被逐，就在当天夜里，便传开了。于是在茶馆里、柜台边和阶沿上，以及一切喜欢说长道短的人们托足的所在，开始热闹起来。

总之，人们都暂时搁下宝经、牌经、买卖上的商讨，以及对于生活的怨嗟，专为这个新鲜的话题而努力了。他们打开记忆之门，而且，非常勇敢地钻进所有当事人的灵魂里去，以便翻检对于自己的论断有利的材料。就连举人老爷也都没有躲脱。一直到第三天上，所有的舌头上才又转动着别的新的话题。因为现在不是平时，生活太紧张了，变动也太快了，一不当心就会逃走一大笔利益，或者给生活添上窟窿。那些还在口上心上念念难忘的，只有少数懒虫，以及有着特别利害关系的人们。

当一听到何家的纠纷的时候，么长子便立刻向茶客们宣称：这又是白酱丹在捣鬼了。而且和一切独断论者一样，他总先下判断，然后才慢慢找证据。自然，若果没有碰见强有力的反驳，他就干脆不找证据，单是一直宣布罪状。他的口气是那样充满自信，可惜很多人都带着一种怀疑态度。他们认为他同白酱丹的嫌怨太深沉了。而在消息传到之前，他又正在暴露义务戒烟的黑幕，咬定单是走私一项的进款，就有好几千元。办药的钱，当然也被白酱丹吃掉了，以致逼走很多瘾民，甚至有跌断腿的……

总之，大家只能勉强同意他的结论，而这使得么长子几乎要发火了。所以此后两天，虽然心里时刻期待着那场纠纷的新的发展，但当旁人谈起它来，他可一句话也不说。因此到了第三天上，当那个凭着自己的年龄，够得上称为北斗镇的活的历史的戴矮子，在涌泉居对比地叙述着丘娃子的往事的时候，他也依旧闷着脸不动声色。

这矮子原是极潇洒的，也比任何一个老爷大爷对得起抗战：除开听凭骰子弄点口粮，他是太规矩了，从来没有干过投机倒把、买空卖空的龌龊勾当。

这天是冷场，戴矮子用不着忙饭，所以他的神气也就显得更加悠闲。

"确实，这场上哪一家的小孩子有他阔哇？"戴矮子接着说，他那无须的瘪嘴上浮上一个讽刺的调笑，"才七八岁，就穿皮裘子了！那些爱舐肥的，都说他将来要中状元，掌印把子。现在倒也验了——他妈的烟灰状元！"

"听说他爷爷脾气大呀？"芥茉公爷懒懒地问。

"名字都叫何毛牛呀！"戴矮子冷笑说，好像不胜其厌恶似的，"不过，举人还不算凶，人种他爷爷那才叫要话说！一个粮食市场，就叫他一个人闹酸了！只要他讲过价钱的粮食么，你就摸都不敢摸了，就像蜈蚣爬过的样！"

"你说粮食，"有人插嘴道，"听说城里米价又涨了啊！"

"它涨它的！"戴矮子说，"老子一个人，一天一把米就够吃了！"

戴矮子本来没有存心要替何家宣传，他是名副其实地谈闲天，所以别人刚一提到当前的粮价，他也跟着谈起来了。正如流水一样，该转弯他就转弯。

么长子对于粮食问题似乎更感兴会，一开口他便咒骂起来，打着粗鄙的比方。因为要是粮价再这样涨下去，他的金厂就有全部停工的危险。他有两个槽子，都是去年开始挖的，出产很是不错。但一翻过旧历新年，情形可不同了。产量在跌下去，粮食的价格却是老往上爬，没有一个止境。金价自然也涨了点，但比粮价太差远了。算盘一搞，虽然也有三四分利，但没有百分之百的钱赚，任何买卖便都不能说是买卖。这是目前一切生意经的第一要则，每个投机取巧的市侩都非常崇信它。

因此，经过一番严格的计算，么长子在二月初减少了工人，把范围缩小了。希望粮价回跌后再来扩大。但这显然是个幻想，因为不仅至今没有看见这个趋势，就连他也受了涨风的唆使，动了心了，在前两场抢购了好几十担粮食囤起！

然而，不管如何，他总不能忘情他的金厂，因而愈说愈加撒野。

"晓得么，"么长子邪恶地笑着说，"这种涨法，就像偷人养汉一样，只要尝过一点味道，就不愁二回了！结果是大开门。妈的，大脑壳都像睡觉去了！"

"他们哪里会来管你这些事啊，"芥茉公爷说，"又没钱拿！"

"可是，金子怎么他又管得这样紧呢？"戴矮子正经地问。

"那是金子呀！"么长子冷冷地讽刺说，"囤在那里，又不怕烂掉，又不怕老鼠子咬，带起走也方便。只要两老斗米，杂种，恐怕连腰杆也压趴了！"

说完他就板起面孔站了起来，提起烟杆，到茶炉边燃烟去了。

当他把烟叭燃转来的时候，别的人正谈着金价、走私，以及黄金的种种用途。虽然不免一知半解，而且夹着大量不可轻信的传闻，但也接触到若干事实。不过，他们却没有一个人肯承认限制的正当，它在抗战时期是一种必要的措施。

"国家买枪炮自然要金子啊，"他们叹息着说，"不过也要给老百姓丢碗饭吃嘛！你想，现在随便什么一涨一个对滚——金子呢……"

"嗨，恐怕走私倒不错吧！"芥茉公爷忽然自作聪明地说。

芥茉公爷显出一种沾沾自喜的神情，仿佛他认真提出了一条妙计。

"你还没有这个资格！"么长子忽然叫嚷着批驳了。

同时他又极端粗犷地横了公爷一眼。而他之所以如此生气，因为他不是傻瓜，他也考虑过这走私。但他发觉自己没有完备的走私条件；就凭袍哥关系，他也只能走到成都东门外牛市口的。而牛市口以上的黄金黑市价格，又不怎样合算。再走远点自然会好得多，但这更不是他敢于想象的了。他怕碰见比他厉害的角色。

"你想走私，"他又嘲弄地接着说，"看你当了'伟人'差不多么！不要说是四川，香港、外洋，你都可以随便运起去了！想运多少就运多少。"

"也不见得，"那个半瞎的医生摇摇头说，"最近就有人栽了岩了。"

于是在鞋底边磕去烟蒂，吹吹烟杆，医生慢条斯理地讲谈起来。他是很清闲的，因为一切病人都有点避忌他：怕他医死他们！他说，金子在外国很值价的，所以经常有人在内地买了黄金向外国走私，而那最为方便的地方，就是上海、香港。但上海陷落了，要到香港也不容易。你就不能走路，只能坐飞机去。妄想多带也不行的。因为每个乘客都要预先用秤称过，分量重了，你就休想起飞。因此，当那位声名狼藉的孔祥熙的老婆，周身扎着金条，想从昆明飞往香港的时候，她被检查员拦住了。

"走不成都不要紧，"医生惋惜地接着说，"恰恰税务官在场，他就向她检查，金子全给搜出来了。好在是面子大，人倒没有吃什么亏！……"

"当然啊！"芥茉公爷羡慕地说，"是你我么，脑袋早搬家了！"

"所以说呀，"么长子大声紧接着说，充满愤恨地不住点着下巴，"现在啥事情你抢得过这些大脑壳啊？就是做贼，他们也都比你高一着的——恐怕剩下来的只有收大粪了！这个他们绝不会抢着干的：又脏，又臭，太不合卫生了！"

虽然态度异常认真，但他惹得茶客们唏开嘴大笑起来。

"呵，林哥！"芥茉公爷忽然止住笑问，"听说你的槽子不做了呀？"

"我怎么不做哇？我就要看这个粮价簸成个啥样子呢！"

"其实收拾了也好！"芥茉公爷呼吁地接着说，"现在随便什么生意都比挖金吃香。刘胡子囤菜油，振到了！囤乌药，也振到了！这几天又在囤积小麦！……"

"小麦涨出来也有限，"有人沉吟道，"收成太好了。"

"不见得吧，"摇一摇头，医生表示了一个相反的看法，"听说坝里小春瞎了。"

"哎呀！"颦蹙着肥肥的圆脸，芥茉公爷不大耐烦地嚷道，"现在的生意见风涨嘛，收成好收成坏的话靠不住了！去年大春收成还不好吗？你看看米价喳！"

么长子抬起下巴，正想说点什么，但他忽然又咽住了。

满脸堆笑，带着一副装满了一肚子重要、有趣的消息的神情，气包大爷，从东头走来了。仿佛不说出来不好受，才上阶沿，他就连说带笑嚷叫起来。

"嗨，林哥！你哥子的眼力真不错哇！"

么长子眨眨眼睛，做出一副调皮神气。

"是不错哇，"他解嘲地说，"我隔土都会看出落花生来呀。"

"不是说笑，我讲的真话啊！"

气包大爷认真地嚷叫着，一面在么长子侧面坐了下来。

"嗨，"因为么长子没有张声，他又压低嗓子紧接着说，"那味烂药，硬在给丘娃子当军师啊！看样子很像安了心的——已经在下大本钱了！"

"你在造谣言呀？"么长子冷静地说着反话。

"真的！这几天，每天都在陈烂狗那里烧胖烟！"

带点轻蔑，么长子叹息着苦笑了。

"给你们说呢，你们总不相信！"他倨傲地拖长着声音说，"不是吹牛，他的把戏我还看得少了？三天不害人，一身筋骨疼，杂种就是这种货色！"

"恐怕也害不出个所以然来。"芥茉公爷推测地说，又摇一摇头。

"当然害不出个所以然来！"那医生附和道，"首先，家已经分了几十年了。理信讲过，官司打过，再闹，也闹不出二百钱了！"

"你又莫这样说啊，"身子狠狠往后一缩，么长子紧接着反驳，"常言说：'一根灯草沾缸油。'你是稀的，他是干的，沾来沾去，他总要沾你几个呀！碰见鬼你不烧钱纸，得了事么？不过，这个狗头军师，又叫丘娃子找对了！……"

么长子戛然而止，脸上浮上一个恶毒的讽刺的冷笑。

接着，为要使得大家明白他的意思，他又正面揭出他的论断：丘娃子找到白酱丹当军师，根本就找错了！自己很难得到什么好处。但这并不是那味烂药还不够劲，他的口沫，是连鱼也毒得死的。而何丘娃之所以得不到好处，因为在白酱丹看起来，何丘娃无非是工具而已。至于对这事件的全部看法，正同纠纷开始传播时的论调一样，各方当事人都吃了他一顿极为挖苦的臭骂。他认为何寡妇是应该遭灾的，她悭吝，她刻薄，她平常太爱摆架子了。而丘娃子的落难,也正是举人老爷的很够分量的报应。白酱丹自然不必说了,但他没有料到他会堕落无耻到这个地步!……

当对白酱丹进行挖苦的时候,他没有想到自己,更不曾想到他去年玩过的一切把戏。但即使想到了,他的话也不会有折扣,而且一样说得那么流畅。

"你们扳起指头算一算吧!现在才好久啊?"他又貌为公正地说,好像自己跟一般大爷老爷是两样货,"三月初八!可是他就弄了两回磕绊,闹得何家一家人六畜不安。妈的!千万米价高了,我只希望它再卖七八百钱一斗!"

"呵哟!"那医生惊叫出来,"你像在做梦啊!……"

医生的糊涂使得么长子非常扫兴,他无可奈何地苦笑一声,提起烟杆,沉思地抽起来。跟着来的,是其他几个人对于何家这场纠纷的种种展望。

然而,这种空泛的推测,毕竟太乏味了,所以芥茉公爷忽然叫嚷着岔进来。

"都快收拾起吧!"芥茉公爷挥挥手嚷叫道,"再争起些,还是一文钱也分不到的。有件事我倒忘记说了,上前天到磨家沟去了呢——这是啥讲究呀?"

"哪一个哇?"有人莫名其妙地问。

"你想会有哪一个呢?那味烂药呀!我到下场口找老吹,杂种夹把洋伞走过来了,贼眉贼眼的!一问,说是去磨家沟……"

"总是去访'中央券'嘛。"戴矮子打趣说。

"磨家沟他倒钻不进去!"么长子摇摇头说。

当芥茉公爷说出白酱丹的行踪的时候,他就微微吃了一惊,把烟杆从嘴里取出来,停止了抽烟;现在,他索性把它搁置开了,似乎决了心再来发泄一通。

"他的脑壳还削得不尖!"搁开烟杆,他又紧接着说,"若果那里的油水有他的份,去年刘百万的槽子,他就搭上股了。可惜他也只认得一个刘百万!龟儿和他一样,心肝五脏都黑透了,倒是真正的一对!正像一个匠人做出来的样。"

"那他跑去取草帽子呀?"气包大爷提示地问。

"老实!"芥茉公爷说,击了一下自己的胖脸,"这家伙有讲究!……"

"杂种是进城去告状?"么长子好像受了传染,他也沉吟起来。

"那也该丘娃子一道去才合适!"有人否决地说。

"是呀!他又没有抚给何家。"么长子反应地说,恍然大悟似的表示了同意,"那么,一定办什么公事去了。不过,也不对——一个小小的文牍!……"

么长子自问自答,终于他的快意消失尽了。

"唉,你同丘娃子亲自谈过来吗?"

他问,十分严肃地盯住气包大爷。

"哪一位到那里,他该知道点呀?"他又紧接着说,并不等待回答,"两个既然搅得那样的紧。不管怎样,总又算是舅甥,他不会不知道吧?……"

"你说了这一长串,"气包大爷抱歉地说,"可惜我也是听来的啊!"

么长子异常扫兴地叹了口气。

"我想他一定进城去告状的!"停停,他又沉思地接下去说,"丘娃子用不着就去,现在还没有告响呀!问案的时候,他自然会去的！……"

他说得那么合情合理，但是他的语句和口气没有多少自信。

么长子感觉到挫折了。尤其难受的，是别人对于这同一问题，已经毫不感觉有趣。只是为了客气，这才勉强装出一副倾听的神气。因此，当他不大自然地停歇下来的时候，大家仿佛得救似的松了口气，彼此相视一笑，乘机谈起别的事情来了。

对于他们的话，么长子同样的心不在焉。所不同的，他连客气也没有了。翘起胡子，做出一副很难沾惹的神气。最后，他低声骂道："瞎扯！"站起来走掉了。

为了排除心里的疑虑，他是去找丘娃子的。这时已经半下午了，几个腿快的脚夫，用打杵撑着担子，吹啸一声，准备要投店了。骆待诏的摊子外边还围着一大群人。因为那顾主很别致，双手是被绑扎起的，而且不断大嚷大叫："总之我不卖呀！"他的装束像个脚夫，那个强迫他剃头的是专做壮丁买卖的洋盘班长。因为一点办法没有，老骆提着剃刀，模样更颓唐了。当么长子挨过去窥探时，老骆正在叹气。然而，这个可怜的待诏没有得到同情；么长子恶心似的啐了一口，钻进隔壁烟馆里面去了。

因为政府的"禁政"就在偏僻地区竟也生了奇效，那烟馆的所在地相当隐秘。它得穿过一条漫长的巷道，穿过几家人的厨房、卧室才能发现。这是一间没有间隔的双间房间，对面各摆着三张床铺。室内烟雾熏腾，所有的烟灯都燃上了。就像检阅部队一样，么长子逢中通过，向着每张床铺张望，但他没发现丘娃子。于是，检阅完最后一张床铺，他想带着他的失望退出去了。但他忽然又停下来，转向身后一张床去。因为季熨斗在那里打招呼；他早已认出了么长子，因为正在吸烟，没有立刻表示欢迎。

现在，季熨斗已经把那羊粪一般大小、红褐透亮的毒物，抽进肚皮里面去了，因此，他翻身起来，一面整理头上的围巾，一面开始同么长子张罗。

"唉，林哥，怎么就走了啊？……"

"是呀！"么长子说，"我说你老弟怎么不见来过瘾呢！"

"靠下来吧！……横竖没有事情！……"

于是，虽然不是瘾哥，又不同一派系，靠灯的趣味，么长子却是领略过的；而且，那个逢人要好的季熨斗又是那么热情，略一推辞，么长子躺下去了。

正像一个熟手一样，么长子烤起烟来；一面进行着闲谈。

"哦，丘娃子闹一阵该有结果了呀？"么长子忽然想到地问。

"屁！恐怕还在往烂的搞啊！……"

"怎么样呢？"么长子追问着，装出仅仅感觉有趣的样子。

"有人在给他戴蒜苔胡子呀！"季熨斗含糊地说，"不过，那个寡母子未免太厉害了！经常把佃户振得来呱呱叫。那张嘴么，不是一个人，你真搞不过她！"

"那是啊！"么长子立刻同意，"哦，听说已经进城了呀？"

"哪个？"季熨斗反问，开始警戒起来。

"哪个？那一味烂药呀！不过我想，他总不好去顶状吧？"

么长子打着冒诈；而那个本想含混过去的季熨斗，觉得瞒不住了。

"这些话，依理都不该我说的，"季熨斗迟疑地说，又叹了口气，"确实进城去了。是不是去告状，我可不大清楚——不过你的耳朵也真尖呢！……"

240

么长子莫测高深地微微一笑。

"我耳朵尖什么啊!不过我倒要吹火筒做眼镜,看他玩些什么把戏!其实,他那几手,想也想得到的:烧房是官众[1]的吗?家还没有分清楚吗?……哼?……"

季熨斗感觉得上了当了,他不知道怎样回答是好。

"你说我猜得对吧?"么长子紧逼着又问,"哼?……哼?……"

"这个我就更加不清楚了!"

季熨斗回答,极力装出一副诚实的样子;但这反而把么长子的怀疑引出来了:对方并不是不清楚,实际他倒什么也知道的,不过担心说出来惹上是非。

二十四

没有发现丘娃子本人,起初虽然有点扫兴,但当到了街上,么长子却又立刻觉得,他的收获已经很不错了:白酱丹进城的推测已经证实。至于是否前去告状,尽管季熨斗始终没有肯定,但是他的掩盖,却反而证明了自己的猜想正确。

十分显然,么长子的侦察并不是出于单纯的好奇;即使起初是这样的,猜想既然已经证实,他的胃口也该换一换了。所以,回转涌泉居广播了一通之后,他终于装作无事似的溜出茶

---

[1] 官众:四川方言,公共。

馆，走向何寡妇家里去了。除了那种人所共知的报复念头，这主要是另外一个欲望推动着他：他希望从中得到一点好处。因为他还没有忘记，去年他在筲箕背趁火打劫得到的利益是不小的，妄想重新开发一次。

么长子这点打算，虽然并不怎么漂亮，但却发生得那么自然。正如一个讲究口福的人对着一碗好菜举起筷子那样，既然用不着惭愧，同时也用不着考虑一下是否正当。这因为他一向就这样生活惯了，而且，张三如此，李四如此，他就从来没有在他的同类中间发现过其他不同的生活方式。其间的差异，只是外表而已。

然而，当他到了何家大门堂里的时候，虽然那么昏黑，同时也没有发现一只陌生人的眼睛，他的老脸却也情不自禁地热了一股。但这不是为了他的动机龌龊，他一时回忆起了去年交涉失败的情形；而且也只热了一股。他终于敲起耳门来了。

隔了好一阵都没有人应声。么长子已经灰了心了。

"哪一个？"刘二忽然从门后发问。

"你开开嘛！"么长子当心地，但是显得轻松地回答。

"你是哪一个嘛？"

"你打开来！"这是寡妇的声音。

因为担心暗算，当听到敲门的声音的时候，她立刻陷入了慌乱。但她现在已经收捡好一切违禁物品，所以壮着胆子，照了锡手照走出来了。

那个同样受了惊扰的人种跟随着她。他也大声叫道："你打开来看！"

门打开了。

"啊！……"

这声"啊!"表示两母子都落了心;但在寡妇,一种新的担心,蓦地又上来了。她对这个意外的造访感到疑虑,但她照样接待着么长子,表面装作得很镇静。

他们开始东扯西拉地客套起来。

"老实!丘娃子又来过没有啊?"么长子照例迫不及待地进入本题,"这个家伙真混蛋透了!你知道么,有人在当中下烂药呀!……"

"你说的哪个?"寡妇试探地问。

"还有哪个,白酱丹呀!他不坏,这场上也就再没有坏人了。你知道么,已经进城去了!哈哈,他还以为自己做得秘密得很!……"

"同丘娃子一道?"寡妇紧接着问,马上振奋起来。

"他一个人——现在还没有告响呀!"

"也好!"寡妇故持镇静地说,"我陪他打官司就是了。以为可以吓诈我吧,他算盘打错了!费心么老表告诉他,不管州里、省里,我都陪他!……"

"唉,你这误会凶了!"么长子忍不住见怪地插入说。

这是实在的,因为寡妇确乎怀疑他们是通同作恶,跑来打口风的。

"真太误会凶了!"他重复说,已经跳了起来,"好像我们是一气的,哈哈!……"

"我不是这个意思……"

"这样说就把人太说糟了!"

么长子叹息着,重又坐了下去。

"表嫂你要知道,"他申辩地接着说,显然还没有完全放心,"我是一番好意跑来的啊!我怕事情闹糟了旁人批评:

'嗨，对！你们还是亲戚！'说我知道消息，都不先通个信。像这样，你想，我还有脸在北斗镇操下去吗？只有自己收招牌了！"

"我没有这个意思！"寡妇还在道歉，"我把话说夹了页了。"

"确实把话说夹了页了！"人种也附和说，"千万不要多心！"

"话明气散，怎么会说到多心来了啊！不过，你们应该赶快想个办法！那些人么，哈哈，吐口唾沫在河里面，鱼都会毒死的——你们说我这话对不？"

寡妇探究地望望他，随即微微一笑。

"我看还是等他告响了来，"她审慎地说，"这又骗不到人的，家呢，早就分清楚了。官司打过，理信讲过，字据还在我箱子里……"

"当然，"么长子承认地插嘴说，"连我都在场呀！"

"所以还是等他告响了再看。"

寡妇充满戒心的自信，以及她的沉着，使得么长子失望了。因为觉得再缠下去未免乏味，他咂咂嘴唇，又摇一摇头，懒懒地站了起来。

"好吧，"他败兴地说，"我总算尽了我的心了！"

"真是费心得很！……再坐一会儿去嘛？"

"不了！不过，你们这样抄起手等待，也不行呀？"么长子说，重新提起勇气，"比如说吧，去把丘娃子找来，给他点钱，把这把火先抽了，然后再说……"

寡妇心里一动，但她随即掩盖什么似的假咳了一声。

"我倒还要告他个顶名借替啊！"恶毒地一笑，么长子忘其所以地一气说了下去,"至少,编造挑拨的罪,他是逃不脱的!——除非他舅子在当县长!"

"我看还是等等看吧。"寡妇说,笑得更殷勤了。

"也好,"么长子叹息了,"若是用得上吗,你给我个信嘛!"

"那是不用说的!有许多事,都还要麻烦么老表哩。"

寡妇大量地给他留着想头,敷敷衍衍把他推送走了。

当她起初听到那个不快的消息的时候,她是疑信参半;随后就完全相信它了。但她极力压制着自己的激动,对么长子存着戒心。因为无论如何,她不能设想那推动他前来的动机是干净的。现在,当她送走了他,已经没有什么值得防范的时候,她也就无须乎再遮饰了。所以才一退进大厅,她就十分兴奋地叫嚷起来。

"嗨,对,这镇上简直不要人住家了!"

她坐在一张八仙椅上,又重重拍了一下茶几。

"我明天就搬家!再住下去,我们真会变成唐僧肉的!……"

她哽咽起来,从胁下掏出一张白纱手巾。

"对!"人种赞成地叫出来,"再住下去,连狗也要欺负你!"

媳妇现出惶惑的神情走了出来。她呆呆地站着,仿佛是她自己在受申斥一样;那个紧跟在她后面的孙表婶叹了口气,善于适应地立刻显出一副愁相。

"我还懒得怄呢,"表婶婶自语地说,"他还没有害到人呀。"

"管他害到了人,害不了人,"人种反驳似的紧接着说,"总之,北斗镇绝对不能住了!你看,才好久的时间,就出了多少岔子?……"

寡妇审察地瞟了人种一眼,又深深咽口气。

"你单叫我不要怄,"她故意不张理儿子,转脸望着表婶婶说,"请问,这样闹下去怎么了呢?这里不生肌,那里不告口。尿泡打人不痛,骚气也难闻呀!"

"哎呀,这未必还把你丑到了么?丑他自己!"表婶婶劝慰说。

因为寡妇没有搭话,似乎劝慰已经生了效了,表婶婶于是更加宽解地笑起来,力说现在最要紧的是保重自己的身体,其他的事情都在其次。

"我看你怄病了,又怎么办?"她接着说,"这个担子又哪个来担?……"

而由于这些体贴、鼓舞、阿谀,寡妇逐渐又振奋了。

"好吧!"她近乎悲壮地叫出来,"就算我把人皮披错了!……"

接着,她就自夸地说了几句孀居以来她的处境。想起儿子的趁火打劫,把她的气话当成真话,满口赞成搬家,她原想指责两句,但她只是恨恨地冷笑了一声。

她随即把话头转向正经事件上去:现在开始准备材料,等传票到了再说呢,或者实行么长子釜底抽薪的办法?她认为两种方式都有缺点。实行后一个办法,她怕引起更坏的反响;但是等下去吧,若果白酱丹串通了官府,问题就更麻烦。她也想到找叶二大爷调解,然而,由于上一两回的经验,她不但不愿意再去叶家,而且觉得二大爷已经解决不了问题。再说,对方既然已经进城,二大爷的作用更加不济事了。

她一面想去,一面把她想到的自言自语说了出来。既然没有人敢打插她,同时她也不觉得有向别人商量的必要。因为她一向只相信她自己。

"刘二！"她忽然注意到那年轻仆人，"你找得到那个背时鬼么？"

大家都知道她说的是何丘娃，但是刘二认为这是一个难题。

"噫！"刘二迟疑地说，"恐怕不好找呀。又不在人面子上……"

"哪里有找不到的！"表婶婶插嘴说，"总在那几个地方嘛！"

表婶婶显出一副丢心落意的神情，因为她心里老早就赞成这样做。

"就这样对得很！"她又紧接着说，"现在的官司比从前更难打了。"

"那也要看！"人种俨然地说，"敲得到，我就要敲他一下！"

在起初，寡妇的意念还在动摇当中，现在，由于大家的附和，她变得很坚定了。因为她一直担心着事态扩大，多招一些麻烦，而且结下更深的仇怨。

"现在还说不上这一层啊！"她切断人种说，"等把人找来看吧……"

于是她强制刘二必须完成他的任务，就退进去了。

她在堂屋门外的台阶上坐下来，其他的人跟进来环绕着她；媳妇随又忙着提来茶壶熏笼。仿佛以往听见有土匪劫场的消息那样，他们的睡意都逃掉了，沉在不安的期待里面。除开寡妇，表婶婶和人种不时交换句把句话，推测着纠纷的结果。

他们谁也不把丘娃子的是否肯听劝告，当成严重问题来考虑的，仿佛只要给他点钱，问题就会解决。然而，等候得久一点，他们又忽然觉得事情不简单了。

"老实话！"人种忽然醒悟地说，"要是他不听劝呢？"

"他不听我就和他拼命！"寡妇意外赌气地顶住说。

"你凶我做什么呢？我也不过说说罢了。你想，人家不会给他说些好听的么？"人种继续说，忽然想到了自己的受骗，"要是听进去了……"

"依我看不见得！"看见寡妇重又烦躁起来，担心她再怄气，表婶婶赶紧极为自信地插嘴说，"他究竟是吃饭长大的呀。又不是三岁两岁的人了，什么人亲些，什么人疏些，他不会一点都不知道。就拿那一天来说吧，也还讲得入情入理的哇！"

"我看这屋里都是好人！"寡妇愤愤地说，一时想起了孙表婶对付丘娃子的失败，"你们随便哪一个帮我添点钱给他，哪有这回事呀！"

她忽然转眼瞪着媳妇。

"你呆痴痴站着做什么呢？把亮照进去呀！……"

她走进寝室里去了。打开一只立柜，动手清点文件。在一个装满契约、佃约的小皮箱里，她找出了分家时立的字据。于是又走出来，让人种详细读给她听。

人种读了，寡妇没有听出一点对她不利的条款。

"他不来也好！"她最后自慰地说，折着证件，"拿点谷子陪他打官司就是了！吃亏的不过几个讼费。顶凶，别人无非笑我好讼，笑我太不息气！"

她顿住，因为忽然从大厅外传来刘二粗大的喊声。

几个人一下都站起来了。他们一同带着紧张神情走了出去，赶快打开耳门。开门的是人种，寡妇坐立不安地留在大厅上面。就由孙表婶伴随着，她期待着刘二带回好消息来。由于那种种着急的和催促人的短语，她们相信，她们盼望的人已经来了。但丘娃子似乎不肯走进光亮的大厅，宁肯留在黑暗的大门堂里。

"你进来呀，又不是新媳妇哩！"刘二连连地劝诱说。

"你未必还怕羞吗？"人种发了火了，"既然知道怕羞……"

"你少开点腔哇！"寡妇大声制止地叫出来。

她担心人种闹坏事情。她自己走过去了。

"宝章！"她站在耳门边，柔声地叫着丘娃子的学名，"这是外地方么？本家本户，你进来呀！我们何家也没有多的人了，什么话不好说呢？"

寡妇认真受了感动似的咽了口气。

"对，对，对！"跟在后面的表婶婶附和说，"你伯娘不会害忌你的！"

"你不要掀嘛！……"

大门堂里猝然发出一种低沉的叫嚷声，随即出现了一个瘦小的人影。接着出现的是刘二。仿佛迎接贵宾似的，站在耳门边的人们立刻让出一条路来。

丘娃子还是穿着那身同样的衣服，包着同样的破布。只是头发已经剃了，脚下也不再是鱼尾巴鞋，倒是结结实实套上的一双汉州草履；看来精神多了，使人觉得他是抱着一种什么坚强的决心。但他并未一直走去，在大厅上的第一根柱子边停下来。脸上带点烦恼神情，他嘟着张嘴，埋下视线，默默掏着指甲盖里的污垢。

其他的人也都接着跟进来了。寡妇在靠近丘娃子的一张圈椅上坐下来。

"唉，你还客气么？自己人家里，坐下来呀！"寡妇含笑地柔声说。

丘娃子动了动嘴唇,依旧埋下头掏着指甲。

"这里也没有外人,"看出和他讲礼未免费事,慎重地咳嗽一声,寡妇开始说了,"宝章呀!"她亲切地叫唤着丘娃子,认真把他当作一个血肉相连的亲属,"你怎么干这种糊涂事情啊?又不是傻子,人也聪聪明明的,书也读过……"

"我没有法子呀!"翻翻眼睛,丘娃子意外地插入说。

"好!你没有法子,你还生得有嘴巴么?你该来向我说呀!'伯娘,我不得了,把你的钱借点。'你试试看又怎样?一来,动不动就闹家务!……"

丘娃子气愤地侧起头;但他刚想张嘴,寡妇又立刻阻止住他。

"你听我说完来嘛!"她紧接着说,"一来就扯家务,也不想想,家,早分了的,字据在我手里;许多证人也都还活起在,这有什么用呢——哼?"

丘娃子呼吸迫促地透了口气。

"总之,这个你怪不得我啊!"他截然地说,瞟了寡妇一眼之后就又把头迈开。

"那总该怪我啊!"对于丘娃子意外的倔强,寡妇有一点恼怒了,"你烧烂烟,这是我的不好;不成行,也是我;现在串通人告我,也是我自己不对!"

"我没有那么不要脸!……"

"你多要脸啊!"寡妇更愤激了,无意中响着那种习惯了的嘲弄调子,"你只是告我的状,倒还没有抓包耗子药来,把我全家人毒死!"

"总之,"丘娃子顶住说,傲慢地挽挽袖头,"我们说不拢啊!"

他的神气好像满有把握似的,而且,仿佛什么他都不会惧怕。但这并非他丝毫没有忏悔的意思,而正因为他还想和好,寡妇的嘲弄,也就更加刺伤他了。

"怎么不想想你自己呢?"他又说,"把人像吼狗样!……"

寡妇强制自己笑了,因为她已经很快反省到了她的失策。

"你看你呀,"她说,惋惜似的笑了起来,"我才一句话,你就这个态度!幸得我还是你一个伯娘啊。一个人也该想想,自己是怎么长大的吧?"

寡妇深深叹了口气,接着就委婉曲折地诉说起来,并且毫无恶意、不经思索地添造着许多使人为之赞叹的琐事。因为当其生母病故,丘娃子还是一个婴儿的时候,寡妇曾经抚育过他两三个月,一直到那父亲替他娶了晚娘为止。

"这些都不说了,"她结束道,"单替你洗过多少屎片子啊!……"

"这倒是确实的!"表婶婶接着说,冒充着见证,"所以你千万昧不得良心!"

丘娃子仿佛咀嚼食物似的动了动嘴,又轻轻咽口气。他已经没有气愤和不满了,有的只是悔恨以及感动,而且觉得上了那位烂药舅舅的当。

他是并不相信白酱丹的,而他现在钱又光了。

"我未必安心想闹烂么!"他苦恼地低声说。

"你自然是上了别人的当了!"寡妇说,心境忽然开朗起来,虽然依旧现出一副苦脸,"你说说吧,他是怎样给你讲的?一封公事就了结了——哼?"

"你说嘛!"表婶婶打着合声,"事情终久会闹穿的。"

丘娃子叹了口气,随又埋下视线,掏起指甲盖来。

"你不要怕！"看出丘娃子感觉为难，寡妇重又说了，"若果你用过他的钱，我还他好了。只要你好好的，肯听话，钱算什么？戒烟也花不了多少的。就是将来烟戒掉了，你要做点生意，我也不会有二话说。就是外人，一千八百我都在帮忙呀！"

"对！对！对！你伯娘还害你么？"表婶婶鼓舞地接着说。

"唉，你是壬的吧？"仿佛忽然记起似的，寡妇自问自答地说，"不错，壬的，明年满三十了！看你自己还想成个家么？么房就只有你一个人了。"

"他没有说什么……"

"怎么会没有说什么啊？"丘娃子的话语虽然低沉而又含糊，寡妇可立刻听清了，她紧接着聚精会神地问，"既然居心告状，会连怎么个告法都没有商量过吗？这样怪的事情，就是你自己吧，恐怕也不会相信呀！……"

她一顿，忽然逗趣似的轻声笑了。

"你不说也算了，"她诱导地接着说，同时站了起来，"只要你问得过心！"

"他要我打伙挖筲箕背！"

"你答应没有呢？"她反问，赶紧向丘娃子走去。

"他说他进城立案去了。"

"嗨，搞得好！"腰身一挺，寡妇带点狂气笑了，"你这种人也叫人啊！"

"又不是我……"

"滚，滚，滚，我何家没有你这种东西！——刘二！……"

二十五

　　进城的当天下午,在一间颇为宏敞的堂屋里面,白酱丹忽然感觉厌烦起来。因为他进来很久了,而那位和他隔了张方桌对面坐着的主人,除了进门时说了一声"坐呀",简直没有理他,仿佛他自己在北斗镇对待什么没眉没眼的角色一样。

　　白酱丹重又咳嗽一声来提醒对方的注意。但是,又过了好一阵,主人这才那么仔细地、清检好堆在面前的红红绿绿的钞票,用一张白纱手巾包妥当了。

　　于是提起包裹,主人绕着桌子走了过去,拿眼睛贴近白酱丹研究起来。

　　"好呀!"白酱丹笑着站起来了,"还认识么?"

　　"我怕是哪个啊!……"

　　近视眼的主人把头缩转去了,就在客人下首,隔着一张茶几坐了下来。

　　他是很有名的,这不仅因为他有一对全城第一的近视眼睛,而且因为他是一把公事场中的通关钥匙,任何难题,一有他就解决了。他枯焦而冷静,像块岩石一样。

　　他叫吴监;虽然他是官班法政毕业,并非监生这类假货。

　　"这几年该好呀?"吴监问,把包裹搁在大腿边上。

　　"不怕你笑,老哥!生活都还成问题啊!"

　　"怎么,都说你们睡在钱窝窝里的呀!乌药,碱巴,都很值钱,涨了好几十倍。又出金子——唉,啥时候帮忙买点便宜货喳！"

"这个容易，要多少开腔好了！我也正为金子的事来找你的。"

"想走私哇？"吴监直直率率地问。

"不！"白酱丹红脸了，"还说不到这一层来啊！事情是这样的……"

他正大堂皇地叙述了一番事情的经过。

"所以我特别跑来找你，"白酱丹接着说，"要请你在立案上帮帮忙！你知道的，我好多年没有进过城了，许多事摸不到火门——怕走不通！"

"这个不成问题，大家老朋友呀！"

"自然，自然，"白酱丹接着说，有点口吃起来，"自然，不过，唉，大家人不同了，揭开脸壳子说吧：这当中还有点沟沟坎坎——虽然并不怎样严重……"

"你不是说何家已经承认了么？"

"承认，自然是承认了，就怕大房站出来说话。我这个人一辈子做事，你清楚的，总是摸到石头过河。唉，依你看，将来不会有麻烦吧？……哼？"

黑而精瘦的吴监，闭紧嘴沉思了。

"总之，这件事要请你这位老公事费心斟酌一下！"白酱丹阿谀地加上说。

他想掏出联保主任龙哥的介绍信，一转念头，他又觉得不必要了。

"出产比磨家沟强。"他又秃头秃脑加上一句。

吴监忽然咂了一下嘴唇。

"我看，这样做吧！"吴监紧接着斩切地说，仿佛他在公布一道命令，"你索性单独呈请立案好了！政府正在奖励这样做呀。他地主么，照章分红给他就是了。不过，说一句老实话，我这个人一辈子怕做冤枉活路，出产真的旺不旺啊？"

"旺！旺！旺！这点我敢保险！可是这样行得通呀？"

"这是明令，怎么行不通哇？难道是什么人捏造的么！"

"那就好了！不过还有一点，别人有祖坟在那里啊？"

"唉，你这个人太落后了！……"

吴监惋惜地叹了口气。

"我的祖坟出金子我都要挖！"他又坚决地加上说。

"然而，这是别人的呀！哈，哈……"

"我知道是别人的——可是现在就不兴这一套！"

吴监的态度虽然不大礼貌，但是那张黄而浮肿的圆脸，却忽然被一种丢心落意的光彩照亮了，眼睛笑得好像两条细缝。总之，这个老讼棍完全把白酱丹征服了。于是就在这个新的主意下面，他详细叩问着有关的法令，立案的措辞，以及其他必需打通的关节。他们最后决定，一部分由白酱丹自办，一部分就由吴监承担下来。

于是两个人就开始活动了。为了稳妥起见，他们把寡妇的父亲，那老拔贡也拖了进来。当白酱丹走去游说的时候，老头子原很反对，虽然他的家境并不宽裕。但是接着，人种的舅舅，那公路职员却自己找来了，拍着胸口负责说服他的父亲。

在进城的第四天上，公事就到了县政府了。出名立案的有吴监、老拔贡的令郎、龙哥、彭胖和白酱丹。由白酱丹领衔。他们的组合叫利国公司，似乎真想大锣大鼓地搞一通。然而，少数城里的士绅却不平了，因为没搭上股份。所以当第五天上酬客的时候，只有几个一呼即至的法定团体的负责人跑来凑趣，好多人打了谢字。

这虽然有点扫兴，好在无关大体。最重要的，那个满口承认帮忙的县政府的秘书，毕竟叫他们恭候到了。那是一个小胖子，眼小鼻塌，因为胸部挺起，衣着又小，看来就像没有臀部一样。他一进来，主客间的谈话立刻哑了。吴监拖着肩膀，偏起颈项欢迎过去。而那个素以冷静自夸的白酱丹，却多少显得有点狼狈。他赶快放下手里的烟袋，红着一张脸站起来了，仿佛初次在这种场合上露面的土财主一样。这因为，那来的是一个行政上的重要角色；其次，他很担心立案的事情。他假装着咳嗽了。

那个和秘书密谈了几句的吴监走过来解救他。吴监一声不响，把白酱丹拖往那位贵宾面前去了。这自然是好的，但白酱丹中途又止住他。

"莫忙啊！"白酱丹红着脸低声说，"立案没问题吧？"

"有问题他不来了。"

"唉，唉，唉，"白酱丹喜欢得口齿笨拙起来，"他没有说钱吗？"

"你怎么这样宝器[1]啊！"

白酱丹的老脸更加红了，而且真像宝器一样，走过去了。

经过吴监的介绍，于是隔着一张茶几，白酱丹同那秘书攀谈起来。起初很不自然，而且老是调换话题。随后，就把谈话集中到北斗镇的土产上面去了。

别的人也同自己的对手重新闲谈起来。而谈得最起劲的

---

[1] 宝器：四川方言，形容像活宝一样的傻瓜。

是那公路职员,他在大吹他的西安生意。留心听他的人也特别多。但那教育会会长,一个瘦长、秃头的中年人,却始终对谁也不留意,他只间或站了起来,走去搅乱一下那些得其所哉的苍蝇。

现在,那个百无聊赖、灯杆一样枯坐一旁的教育会会长,重又站了起来,重又走向那些早已摆好种种冷盘的圆桌边去了,而且伸出手臂去拂了两拂。

"怎么这几天就有了?"当退回原位的时候,会长苦着脸自言自语地说。

"哄了你算孙娃子!"那公路职员几乎在咆哮了,"硬是随便买点什么回来都是一个对本!像他们办车胎、办颜料的,两个对本还不止啊!……"

秘书和白酱丹的谈话却一直都是那么客气。

"成色比章腊金如何啊?"秘书问,庄严地点着下巴。

"好啊!"白酱丹回答,又自信地扬扬眉毛,"将来看嘛!"

"对,那就一定请你帮忙买一点吧!因为内人……"

"怎么说买?那还成了笑话了哩!……"

"请坐起吧!"吴监忽然大声地说,"大家恐怕已经饿了!"

这是确实的,因为便是那个带点军人风味、精神百倍的公路职员,都已丢开他的西安生意,懒妥妥地住了嘴了。秃头的长条子教育会会长,也只是那么苦滞地坐着,不再关心苍蝇。所以,但等主人摊一摊招请的手臂,大家就入座了。

虽然为了身份,为了礼貌,秘书拱起手推让着,不肯坐上首席,但一发觉大家已经不大耐烦,也就不再推辞。于是动手吃甜汤了。开始是一片混杂的调羹碰调羹和喝着滚烫开水时嘴唇皮咂出的声音,接着,就单是清脆的调羹碰调羹的声音了。

咀嚼冷盘时的声音却要沉重得多。这其间，虽也有着主客的对话，但都很简短、很斩切的："请！""好！""重请一点！""好好好！"实际上就只这么单调！真正的谈话直到第五碗热菜下台后才开始。于是大家打着油嗝，剔着牙齿，认真谈起来了。

先是共同谈一个题目，不久，因为那种漫谈中所常有的杂乱无章，在进行当中就又逐渐分化起来，谈话的人变成了好几组了，各不相涉地齐驱并进。

仿佛居心证明自己并不土气，白酱丹和秘书在谈着神圣的抗战。

"不错，不错，"他说，"首先，中国地大物博，历史又这样悠久……"

"你起来敬杯酒嘛！"吴监侧侧上身，挨近白酱丹耳朵说。

"好！……提不提谈事呢？"

吴监闭紧嘴唇摇了摇头。因为他认为宴客只是预留一个地步，为将来万一发生麻烦找着落的，提谈起来反而多事。于是白酱丹提着酒壶站起来了。他先请大家喝干杯子里原有的酒，至少要喝一口，又再一一斟满。然后举起酒杯，带笑扫了一眼那些高矮不等、肥瘦不一、绕了圆桌站起的客人，接着就单独望着秘书笑了。

"这回进城，诸事都很仰仗！"他非常文雅地说，"请干一杯！……"

在道谢声中，各色各样的喝酒方式就开始了。有端着杯子闻的，有单用嘴唇挨挨酒杯边儿的，有的来势凶猛，发出一种很响很长的撕裂布匹的声音，实际并没有喝多少的。合格的酒徒也很不少，只见脑袋一扬，又咕的一声，酒杯便见底了。

但是，就在这种极端精彩的表演当中，一个衣服整饰的中年妇人走进来了。这是何寡母。她才到城不久；而当从老拔贡口里听到立案的内容已经变卦的时候，她大吃一惊，立刻赶向吴家来了。虽然那个瘫在床上的拔贡劝她消停一下，竟也没有留住。因为她有一种错觉，以为宴会一完，她的希望也就完了。至少困难是更多了。加之，这个变卦对于她太突然，太出乎意料以外。正如一个自以为已经应药的病人，忽然碰见一个致命的翻覆。她所保存的证据，分家的和坟地纠纷的，是完全没有用了。而她的自信也就随之崩溃。这在别人也许已经失措，但她还有余力支持起自己。

当她在席前露面的时候，大家正在喝酒。只有白酱丹还擎着杯子，而且眼睛四下扫着，极想表现一下自己的周到。于是，当他把眼光移向下席灯杆一样的教育会长的时候，他那黄而微肿的圆脸上的喜悦，以及那种近于讨好的神气，一下就变样了。他忽然瞟见了何寡母。他皱皱眉毛，随即那么自然地放下举在手里的酒杯。

白酱丹迫使自己笑了。可是他却依旧没有找出适当的话来，正像一个白痴一样。

"三老表！"到底寡妇先开口了，"这不会打扰你吧？"

"哪里的话！请坐——添一份杯筷来！……"

白酱丹忽然想起寡妇是讲究礼节的，不会同那样多生面孔的男客共席，就又立刻改口叫人泡茶。他显得有点忙乱，因为他还在吃惊，无法使自己平静下来。

"是今天动身的么？"他张张巴巴地说，"表嫂这几十里路真赶得快！……"

客人早已坐下去了。他们当中发出了一阵短促的低语，随即不大自然地静下来，拘谨得正像送亲的上宾一样。最后，还是见多识广的吴监起来打开这场僵局。

"唉,我们吃我们的吧!"他说,"你也来呀!"他随又大声加上一句。

这后一句是他仰起脖子随便叫的,目的是招呼白酱丹;而那一个却也立刻理会了他的意思,丢下寡妇,红着张脸,挨着吴监坐下来了。

"这真太遇缘了!"白酱丹小声叹息着说。

"没关系!"吴监说,神气满不在乎,"吃了再讲!"

因为寡妇没有回答他的招呼,还极力回避他,公路职员生了气了。全席只有他一个人没动手。但当开始用饭的时候,他却抓起筷子狠狠一躜,终于也吃起来。

公路职员有一种模糊感觉,仿佛寡妇的闯入有点使他丢脸。这很快就被寡妇觉察到了,因为当他躜着筷子的时候,她禁不住异常凄苦地冷冷一笑。而且,她所仓促凑成的种种理由,一下子消失了,立刻滑入一种极想申诉的悲楚的心情当中。

寡妇得到一个新的念头,以为若果诉说一番她的身世,她是会得到人们的同情的,因为在座的客人都是些体面绅士。她设想他们的感动程度会和她一样。所以,当大家搁下筷子,摆出一副准备受难的脸相,默默地分开坐定之后,她就开始说起来了。她说得详尽而又委婉。虽然她的眼睛仅仅有点润湿,她的声调也还那么爽朗,但是一个软心肠的人可以从她的诉苦听出眼泪来的……

但这并无效果,客人都在表示不耐烦了。便是那些香烟瓜子,似乎也都不能使耐性增强一点。那教育会长禁不住开口了。他得赶回去领孩子,否则太太就会淘气。

"这究竟是怎么一回事啊,"他忽然插入说,"大家都还有点正经事哩！"

"对的，有话直直劈劈地说了好了！"别的人附和着说。

寡妇挫折了。

"好，"她叫着，重新鼓起勇气，"那就请白三老爷说吧！"

"怎么该我说啊？哈哈！……"

"怎么不该你说哇——你请的客！"

"这个话才怪！"吴监严正地驳斥了，"人家请客归请客呀！"

寡妇没有接搭下去，她觉得她被敌人包围住了。那个一直感觉自己是在大庭广众中丢脸的公路职员站了起来，迅速走近她去，随即弯下身子向她耳语。

"你回去歇歇好么？"他恳求地低声说，"大家的面子也要紧嘛！"

"什么叫'面子'哇？"寡妇愤然作色地说，连自己也没料到地变激昂了，"我的面子早丢完了！外人振我不说，连亲兄弟也打起合声振，还禁止你张声！"

"那么你又闹吗——看你闹得出一个名堂来么！"

认为已经尽了手足之情似的，公路职员心上轻松多了。于是他退回堂屋门边的矮椅子上去，两脚一伸，两手抄过去兜住后脑瓜子，装出一种不闻不问的神气。

他决心不开口了，但他忽然两手向前一抛，重又坐直起来。

"说起来又怪我多嘴了，"他说，又长长叹一口气，"你究竟打听过行市没有啊？让我告诉你吧：人家是根据法令做的，又不是骗人、哄人、欺诈哪个。自己就是不愿意吧，也该拿人情说呀！'唉，大家都不是外人哇。'一来就又吵又闹……"

"那我们像在装疯！"白酱丹说，非难地笑了。

"你听！"同时寡妇也插入说，"就是丢脸，也只丢得了我何家的脸！……"

公路职员十分见怪地睁大眼睛，再也无法说下去了。于是，仿佛唾弃什么似的动了动嘴，重又四肢长伸地躺下去了，认真不再开口。

"我活了这么大，"寡妇继续说，没有想到她的发泄只会加重了人们对她的厌烦，"我守了一二十年节，现在倒要你来教训我了！恐怕就是给人烧起吃了，也不出点声气，那才叫作'面子'！可是没有那么便宜。这不是乡坝里，没有王法的地方！"

"对！"白酱丹忽然懒懒地开口了，带着一种充满自信的微笑，"这不是没有王法的地方，凡事要讲法律；吼一阵吓不倒人，也解决不了问题！"

他已经看出了自己的优势，决心要了结这纠纷了。

"真对不住，今天把大家耽搁久了！"他接着说，抱着烟袋站了起来，"又花工夫，又受打扰。现在就让我来说一说吧。免得把大家吵得头痛！……"

白酱丹从自己的观点说了一番金厂立案的缘起。

"事情就是这样！"他结束道，"请各位批评批评，看我哪点错了？就说我智识浅短、对公事外行吧，这城里的高明人——岂少也哉？……哼？……哼？……"

他原想说城里的高明人都很赞成他的，但是那"也哉"妨害了他，使他意外地倒了个硬拐，以致没有表达出自己的本意。而且无法接下去了。他感觉得情急而又羞惭，只好搂着烟袋，哼哼哼地响着鼻子，身子车来车去绕视着前后左右的客人。

"当然，当然，"几个声音同时地说，"这些事应该有人来提倡啊！"

"自然应该提倡，"寡妇插进嘴来，企图挽回她的颓势，"各位都是明达之士，"她说，极力做出微笑，"未必还会乱说话么？又都是机关法团的人。我们女流之辈，见识浅。不过我要请教各位，再说应该提倡，究竟还讲不讲个主权呢？"

白酱丹非难地笑了起来，隔着桌子迅速地走向寡妇。

"主权自然是你的呀！"他说，用手指轻轻击着桌面，"所以……"

"既然说是我的，为什么你们又随便就把案立了呢？"寡妇顶上去问。

"完了！"因为回答不出，白酱丹解嘲似的笑了，"你怎么这样说啊！……"

"简直是在瞎扯！……"

虽然没有看出，也不容易看出白酱丹的狼狈，吴监终于出了马了。依照习惯，每当说话的时候，他总现出一副沉思的样子，也不看望一眼对方，而且，每说一句，总要毫无目的地点一下脑袋。他的语调异常沉着，充满一种专断的自信。

在下了断语，判定寡妇是在瞎扯以后，于是他一知半解，但却能自圆其说地谈到土地的所有权和使用权，以及种种有关战时生产建设的法令。他解释得那么确切，便连自负博学的长条子教育会长，也佩服了。但是寡妇却不相信他这一套。因为若果相信了他，除了屈服，她便别无出路。同时她又无法找到反对的理由。她重又慌乱起来，觉得她被束缚得更紧了，简直想不出一个解脱的办法。

而且，吴监的声名、魔力，以及他的接近官府，她又早知道的，对他更加畏忌。因此，吴监说得愈多，她的失望也就愈大，但她忽然勇敢地遮断他。

"我没有你那么会说！"她嚷叫道，"我们打官司好了！……"

"好嘛！"吴监并不生气，反而冷冷地笑了，"看政府还把法令给你改一下么？好在'中央'也搬到四川来了，就在重庆，要告上控也不费事。"

"我说不定要找'中央'！"寡妇继续叫嚷，"我怎么不找？……"

她是如此的愤激，至于发泼似的一跃而起，再又扭着腰肢塞进椅子里去。但当坐定之后，她感觉害羞了。她没有能够如她所想的再嚷下去。

"问题倒不在'中央'不'中央'啊，"浮着机敏深沉的微笑，秘书乘机会开口了，"这是法令！"他说，神气忽然严肃起来，似乎想让大家知道，他所提到的并非茶壶酒壶一类东西，"你问问看，全国都通行的。就是去找'委员长'吧，该怎样还是怎样。"

"对啰！"白酱丹兴高采烈地叫了，"你手里过的案子未必还少了么？！"

他存心要给寡妇一个有力的暗示，而他立刻就做到了。因为寡妇忽然一下断定，小胖子秘书无疑是个重要官员，失悔自己先前没有注意。她的失败情绪更增强了，但也同时发现了一个新的希望，以为她的身世，可以例外地得到秘书的同情。

"你先生不知道，"寡妇开始从容地说，"我守了一二十年节……"

秘书感觉厌烦地笑了。

"好吧，"她叹了口气，随即毅然决然改变过话题，"就算是政府规定了的，常言说，官有一问，民有一诉，这个主权，总不能给我说走了吧？"

"主权自然还是你的！"秘书说，威严地抬抬下巴。

"好，主权既然说是我的，为什么又不由我做主？"

"闹了这大半天，怎么你还没有弄清楚啊？"苦着张脸，教育会长接了嘴了，他站起来，指指点点地紧接着说，"他们是根据法令使用一下，使用的时候，照规定给你分股；不使用了，地方还是你的——哪个就给你背走了么？呵唷！……"

"可是各位要知道啊，我那里有祖坟呀！"

"绝对不会挨你的坟！……"

白酱丹赶紧跳起来顶上一句；而在同时，吴监异常见怪似的嚷道："霉了——挖人家的祖坟！"

"对，对，对，对，对……"

客人们也都一齐叫嚷开来，企图尽力造成一个脱身的机会。

"对，只要承认不伤你的坟就好了嘛！"好几个人异口同声地说。

"不！不！各位像还不清楚，我那里是发坟呀！"

"这些脑筋真太旧了！"教育会长愤愤地咕噜了一句。

这总算主人家没有错请了他，因为，虽然不如第一次来得激昂，会长随即自告奋勇地讲说起来，用着极大的忍耐开导了寡妇一番，证明风水之不足信。

"外国人就从来不看阴地，"他接着说，"别人不一样出大总统、出发财人么？"

"我们中国人可有中国人的风气！……"

"呵唷！何太太哩，"秘书戴上呢帽，蹩着胖脸站起来了，"你这点道理，无论如何说不走的！发坟，"他从鼻孔里轻声一笑，神气正和他提到法令的时候相反，"我告诉你，'中央'已经明令全国普遍修公墓了——就不兴发坟不发坟这一套！……"

"可是，秘书长要知道，我是一子之家啊？要是犯到……"

"依我看这样吧，"虽然并不理会寡妇，秘书倒像代她求情似的，微笑着转向白酱丹了，"你们开工的时候，多叮咛一声工匠，不要伤到她的坟吧！"

"这是当然的呀！哈哈，我同他们何府上还算是内亲啊。"

"好，好，好，事情这一下也算说来顶了天了！……"

带着极不耐烦的神气，客人们也都陆续站起来了；仿佛寡妇如果再扯下去，那就无异是和他们作对。而当公路职员走向厢几，取下呢帽，向着头上一笼的时候，他更忍不住厌恶地向她横了一眼。"这就叫自讨没趣！"他恼怒地对自己说。

寡妇是被全世界同她作对那样的感觉所压倒了。她很想哭嚷出来，请他们把她活埋了再说，但这太失态了。因为这是城里，先前又已经做了一次可笑举动。她一时间为沮丧和失措淹没了。但她还在挣扎，而且忽然得到一个新的主意。

鼓动余勇，她蓦地理直气壮地站起来了。

"那么好！"她充满自信地赌气说，"我可额外还要搭股！"

"呵唷！"白酱丹笑嚷道，"这个还不容易？连外人都在搭股子呀！……"

出乎寡妇意外，她所提出的难题，立刻就解答了。

于是，不仅是当事人，客人们也都一个个轻松活泼起来，觉得了却一桩大事，可以毫无愧色地走出去了。也就是说，他们没有白吃白喝，已经对得住一席并不菲薄的飨宴。他们连声道谢，就由白酱丹和吴监伴送着退出堂屋，走向大门口去。

而当屋子里只剩下一个寡妇，几个早就在门缝里窥探着偷听着的女眷,走出来屈尽女人的本分,开始劝慰她的时候,寡妇可就认真成了失败者了。

"我苦了一二十年,"她啜泣着,"我二十几岁就居孀守节……"

二十六

正如太阳的大公无私一样,抗战把一切都推动着前进了。而那速度,用句乡下人的话说,便是套起草鞋也赶不上的。因此,白酱丹从城里凯旋归来那个日子,虽然在人们记忆里还是那么新鲜,其间的变动,却颇相当于我们祖父辈一生的经历。

当他终于降伏了那个厉害的寡妇,完成了开发筲箕背的合法手续以后,他觉得他的希望开了花了。他大锣大鼓准备起来,此外一切,全不在他意下。但这样的时间是有限的,到了回家的第九天上,他却逐渐由陶醉里醒转来了。他并不明确知道已经有了什么阻碍,但要相信百事顺遂,却又不行。首先是股金问题。当进城立案的时候,龙哥、彭胖是用全部热忱支持他的,回来的时候也还不错,最近却变样了。他们总是推诿着交款的日期。这在起初,他相信他们的现款确不方便,因为他知道他们到手的小麦、菜籽是很多的。经过昨天的谈话,那怀疑就钻进来了。他看出他们是在推诿。

也就因为这点疑虑,这天早晨,他连坐茶馆的习惯,也自动革除了。抱着签花烟袋,他仔细地、但却仍然像被热情冲昏了头的那样,毫无结果地推敲着他们一再推诿的原因。他一时认定他们是在生他的气,他们搭的股份少了。然而这不对劲,假如这样,他才回来的时候他们便会向他提出抗议,不会一直闷在心里。

于是他又重新回忆一遍他们昨天谈话的经过。

"也就是这样!"想完之后,他对他自己说,"格外并没有讲什么呀!'不要慌,慌什么啊!'自然,态度不大那个,有点像冷水烫猪!……"

烂钟奎从外面走了进来,现在他已经成了白酱丹的重要助手。

"跑了这一早晨,"他表功地边走边说,"连脸都没有洗!"

他想一直穿过堂屋,走到灶房里去打水洗脸。

"你也换一双草鞋哩!"白酱丹叹息说。

他皱着眉头,斜视着烂钟奎那一双太欠考究的鱼尾巴鞋。

"请的人怎样呢?"他又问。

"人倒多啊!"烂钟奎停下来,傻笑地抓抓耳根,"林狗嘴的槽子停了,刘大鼻子的,听说也准备搁下来;你就要一百人也好找的,不要讲三五十个!"

"大鼻子的也要停工?"

"挖蚀了。你想,口粮又贵,一天挖他妈一点,麦麸皮样!……"

"那是啊!"白酱丹毫无理由地高兴起来,"出产不旺宁肯莫挖!"

"筲箕背将来好啊!不过,究竟是怎么的,闹了这样久了……"

"快去洗了脸再说吧!"白酱丹切住他。

他的高兴已经消失,他又重新被烦恼包围住了。

而且，现在他似乎已经接触到龙哥同彭胖一再推诿的理由，但他不敢相信。所以直到吃饭的时候，他的眼前依旧蒙着一层雾罩，使他无法认清它们。

因为这天逢场，又失约好几次了，他该留在家里等酒罐罐一道去市上买木料的，但连饭后烟都来不及抽，他就抱着烟袋出门去了。只留下一个口信，叫那老金夫子到畅和轩找他。他多少有点着急，模糊觉得自己的命运，就要临到决定的关头了。

当经过涌泉居的时候，么长子连说带笑招呼住他。在白酱丹初从城里回来的时候，那嫉恨狠狠地苦过他，现在，他却怀着恶意的期待来看他了：希望粮价更涨。

么长子故意作怪地眨眨眼睛，大笑着嚷叫道："嗨，老是走！认真要挖金门闩子了哇？……"

白酱丹原想点点头就走过的，但他停立下来。

"唉，又怎么样呢？"他带点应战的态度反问。

"不怎么样！"么长子作弄地回答，"就是请你早放个信，我们也好燃串鞭炮！不过，唉，当心点啊，谨防把人骨头挖出来！"茶客们大快人心地哄笑起来。

"啐！……"

白酱丹担心闹来不成体统，于是啐了一口，走了。

街面上已经很拥挤了。但是因为正当农忙时节，上街赶场的男子汉很少，大多数是妇女。她们走着谈着，有的手上挽着提筐，有的背着夹背。谈话最普遍的是雨水问题，因为冬田已经亮了底了，好多地方连秧母田都关不起水……

龙哥正在畅和轩一张空起的方桌上清检钞票，他的对面站着彭胖；一只脚踏在长凳上面，膝盖上撑着右手，托住下巴。

他们都严肃而沉默，只不时意义暧昧地交换句把句话。他们正在进行一桩危险勾当，准备调换硬洋，然后派人进山去换烟土。他们感觉自己是在冒险；虽然半年以后，这在北斗镇已经成了公开的合法买卖。

正因为这件事，龙哥近来已经变得很沉静了。这不是良心上有着不安，他有很多顾虑，同时又舍不得那三倍四倍的利益。彭胖的心情也同他的一样。

当他们听见白酱丹的招呼的时候，票子已经清点完了。

"呵哟，开银行嘛。"白酱丹故意打趣地说，一面走向他们。

龙哥在动手包扎钞票。

"开啥银行！"他懒懒地说，"还斗不到眼睛啊！"

白酱丹红了红脸，觉得龙哥在回避他。

"你这几天像有病呀？"最后他搭讪着说，"看你的神色……"

"他妈的就是头昏得很！……"

龙哥回答得有点心不在焉。于是叹息一声，结结实实坐下去了。

"你收检好哇！"他翻了彭胖一眼，加上说。

"要得嘛，"彭胖蠢然笑了，"横竖检也检不热的。"

接着彭胖就把那包裹拖了过来，无聊似的用手估着重量。

"看有二十块硬银元重么！……"

"唉，股款究竟怎么样呢？"

终于，白酱丹忍不住提出严重问题来了，同时斜坐在一张长凳上面。

"有多少东西，早就该备办了。"他加上说。

"这样好吧,"龙哥说,一下坐直起来,"我量两担玉米给你。"

"对!"彭胖紧接着说,"开了工横竖你要吃的,我也匀点。"

"可是,没有现钱也不行呀!打撑、装厢的木料、刨锄子……"

扳着指头,白酱丹带点激动地说了一长串必要的开销。

"请问,没有家具这个工怎么开?"他接着说,"未必学赵五娘,用手挖么?城里的股款也不来气。真想得好!人种舅舅来了封信,说,他到西安去了,分的金子交在他老婆手里,不要让老头子知道。钱呢,一个字不提,真像我在唱黄金窖!"

"我看这样好么,"嗽嗽喉咙,彭胖审慎地正式说开头了,"横竖什么都不就流[1],等粮价稳住了,再来动工怎样?你把细想想吧——哼?……"

白酱丹没再张声。他苦着脸,似乎正在考虑什么严重问题。

"老实说吧,"彭胖接着又说,"何必定要挖金子啊!现在随便买点什么,过道手就有钱赚。你说事情就流,也不说了,又处处汤来水不来的!……"

白酱丹苦笑一声,随又咂了咂嘴唇。

"我们忙了这样一场,像是在装疯呀!"他显得愤激地说。

"怎么是装疯哇?案是立了的,金子埋在土巴里,等到粮价跌了……"

"你当然可以这么样说,有钱,等得起呀!"

---

1 就流:四川方言,就绪。

"好，少说点吧！"那个肥厚多肉的鼻子猛地响了一声，龙哥站起来了，"我们两个人给你凑一千好了！"他热情地接着说，"不然，你会以为我们过桥抽板，丢下你不管了。老实说，粮价这样簸来簸去，还要把钱往里面塞，实在也太冒险！……"

"要是金价跟着涨也不说了！"彭胖赶紧插进一句。

"对啰，金价呢，公家又给你捆得梆紧！……"

"早知道是这个结局！"白酱丹摇头叹气起来。

"这只能怪目前的事情变动得太快了，就像变把戏样！"彭胖说，假装出一副愁相，"就拿菜籽来说，你以为登了市好买点吧，嗨，它才没有那么听话！"

"怎么，你未必还没有收够？"龙哥问，惊怪地斜瞪着彭胖。

"我才收好几颗啊！头几场太忍手了……"

于是，两个人谈着私话，一面走向阶沿边去。对于白酱丹呢，就像对付筲箕背那样，他们几乎对他毫不感觉兴会，甚至完全把他忘记掉了。

白酱丹自己，也好像没心思定要跟着他们。那个早晨怕于承认的若即若离的真相，现在已经很明确了。但他立刻把他的感情浪费在对于他们的不满上去。他觉得他是被出卖了。而这却又使他得到一种意外的勇气，决心坚持下去，似乎闹翻脸也不在乎。末了，他也终于站了起来，走向他们正在密谈着的阶沿上去。这时茶馆里的客人已经很多，随处都在响着人们的骚音，以及茶碗、茶船碰击的噪响。

当快要走近他们的时候，他很懂事地预先咳了声嗽。

"那么，钱又什么时候拿呢？我好做我的事了。"他搭讪着问。

"下一场好吧？"彭胖客客气气地回答。

"你手里不是钱么？"

"呵哟！这个钱那我才挨都不敢挨它。"

"这样好吧！"顺手把呢帽往脑后一掀，龙哥粗声粗气地接着说，"晚上你找胖哥好了！不过，还是那个老话，不要慌——不挖金子就不吃饭了么？"

他说这些话的居心，原是好的，但他几乎把白酱丹弄发火了。加之，话一说完，龙哥、彭胖就都扬长而去，理也不理睬他，这就更加使他生气！但他始终没有发作，就那么不声不响地尽力克制着自己的激动，直到狗老爷出了声气，这才回过神来。

狗老爷是坐在阶沿上的长桌上的，现在，他望白酱丹好奇地叫道："嗨，你像想进去了呀！……"

白酱丹长长嘘一口气，而他随即显得害羞似的笑了。

"唉，我正想找你说个话哩！"他说，走近狗老爷去，在空着的首席上坐了下来，"挪扯得到一千块钱用一用么？今晚上就如数还你！"

"你早该说呀！几个钱，头一场买小麦就买完了。"

"怎么，你也看热闹了呀？"一个同桌的茶客插进来打趣。

"啥呵，横竖不大费事，搞到玩样！"

"你去编一编好吧？"白酱丹又说。

"不行！"狗老爷说，摇一摇板刷一样的下巴，"你想想吧，现在哪个肯把钱搁下来乘凉啊！就出五分利你都借不到的——都拿去耍变化去了！"

"好，那就不必谈了，我另外设法吧！"

仿佛认真能够另外设法，而且很有把握，白酱丹强笑着站起来了。他信步走下阶沿,挤进人丛中去,挺起胸口,搂着烟袋,装出一副和心情很不相称的高傲神气。

一直走了好一段街,他才得到一个念头,他可以到寡妇那里去试一试。因为他记得很清楚,正是在城里宴客的时候,地主应得的股份而外,寡妇曾经承认,或者确切点说,曾经被允许再搭两成股的。而且,就在前一个场期,因为龙哥们的推诿,他还亲自去催过一次。虽然没有结果,甚至没有会见寡妇本人。而他先前之所以没有想到找她,原因也正在这里。现在,既然四面都是墙壁,他就又想起这条出路来了。

他已经在何家大厅上坐下来了。但他显得很不自在,因为正同前次一样,只有一杯温茶陪伴着他。他抑制地叹息了,于是望着屋橡凝想起来。他设想她找不出现款,但是谁也不会相信这是事实;而她若果已经放弃了入股的念头,这就糟了!

寡妇终于冷冷淡淡地走出来了。虽然依旧那么整洁,但却显然带着病容。她消瘦而且苍白。她的微笑是勉强的,以致看起来好像含点恶意。她是被悲愤和那种失了面子的感觉所压倒了,直到旧历年底才得恢复旧观。因为那时候粮价涨得更高,她的财富既然增加不少,筲箕背竟连提也没人提了。但是现在,在这和她的仇人相对的中间,她的憔悴依然很打眼的。当那天从吴监家里回转娘家的时候,她同她的兄弟吵闹了一架。而且很不满意她那毫无主见的父亲。次日一早,她就怀着一种决绝的心情赶回来了。回家不久,那气痛症就开始磨折她,于是她又染上嗜好,和人种对烧起来。

也许由于那种过量的愤嫉,或者完全出于一时的感情作用,而不是经过深思熟虑得来的结果,关于股份的问题,她已经忘记了,而且已经把所有的现款换成了粮食。上次白酱丹的拜访，才使她重新记起这一件事，但她叫孙表婶把他敷衍走了。现在，经过一度认真考虑，于是她就亲自出来向他表白她的决心。

相见之下，双方都有一种生疏的，甚至难为情的感觉。因为这还算是他们离城以后的第一次会见。但是他们都很世故，他们自持着，按照常规谈起来了。

招呼之后，白酱丹立刻显出一种十分关切的神气。

"上一次来，听说表嫂在欠安呀？"他皱着眉头说。

"是呀，死又不死，就这样磨折人。"

"哪里的话！"白酱丹佯笑了，"你还早得很啊！"

"总是罪还没有造够嘛！"寡妇说，发出含意深深的苦笑。

谈话停顿了。白酱丹微笑着，遮掩似的专心一意吹着纸媒。

"呵，表嫂！"他并没有把纸媒吹燃，但又忽然想起什么重要事情似的，微笑着说开头了，"我想你是很方便的，你那两千股款，今天可以拿么？"

寡妇叹息起来，随又撇着嘴摇了摇头。

"说句真话，这个钱我不敢想，三老表另外找人好了。"

"可是……"

"我怕人家批评，说我太想钱了！"并不让他插断，寡妇紧接着说，"吃不起饭也不说了，稀饭面汤又勉强搅得匀净。我这个人脑筋又旧……"

寡妇忽然觉得她的话语过于尖刻，她一顿，立刻设法纠正。

"三老表处的地位，自然又不同了。"她接着说，客气地笑了起来，"你们人大志大，是替国家做事。总之，我不打算入股,手头又紧,也拿不出款子来。"

只有傻瓜才会纠缠下去,白酱丹假笑着站了起来。

"你的想法也对!"他说,"现在做人,本来也太难了……"

白酱丹走的时候比来的时候热络得多,因为寡妇一直把他送到大门堂里。但是,虽然如此,一上了街,他的愤怒,可就再也捺不住了,差点破口大骂起来。

"这个婆娘厉害!"他嘟哝着,发着狞笑。

然而,这又仿佛不是生气她拒绝入股,他只觉得她的口齿太伤人了。同时也有点自怨自艾,认为自己的拜访是一种愚傻举动。但是不久,他就又想起实际问题来了。这一下怎么办?索性搁下来吧,太丢人了;但是,凭着一千元做下去,也一样丢人!自然,龙哥、彭胖还答应过借点玉米,他是可以凭着他们的人情拿过来的。但是这也不解决问题!最后,他把希望搁在寡妇放弃的股款上去,开始考虑人选。

但他想不出一个适当的人来。这一天的碰壁,已经使他完全失掉了自信。他想到叶二大爷,他厚重、直率,一定不会市侩似的斤斤计较,但他照样没有多大把握。因为,就为了筲箕背,叶二大爷竟连招呼也不同他打了,而且,这位一向沉默寡言的袍哥大爷,曾经当面挖苦过他:太毒,太不知道饱足。而且警告他下药忍手一点!……

末了,他感觉挫折了,而且充满了失望、惭愧。他一直往家里走去,想把自己孤独起来。他一到家,就在堂屋门边的太师椅上坐下,接着两腿一缩,然后又伸向桌沿上去,但他忽又把它们收回来了。他从茶壶下面取出一封信来,那是邮政代办所送来的。

他从字迹认出这是吴监的信,于是忽然来了一种朦朦胧胧的希望；他拆开了。他没有猜错。内容是这样的：那秘书已经在催问了，挖到金子就赶快送去！

吴监没有提到股款的话，大约相信自己该得干股。

"嗨，有趣！"白酱丹异样地笑了起来，"真是有趣得很！……"

"丁酒罐罐已经来过两三次了。"他的太太忽然脱气地曼声说。

她正有病，弯身坐在堂屋门后的烂躺椅上。她是说得那么丧气，而且那么不合时宜！仿佛要咬人样，唏开牙齿，白酱丹狠狠地把头车过去了。

"啐！……去把酒拿出来！……"

他喝了很多，一直醉到晚上才醒。当他从床上爬起来的时候，更锣已经响了。但他还是走了出去；虽然担心彭胖已经关门，或者推推诿诿不给兑现。

他没有会见彭胖。因为大门虽然是开着的，人却有事出街去了。因为头脑昏晕，他就权当养神似的在彭家大厅上等候下来。他没有料到他会等待很久，因为当他满载而归的时候，街上竟连汤圆担子也收场了。他在黑暗中摸索着，脑筋上不断通过着种种杂乱想头。由于彭胖的再三说服，他已决定暂把筲箕背搁下来了，等到粮价跌点再讲。虽然后来事实证明，粮价竟是那样地不通商量，就那么一个劲老往上涨！

夹杂着若干失败情绪，现在，他只考虑着怎样利用他那藏在怀里的法币。坐着吃自然不行，做生意钱又少了。他也考虑过到山里贩运烟土，因为当时去的人少，他没有这个胆量。接着他又想起了那个在一切财主当中已经成了风尚的粮食生意。这没有危险，又不犯法，资金也可多可少，而且，任何人都可无师自通！

最后，他决定做囤压了。而半年以后，事实证明这种简单方便的法门，倒比挖金子赚钱。他逐渐脱离了借贷请会的可怜生活，他那签花烟袋，也擦得更亮了……

但在当天夜里，他却总是无法摆脱他的懊丧，觉得他的损失难于弥补。

"啥运气啊！"他又忽然想起了筲箕背，想起了他的处心积虑，以及目前这个尴尬的结局，"去他妈的！"他忍不住詈骂起来，"煮熟的兔子都跑掉了！"

他已经踏上自己的阶沿了。他走近门去，摸索着掀开那在门后抵住的长凳。他就要跨进去了，忽然，一团黑影子顺着那和大门平行的墙脚边展移过来。而且，那团黑影子忽然又停住不动了。他的背上情不自禁地通过一股寒战。

他赶紧跨进门去，然后再又回转身来，略略伸出他的脑袋。

"哪个？"他问，下意识地摸了摸怀里的钞票。

"我，我，舅舅……"

"这个杂种吓我这一跳啊！……"

他乒的一声把门关了，而且从此不再记得他还有个外甥。

1941 年秋